HEYNE <

Zum Buch

Kurz nachdem Joana den lang ersehnten Job als Lektorin angetreten hat, erhält sie eine Chance, von der sie nie zu träumen gewagt hätte: Der erfolgreiche Erotik-Autor Raoul Westen, den sie schon lange insgeheim verehrt, wählt ausgerechnet sie aus, um ihm über eine Schreibblockade hinwegzuhelfen. Dass Raoul mehr an ihrem Körper als an ihren literarischen Kenntnissen interessiert ist, stört Joana kaum, denn sie verliebt sich Hals über Kopf in den attraktiven Mann. Doch Raouls Geliebte Sina setzt all ihre erotische Finesse ein, um den reichen Starautor zurückzugewinnen. Und Oliver, Raouls geheimnisvoller Bruder, scheint ganz eigene Pläne zu verfolgen. Als Joana von dem tragischen Schicksal erfährt, das die beiden Brüder verbindet, und endlich begreift, welche Rolle sie für Raoul und Oliver spielt, ist sie schon längst zwischen tiefen Gefühlen und heißem Begehren gefangen

Zur Autorin

Valeska Brandes liebt seit frühester Kindheit Bücher und schreibt seit ihrer Schulzeit Geschichten. Folgerichtig studierte sie Literatur- und Sprachwissenschaft. Während ihrer »Lehr- und Wanderjahre« in New York, Frankfurt und Hannover sammelte sie Erfahrungen in den unterschiedlichsten Jobs und Branchen. Nun lebt sie in einer beschaulichen Kleinstadt in Niedersachen, arbeitet als Übersetzerin und veröffentlicht unter mehreren Pseudonymen erotische Romane. Dabei ist ihr wichtig, dass in ihren Stories neben knisternder Leidenschaft immer auch tiefe Gefühle eine Rolle spielen.

Valeska Brandes

Das Spiel des Begehrens

Erotischer Roman

WILHELM HEYNE VERLAG
MÜNCHEN

FSC
www.fsc.org
MIX
Papier aus verantwortungsvollen Quellen
FSC® C014496

Verlagsgruppe Random House FSC® N001967
Das für dieses Buch verwendete FSC®-zertifizierte
Papier *Holmen Book Cream* liefert
Holmen Paper, Hallstavik, Schweden.

Originalausgabe 10/2014

Printed in Germany 2014
Umschlaggestaltung: Nele Schütz Design
unter Verwendung von © shutterstock/Fotoduki
Satz: KompetenzCenter, Mönchengladbach
Druck und Bindung: GGP Media GmbH, Pößneck
ISBN: 978-3-453-54575-5

www.heyne.de

1. KAPITEL

Unter seinen rauen Fingerspitzen war ihre Haut wie Seide. Als er sie berührte, spürte er, wie sie leicht zusammenzuckte, obwohl sie versuchte, sich nichts anmerken zu lassen. Draußen war es eiskalt, und er hatte fast eine Stunde gebraucht, um sich durch den meterhohen Schnee zu dem Haus am Berghang durchzukämpfen, wo sie auf ihn wartete.

»Immer«, hatte sie ihm bei ihrer letzten Begegnung ins Ohr geflüstert. »In jeder Sekunde warte ich auf dich.«

Sie wussten beide, dass sie sich in Gefahr brachten, wenn sie sich trafen. In Lebensgefahr. Doch das kümmerte sie nicht, weil ein Leben, in dem sie einander nicht sehen und nicht berühren, nicht schmecken und nicht riechen konnten, ihnen nichts mehr wert war.

Also war er in der Stunde vor Mitternacht aufgebrochen und im silbernen Mondschein, der den Schnee in ein Meer von Diamanten verwandelte, zwischen den schlanken Tannen den Berg hinaufgestapft. Dabei hatte er gehofft, dass man ihn vom Dorf aus hoffentlich nur als vagen schwarzen Schatten erkennen konnte, so wie er aus der Ferne die Häuser sah, die sich ins Tal duckten.

Einmal schob sich eine Wolke vor den Mond, und es sah so aus, als hätte jemand eine schwarze Decke über die Welt geworfen. Minutenlang lief er in die falsche Richtung, doch als es wieder hell wurde, erkannte er seitlich am Berghang die Umrisse des Hauses.

Trotz des knisternden Feuers im Kamin und der dicken Handschuhe, die er draußen getragen hatte, waren seine Hände immer noch eiskalt. Natalies Schenkel überzogen sich mit einer Gänsehaut, als er sie sanft streichelte, doch er wusste, dass sie seine Berührungen genoss. Seine kalten Hände auf ihrer warmen Haut, ihren heißen, zarten Körper unter seinem kalten, kräftigen Leib …

Willig öffnete sie ihre Beine für ihn, rang nach Luft, als er die Spitze seines Zeigefingers um ihre Pforte kreisen ließ. Feucht war sie dort, nach wenigen Minuten schon so sehr bereit für ihn. Doch er würde sich Zeit nehmen, viel Zeit. Dies war eine der wenigen Nächte, in denen sie nicht ständig nach draußen lauschen mussten, und er würde sie reizen und liebkosen, würde ihr Begehren in schwindelnde Höhen treiben, bevor er sie befriedigte. Voller Wonne würde er sie dazu verleiten, ihn mit ihrer Stimme, die in solchen Momenten klang wie das Schnurren eines Kätzchens, inständig anzuflehen, sie endlich zu nehmen.

Und dann, wenn sie beide vor Verlangen innerlich brannten, würde er sie auf jenen Gipfel tragen, von dem aus sie nach den Sternen greifen konnte.

Mit einer gleitenden Bewegung streifte er ihr Nachthemd nach oben, sodass sich unter ihm ihre herrlichen Brüste wölbten. Im zuckenden orangefarbenen Licht der Flammen schimmerten sie rosig wie der Schnee auf einem Berggipfel bei Sonnenaufgang. Er senkte den Kopf, nahm einen ihrer harten Nippel zwischen die Lippen und saugte kräftig daran, während er Zeige- und Mittelfinger seiner Rechten tief in ihre saftige Öffnung schob. Sie schrie auf, formte mit ihrem Rücken eine wunderbar gewölbte Brücke, drängte sich ihm entgegen, wollte mehr, wollte alles …

***

Ein lautes Klirren ließ Joana von ihrer Lektüre hochschrecken. Während sie herumfuhr, glitt ihr das Buch aus der Hand und fiel neben ihre Teetasse. Etwa drei Meter von ihr entfernt, saß in einer Nische des kleinen Cafés ein breitschultriger Mann. Trotz der Hitze trug er ein langärmliges Leinenhemd. Der Hut, den er tief in die Stirn gezogen hatte, machte bei der strahlenden Sonne draußen einigen Sinn. Aber hier drinnen? Wieso nahm er das Ding nicht ab?

Im Schatten der breiten Krempe war von seinem Gesicht fast nichts zu erkennen, zumal er auch noch den Hemdkragen hochgeschlagen hatte. Deshalb konnte man auch nicht sehen, ob er wütend war, weil die alte Dame, die neben seinem Tisch stand, im Vorbeigehen sowohl die große Kaffeetasse als auch das Saftglas zu Boden geworfen und die Getränke auf seiner Kleidung verteilt hatte. Klirrend waren das Porzellan und das Glas zerbrochen.

»Es tut mir so leid«, jammerte die alte Frau, die offenbar schlecht sehen konnte, denn sie beugte sich über den Tisch, um die durchnässte Kleidung des Mannes zu betrachten.

Ruckartig wich er vor ihr zurück und erhob sich hastig von seinem Stuhl. »Das ist wirklich kein Problem«, beteuerte er mit einer tiefen, etwas heiseren Stimme, die auf sonderbare Weise dafür sorgte, dass sich die winzigen Härchen auf Joanas nackten Armen aufrichteten.

Fasziniert starrte sie zu dem ungleichen Paar hinüber. Die alte Dame wirkte neben dem Mann mit dem Cowboyhut winzig und völlig ungefährlich. Dennoch schien er darauf bedacht zu sein, sie nicht zu dicht an sich herankommen zu lassen. Als sie eine Serviette vom Tisch nahm, um damit seine hellen Jeans abzutupfen, auf denen weithin sichtbar braune und gelbe Flecke prangten, zog er mit einer energischen Geste die Serviette zwischen ihren Fingern hervor.

Inzwischen war die Serviererin mit einem Besen und einer Schaufel aufgetaucht.

Jetzt brach die alte Frau in Tränen aus. »O Gott! Was habe ich nur getan! Das ist alles kaputt. Und die Reinigung der teuren Kleider! Ich habe doch nur eine kleine Rente! Das alles ist mir so furchtbar peinlich.«

»Machen Sie sich keine Gedanken.« Zu Joanas Erstaunen nahm der Mann, der zuvor der Berührung der alten Frau fast erschrocken ausgewichen war, das jammernde Mütterchen nun beim Arm und führte es zu einem der Fenstertisch. »Setzen Sie sich bitte«, forderte er sie auf. »Ich werde das zerbrochene Geschirr bezahlen. Und meine Kleidung kommt einfach in die Waschmaschine.«

Zögernd hockte sich die alte Frau auf die Kante eines Stuhles, stellte ihre abgestoßene Handtasche auf ihren Schoß und umklammerte die Griffe mit beiden Händen.

»Was soll ich Ihnen bestellen?«, erkundigte sich der Mann. Als er seinen Kopf zur Seite wandte, sodass die Morgensonne trotz der breiten Krempe seines Huts direkt in sein Gesicht fiel, wäre es Joana fast gelungen, einen Blick auf seine Züge zu erhaschen. Doch er drehte sich hastig in die andere Richtung.

»Ich hatte schon meinen Morgenkaffee«, wehrte die Frau ab. »Einmal in der Woche komme ich her, und ich …«

»Sie sind eingeladen«, unterbrach der Cowboy, wie Joana ihn wegen seines Huts im Stillen nannte, das Mütterchen.

»Was halten Sie von einem Frühstück mit Rührei, Kaffee und Saft? Nach dem Schreck sollten Sie sich stärken.«

»Ich … Das kann ich nicht annehmen«, protestierte die alte

Frau verlegen, doch selbst aus der Entfernung konnte Joana den freudigen Glanz in ihren Augen erkennen.

»Natürlich können Sie das«, widersprach der Cowboy in strengem Ton. »Sie genießen jetzt Ihr Frühstück und machen sich nicht mehr die geringsten Sorgen über den kleinen Vorfall eben.«

»Was ist das denn für ein sonderbarer Knilch?« Als Joana direkt neben sich die Stimme ihrer Freundin Katja hörte, fuhr sie herum. Sie hatte die Szene am Fenstertisch so fasziniert beobachtet, dass ihr Katjas Ankunft vollkommen entgangen war.

»Er hat einen komischen Hut auf«, erwiderte Joana im Flüsterton, weil das mittlerweile das Einzige war, was sie an dem Mann seltsam fand.

»Das kann man wohl sagen.« Seufzend sank Katja auf den zweiten Stuhl am Tisch. »Vielleicht sollten wir einen anderen Wochentag für unser Mädelsfrühstück aussuchen. Ich habe keine Ahnung, warum, aber am Mittwochmorgen steht Felix der Sinn immer nach Sex. Und du weißt, dass ich ihm nicht widerstehen kann.«

Katja kicherte, und Joana verdrehte wie immer die Augen, wenn ihre Freundin von ihrem neuen Freund Felix schwärmte.

»Und wie sieht es mit deinem Liebesleben aus?«, erkundigte sich Katja, während sie in die Frühstückskarte starrte, obwohl sie am Ende doch immer das große Frühstück ohne Ei mit Fruchtsalat nahm.

Außerdem tat Katja bei jedem Treffen so, als würde sie erwarten, dass sich während der wenigen Tage, die seit ihrem letzten gemeinsamen Frühstück vergangen waren, Joanas ganzes Leben auf den Kopf gestellt hatte. Was natürlich niemals der Fall war.

Joana warf einen raschen Blick hinüber zu dem Cowboy, der seinen Hut mittlerweile womöglich noch tiefer in die Stirn gezogen hatte. Für einen kurzen Augenblick meinte sie, er würde sie aus dem Schatten der Krempe beobachten, doch dann bemerkte sie die gedruckten Unterlagen, die er neben einer frischen Kaffeetasse vor sich auf dem Tisch liegen hatte und wahrscheinlich studierte. Und falls er doch zu ihrem Tisch schaute, dann lag die Wahrscheinlichkeit bei hundert zu eins, dass er Katja anstarrte.

»Wann hattest du zuletzt Sex, Joana?« Katjas Augen funkelten wie kleine tiefgrüne Waldseen, als sie nach dem Latte-Macchiato-Glas griff, das die Serviererin ihr inzwischen hingestellt hatte, weil sie ebenfalls wusste, was Katja jeden Mittwoch bestellte.

»Pst!« Erschrocken blickte Joana zu dem Mann mit dem Hut hinüber. »Kannst du vielleicht noch lauter schreien? Geht es irgendjemanden etwas an, ob und wann ich Sex hatte?«

»Nun, ich bin deine beste Freundin. Und ich weiß zufällig, dass du nach der Geschichte mit Markus beschlossen hast, jede Menge heiße Affären zu haben. Weil du Sex magst, aber nicht mehr verletzt werden willst. Keine Liebe, aber jede Menge Erotik.« Dankenswerterweise hatte Katja mit gesenkter Stimme gesprochen, fügte nun aber in normaler Lautstärke hinzu: »Und wo bleibt nun der heiße Sex in deinem Leben?«

Joana wedelte abwehrend mit der Hand in der Luft herum. »Auch zum Sex braucht man den Richtigen, das habe ich dir schon tausendmal erklärt. Wenn ich keine Liebe mehr will, heißt das nicht, dass ich auf Sympathie, Freundschaft, Fantasie und all diese Dinge verzichten möchte.«

»Du redest dir nur ein, dass du keine Liebe mehr willst. In Wirklichkeit sehnst du dich total nach einem Mann, der dir den Boden unter den Füßen wegzieht«, behauptete Katja, und ihre Blicke schossen fröhliche grüne Blitze über den Tisch.

Joana beneidete ihre Freundin um die dunkelgrünen Augen, die einen wunderbaren Kontrast zu ihren goldblonden Haaren bildeten. Sie selber kam sich mit ihren braunen Haaren und den hellgrauen Augen neben Katja immer ein bisschen unscheinbar vor. Wenn sie in den Spiegel sah, dachte sie manchmal, dass bei ihr jemand die Farbtöpfe verwechselt hatte. Bei dunklen Haaren erwartete man automatisch dunkle Augen. Noch schöner wären natürlich grüne gewesen, wie Katja sie hatte.

»Ich will nie wieder so verletzt werden. Das heißt aber nicht, dass ich demnächst ins Kloster gehe«, erklärte sie mit energischer Stimme.

»Na ja. Zurzeit findet dein Liebesleben offensichtlich nur auf dem Papier statt.« Katja verzog den Mund und tippte mit dem Zeigefinger auf das Buch neben Joanas Teller.

Durch die Szene, die sich zwischen dem Cowboy und der alten Frau abgespielt hatte, war Joana so abgelenkt gewesen, dass sie ganz vergessen hatte, das Taschenbuch mit dem Cover nach unten hinzulegen, wie sie es üblicherweise in der Öffentlichkeit tat. Allerdings war die Lektüre von erotischen Geschichten mittlerweile so verbreitet, dass man sich nicht mehr dafür schämen musste. Trotzig ließ sie das Buch so liegen, dass jeder, der an ihrem Tisch vorbeikam, die hübsche Frau auf dem Cover sehen konnte, die nichts außer schwarzen Strapsen trug.

»Ich lese Raoul Westens Romane nicht nur wegen der

Erotikszenen«, erklärte sie mit gesenkter Stimme. »Ich liebe die Figuren, die er erschafft. Seine Geschichten … Er schreibt wunderbare Romane.«

»Vor allem kann er Sex herrlich anregend darstellen«, kicherte Katja. Sie nahm einen großen Schluck von ihrem Latte Macchiato. Als sie das Glas wieder absetzte, klebte über ihrem knallrot geschminkten Mund ein eleganter Milchbart. »Ich wette, wenn du Raoul Westen kennenlernen würdest, wärst du bei ihm zu mehr als einer Affäre bereit.«

»Als ob ich ihn jemals treffen würde!« Gedankenverloren drehte Joana das Buch nun doch um. Auf der Rückseite befand sich ein Autorenfoto, und sie starrte in die dunklen Augen des Mannes, der sie mit seinen Worten schon so oft zum Träumen inspiriert hatte.

»Wieso? Seine Bücher werden schließlich beim Raute-Verlag veröffentlicht. Da wird es sich doch wohl einrichten lassen, ihm mal ganz zufällig über den Weg zu laufen.« Katja zuckte mit den Schultern. Für sie war alles immer sehr einfach, ganz besonders, wenn es um Männer ging.

»Du weißt doch, dass ich mit den Autoren nichts zu tun habe. Als Junior-Lektorin sitze ich die meiste Zeit am Schreibtisch und beschäftige mich mit Überarbeitungen und Korrekturen. Mit Starautoren wie Raoul Westen habe ich nicht das Geringste zu tun.« Joana stieß einen tiefen Seufzer aus.

»Du warst doch so glücklich, weil du nach deinem Studium und deinem Volontariat endlich in deinem Traumberuf arbeiten konntest.« Fragend schaute Katja sie an und schob einen Löffel Fruchtjoghurt in den Mund.

»Bin ich auch. Ich liebe meine Arbeit. Aber es wäre natürlich toll, wenn ich mit jemandem wie Raoul Westen zusammenarbeiten dürfte.« Nachdenklich betrachtete Joana durchs

Fenster das Bürogebäude mit dem Raute-Logo, das schräg gegenüber lag. »Außerdem ist es nicht gerade so, dass sich die Autoren im Verlag die Klinke in die Hand geben. Die meisten schreiben im Stillen vor sich hin und schicken uns irgendwann ihr Manuskript. Natürlich kommen viele von ihnen gelegentlich mal vorbei, aber das ist eher selten. Und über Raoul Westen erzählt man sich ganz merkwürdige Dinge.«

Nachdem sie sich eine dunkle Haarsträhne aus den Augen gestrichen hatte, schaute Joana durchs Fenster des Cafés verträumt hinaus auf den Bürgersteig, wo zahlreiche Menschen auf dem Weg in ihre Büros, Banken und Geschäfte vorbeihasteten. Die beiden Freundinnen hatten das Glück, erst um neun Uhr anfangen zu müssen, sodass sie noch ein wenig herumtrödeln und vielleicht noch einen Tee trinken konnten, zumal sie es beide nicht weit zur Arbeit hatten.

»Man munkelt, dass ihn niemand außer Harald Klein und seiner Sekretärin jemals zu Gesicht bekommt«, fuhr Joana fort. »Natürlich betreut Klein seinen Starautor höchstpersönlich. Raoul Westen taucht allerdings nur zwei- oder dreimal pro Jahr im Verlag auf, und dann wird er über die Hintertreppe ins Allerheiligste geschleust und genauso wieder aus dem Gebäude geführt.«

»Warum das denn?« Katja schüttelte so empört den Kopf, dass ihre blonden Locken umherflogen. »Denkt der etwa, dass sämtliche Lektorinnen und Sekretärinnen sich auf ihn stürzen und ihm die Klamotten vom Leibe reißen würden? So toll ist er nun auch wieder nicht! Und wie er aussieht, weiß doch sowieso jeder. Schließlich prangt sein Starfoto auf jedem Buchumschlag.«

»Ich glaube nicht, dass er eingebildet ist. So schreibt er nicht«, verteidigte Joana den Mann, dessen Romane sie liebte. »Vielleicht hat die Geheimniskrämerei einen ganz anderen Grund.«

»Was sollte das denn für ein Grund sein?« Katja knüllte ihre Serviette zusammen und warf sie vor sich auf den leeren Teller.

»Keine Ahnung. Es passt ja auch gar nicht zu seinem sonstigen Auftreten. Er hält Lesungen, gibt Interviews, lässt sich fotografieren – nur im Verlag darf ihn niemand sehen.« Als Joana sich dieses tatsächlich sehr seltsame Verhalten klarmachte, runzelte sie angestrengt die Stirn. Dabei fiel ihr Blick auf die alte Dame am Fenster, die inzwischen ebenfalls ihr Frühstück beendet hatte und zufrieden hinaus auf die Straße schaute.

»Wir sollten zu einer seiner Lesungen gehen und ihn uns aus der Nähe ansehen«, schlug Katja eifrig vor.

»Vielleicht. Irgendwann mal. Eigentlich interessiert es mich nicht besonders.« Joana verspürte keine allzu große Lust, als eine von zahlreichen Frauen den gut aussehenden Autor anzuhimmeln.

»Ach komm!«, drängte Katja. »Wenn du seine Bücher so toll findest, solltest du ihn wirklich mal live und in Farbe taxieren. Ich meine, er ist ein durchaus ansehnlicher Typ. Außerdem bist du es dir als Lektorin sozusagen schuldig, auch privat zu Lesungen zu gehen.«

»Es könnte sein, dass ich beruflich bald nichts mehr mit Büchern zu tun haben werde«, platzte Joana heraus.

»Wie meinst du das? Du warst doch so glücklich, als du den Job beim Raute-Verlag bekommen hast.« Erstaunt musterte Katja die Freundin.

»Bin ich auch. Allerdings dauert meine Probezeit nicht mehr lange, und ich habe schon von mehreren Kollegen gehört, dass alle Mitarbeiter, die noch keinen festen Vertrag haben, gekündigt werden sollen. Die Zeiten sind schwierig.« Joana biss auf ihre Unterlippe und bemühte sich, die Tränen zurückzuhalten.

»Vielleicht ist es nur ein Gerücht. Oder es stimmt, aber sie behalten dich trotzdem.« Katja griff über den Tisch und umfasste tröstend Joanas Hand. »Die müssen doch begreifen, wie gut du in deinem Job bist und wie sehr du Bücher liebst.«

»Ach was!« Abwehrend winkte Joana ab und wischte sich gleich danach unauffällig über die Augen. »Ich bin eine Anfängerin und arbeite erst seit ein paar Wochen im Lektorat. Auf mich kann der Raute-Verlag leicht verzichten, glaube mir!«

»Noch ist nichts entschieden. Also solltest du dir besser noch keine Sorgen machen.« Selbst der stets optimistischen Katja fiel offensichtlich nichts mehr ein, womit sie die Freundin hätte trösten können.

Joana nickte, warf einen Blick auf ihre Armbanduhr und sprang auf. »Jetzt muss ich los. Trink in Ruhe deinen Kaffee aus. Momentan kann ich mir wirklich keine Verspätung leisten.«

Da Katja bei der Steuerberatungsgesellschaft, wo sie arbeitete, fast täglich Überstunden machte, konnte sie guten Gewissens morgens ein paar Minuten zu spät kommen.

Nachdem sie ihr Buch in die Tasche gesteckt und der Freundin einen Kuss auf die Wange gedrückt hatte, ging Joana zum Tresen an der hinteren Wand des kleinen Cafés, um ihr Frühstück zu bezahlen.

Dabei bildete sie sich ein, der Mann mit dem Cowboyhut würde ihr mit seinem Blick durch den Raum folgen, obwohl sie sein Gesicht und seine Augen nicht erkennen konnte. Es war nur ein vages Gefühl, wie eine kaum merkliche Berührung. Sie musste über sich selbst den Kopf schütteln. Wahrscheinlich hatte Katja recht, und es wurde Zeit für sie, sich auf eine Affäre einzulassen. Jetzt fing sie schon an, heimlich Männer anzuschwärmen, deren Gesicht sie nicht einmal sah.

Entschlossen wandte sie sich zum Tresen, kramte ihr Portemonnaie hervor und legte der Serviererin wie üblich einen Zehn-Euro-Schein plus einen Euro Trinkgeld hin.

Als sie sich wieder umdrehte, bemerkte sie überrascht, dass der Cowboy den Kopf gehoben hatte und offensichtlich tatsächlich zu ihr herübersah. An der Stelle, wo sie seine Augen vermutete, glaubte sie ein vages Funkeln zu erkennen.

Zögernd lächelte sie. Fast hatte sie erwartet, dass er sich ertappt fühlen und den Kopf wieder senken würde, doch das tat er nicht. Natürlich konnte sie nicht erkennen, ob er ihr Lächeln erwiderte, obwohl sie absichtlich dicht an seinem Tisch vorbeiging. Allerdings nahm sie seinen Duft wahr. Er roch nach Leder und Zitrone. Herb und frisch.

Sie winkte Katja noch einmal zu, ging an dem stummen Cowboy vorbei zur Tür und fragte sich, ob er ihr hinterherschaute. Doch in dem Moment, in dem sie hinaus in die Sommersonne trat, atmete sie tief durch und vergaß den Fremden. Mit jenem mulmigen Gefühl, das sie jeden Morgen spürte, seit in den Fluren und den Teeküchen des Verlags über Entlassungen getuschelt wurde, eilte sie auf das große Bürogebäude an der Ecke zu.

***

»Er ist vorhin nach oben gegangen. Wie üblich still und leise und ganz im Geheimen«, verkündete Birgit in einem Bühnenflüsterton, den man sicher auch durch die geschlossene

Bürotür draußen auf dem Flur hören konnte. Sie teilte das Büro mit Joana und hielt es für ihre Pflicht, die Neue in allen wichtigen und unwichtigen Belangen des Verlagslebens auf dem Laufenden zu halten.

»Wer?« Joana wandte sich von dem Manuskript ab, in dem es von Vampiren, Werwölfen und Rechtschreibfehlern nur so wimmelte. Da der Autor außerdem ständig mitten im Satz die Erzählperspektive wechselte, musste sie immerhin nicht mehr als die erste Seite lesen. Sie schloss die Datei und versah sie mit dem Vermerk »Standardabsage«.

»Wer wohl? Wer schleicht sich die Hintertreppe hoch, während die tapfere Elke unten Wache hält, damit kein Normalsterblicher während dieser magischen Momente den Notausgang benutzt? Falls unglücklicherweise mal bei einem der Besuche von Raoul Westen ein Feuer ausbrechen sollte, werden wir alle jämmerlich verbrennen müssen, weil Elke nicht zulassen wird, dass wir über die Treppe nach draußen fliehen. Dass sie ihm keine Decke über den Kopf werfen, damit ihn niemand sieht, ist ein Wunder. Allerdings behauptet Katrin aus der Buchhaltung, er sei schon mal auf dem Flur an ihr vorbeigehuscht.« Grinsend ließ Birgit sich auf Joanas Schreibtischkante nieder.

»Und?«, erkundigte Joana sich pflichtgemäß und konnte nicht verhindern, dass ihr Herz ein winziges bisschen schneller schlug. »Sieht er so gut aus wie auf den Fotos?«

»Sie behauptet, sie hätte sein Gesicht nicht sehen können. Er hatte eine Mütze oder so was auf und guckte zur Wand. Wahrscheinlich ist er in Sorge, dass wir uns alle die Kleider vom Leibe reißen und uns kreischend auf ihn stürzen, wenn wir ihn erkennen.« Birgit verdrehte die Augen und setzte etwas leiser hinzu: »Was ich mir sogar ernsthaft überlegen würde. Der Typ ist wirklich heiß. Und er schreibt heiß. Also muss er im Bett ja wohl ziemlich was draufhaben.«

Joana beschloss, keinen Kommentar zu dieser Theorie abzugeben. Bei der Lektüre von Raoul Westens Romanen dachte sie sowieso schon viel zu häufig darüber nach, wie der Autor wohl als Mann war.

»Ist er jetzt noch oben?« Sie deutete zur Decke.

»Keine Ahnung.« Birgit zuckte die Achseln und ließ die Beine baumeln. »Sein Abgang ist immer genauso geheim wie seine Ankunft. Uns Fußvolk bleibt mal wieder nur das geduldige Warten auf seinen neuen Roman. Der sollte ja eigentlich im Herbst erscheinen, aber Elke meint, dass das Manuskript noch nicht fertig ist und die Veröffentlichung deshalb auf kurz vor Weihnachten verschoben wird. Jedenfalls hat der Klein ihr gegenüber so was angedeutet.«

Elke Schramm, die Sekretärin des Verlagschefs, war außer Harald Klein die einzige Person im Verlag, die zumindest gelegentlich einen flüchtigen Blick auf den Starautor werfen durfte. Allerdings wusste Elke, was sie ihrer Position schuldig war, und verlor nie ein Wort über den geheimnisvollen Schriftsteller. Vage Andeutungen über seine aktuellen Romane konnte sie sich aber doch nicht verkneifen.

Beim Gedanken, noch länger auf den neuen Roman ihres Lieblingsautors warten zu müssen, seufzte Joana leise. Birgit schloss sich ihr an. Eine Weile hingen sie in trauter Eintracht ihren Gedanken nach.

Als das Telefon auf Joanas Schreibtisch klingelte, zuckten beide Frauen zusammen. Birgit nur wegen des unverhofften Geräusches – Joana, weil ihr Telefon so gut wie nie läutete. Zögernd griff sie nach dem Hörer und stieß mit unsicherer Stimme ihren Namen hervor.

»Schramm hier. Der Chef will Sie sehen! Sofort!«

Als Sprachrohr des Verlegers befleißigte Elke Schramm sich eines zackigen Kommandotons, der auch einem Feldwebel gut angestanden hätte.

»Herr Klein?«, flüsterte Joana mit enger Kehle. Bisher hatte sie mit dem Chef kein einziges Wort gewechselt. Als blutige Anfängerin war sie viel zu unbedeutend und er viel zu beschäftigt. Und jetzt beorderte er sie in sein Büro! Es war so weit. So schnell schon! Er rief sie zu sich, um die Entlassung auszusprechen.

Mit zitternden Knien stand sie auf und starrte Birgit, die immer noch auf ihrer Schreibtischkante saß, mit weit aufgerissenen Augen an. »Ich soll zum Chef kommen«, flüsterte sie, und ihre Kehle war wie zugeschnürt, sodass die Worte nur mühsam über ihre Lippen kamen.

»Ehrlich? O Gott!« Mehr sagte Birgit nicht, aber es war klar, dass auch sie wusste, worum es ging.

2. KAPITEL

Mit wild klopfendem Herzen eilte Joana den Flur entlang zum Fahrstuhl. Da es ohnehin keinen Ausweg gab, wollte sie das Desaster so schnell wie möglich hinter sich bringen.

Als sie das Vorzimmer des Verlegers betrat, winkte Elke Schramm sie wortlos durch. Zögernd klopfte Joana an die Tür zum Allerheiligsten, das sie noch niemals betreten hatte.

Im Gegensatz zu seinem Starautor genoss Harald Klein es, geschäftig durch die Flure des Verlagsgebäudes zu hetzen und überraschende Stippvisiten in den Büros seiner Mitarbeiter zu machen. Daher hatte Joana ihn schon persönlich gesehen, wenn auch nur flüchtig, da er stets in Eile war.

Durch die geschlossene Tür drang ein unverständliches Gemurmel, das sie als Aufforderung zum Eintreten deutete. Selbst während er in seinem Ledersessel hinter dem ausladenden Schreibtisch saß, war deutlich zu erkennen, wie hoch aufgeschossen und dünn Harald Klein war.

Ebenso stumm wie seine Sekretärin zeigte er Joana mit einer knappen Handbewegung, was von ihr erwartet wurde. Die Lippen zusammengepresst, ließ sie sich auf einem der beiden gepolsterten Stühle vor seinem Schreibtisch nieder. In der Chefetage schien man nicht viel zu reden.

Unglücklich hockte Joana auf der Stuhlkante, während ihr Herzschlag in ihrer Kehle flatterte wie ein gefangener Vogel. Erst nach einigen Sekunden wagte sie, ihren Chef anzuschauen.

Er blätterte in irgendwelchen Papieren und schien ihre Anwesenheit zu vergessen. Ganz plötzlich hob er jedoch den Kopf und sah sie an – ernst, wortlos und prüfend. Wahrscheinlich überlegte er, wie sie den Schlag einer Entlassung hinnehmen würde.

Joana räusperte sich. »Sie wollten mich sprechen, Herr Klein?«

»Sonst hätte ich Sie nicht rufen lassen«, erklärte Klein streng. »Sie kennen Raoul Westen.« Das klang weniger nach einer Frage als nach einer Feststellung.

»Raoul ... *Den* Raoul Westen?« Joana konnte nur noch flüstern, während sie verzweifelt versuchte, sich zu erinnern, welchen Fehler sie in Bezug auf Raoul Westen begangen haben könnte.

»Natürlich.« Ungeduldig schüttelte Klein den Kopf, sodass seine schütteren Haare in Unordnung gerieten.

»Ich – ich bin ihm noch nie begegnet«, brachte Joana mühsam hervor. »Aber ich kenne seine Bücher. Natürlich kenne ich seine Romane.«

Irritiert verzog Klein die Lippen, kniff die Augen zusammen und musterte sie misstrauisch. »Sie kennen ihn nicht persönlich?« Er stockte und betrachtete nachdenklich die Papiere auf seinem Schreibtisch. »Spielt aber keine Rolle, denke ich mal.«

»Was meinen Sie?« Mittlerweile fiel Joana das Atmen schwer. Sie begriff nicht, was hier vorging. Wieso wunderte Klein sich, dass sie den Starautor nicht kannte, wenn Raoul Westen stets in einer höchst geheimen Aktion ins Verlagsgebäude geschleust wurde?

»Aber Sie heißen Joana?«, vergewisserte Klein sich.

Sie nickte. »Joana Liebermann.«

Immer noch musterte er sie misstrauisch, als würde er ein spontanes Geständnis befürchten, dass sie unter falschem Namen auftrat.

»Kurz und gut.« Klein räusperte sich. »Raoul Westen ist mit seinem neuen Roman im Verzug. Schreibblockade oder etwas in der Art.« Missmutig zog er die Mundwinkel nach unten. »Er meint, es wäre hilfreich, wenn ihn vor Ort eine Lektorin beim Schreibprozess unterstützt. Eine junge Frau, die zur Zielgruppe seiner Romane gehört.«

Eine heiße Welle durchlief Joanas Körper. Eine junge Frau, die zur Zielgruppe seiner Romane gehört … Hier konnte doch unmöglich von ihr die Rede sein! Wie sollte ausgerechnet sie dem äußerst talentierten Autor helfen, seine Schreibblockade zu überwinden? Er würde sie hassen, wenn er herausfand, wie gering ihre Erfahrung als Lektorin war! »Ich – ich bin eine Anfängerin«, stotterte Joana. »Ich glaube nicht, dass ich …«

»Sagten Sie nicht, Sie kennen seine Bücher?«, unterbrach Klein sie ungeduldig. »Also gehören Sie zu seiner Zielgruppe. Und genau darum geht es. Er braucht die Meinung einer potenziellen Leserin. Plötzlich scheint er sich unsicher zu sein, was Frauen lesen wollen. Was sie – äh – erregt. Was sie romantisch finden.«

Joana rutschte unruhig auf ihrem Stuhl hin und her. Sie konnte es kaum glauben. Klein meinte es offenbar ernst: Sie sollte als Lektorin Raoul Westen betreuen! Natürlich machte der Gedanke ihr Angst, denn sie hatte so gut wie keine Berufserfahrung. Andererseits wusste sie, was ihr gefiel und was nicht.

Auch wenn sie es nie zugegeben hätte, träumte sie seit Monaten davon, Raoul Westen persönlich zu begegnen. Nicht als atemloser weiblicher Fan bei einer seiner Lesungen, sondern auf Augenhöhe. Der Gedanke, tatsächlich mit ihm zusammenarbeiten zu dürfen, verschlug ihr den Atem. Ihr wurde heiß und gleich darauf kalt, und in ihrem Bauch rumorte es vor Aufregung – möglicherweise auch vor Erregung, wenn sie sich vorstellte, vielleicht schon bald dem höchst attraktiven Mann zu begegnen, dessen Foto auf der Rückseite seiner Bücher sie schon so oft betrachtet hatte.

»Können Sie schon morgen in seine Villa einziehen? Wie gesagt, es eilt mit dem Manuskript.« Harald Kleins energische Stimme riss sie aus ihren Gedanken.

»In seine Villa einziehen?«, piepste Joana erschrocken. »Wieso das denn? Die anderen Lektorinnen arbeiten doch auch alle hier. Und ich …«

»Das wünscht sich Raoul Westen. Er hat die Angewohnheit, ausschließlich mit Ausdrucken auf Papier zu arbeiten. Die erste Fassung tippt er in den Computer, druckt sie aus und nimmt dann sämtliche Korrekturen handschriftlich vor. Die Endfassung lässt er abtippen.«

Joana schlug die Beine übereinander und stellte im nächsten Moment wieder beide Füße fest auf den Boden. Es war, als würde in ihrem Körper ein Bienenschwarm seine Runden drehen. In ihrem Bauch summte es, Arme und Beine kribbelten. Ihr Hals verengte sich, und sie brachte kein Wort heraus.

»Also, Herr Westen wünscht sich sofortige Reaktionen auf seine neu erstellten Texte und alle Änderungen. Wie gesagt, die Zeit ist knapp.« Klein wollte es ihr offenbar als die normalste Sache der Welt verkaufen, dass sie demnächst bei Raoul Westen einziehen sollte

Es war definitiv nicht normal. Nicht für sie! Doch es war unglaublich verlockend und aufregend. Ein Abenteuer, das sich ihr aus heiterem Himmel bot. Die Vorstellung, mit Raoul Westen nicht nur zusammenzuarbeiten, sondern sogar mit ihm unter einem Dach zu leben, war märchenhaft – und natürlich ein bisschen erschreckend. Noch immer fand sie keine Worte. Wahrscheinlich wirkte sie wie eine Idiotin, während sie dasaß und ihren Chef stumm anstarrte.

»Wie gesagt ...« Harald Klein bedachte sie mit einem strafenden Blick. Anscheinend ahnte er nicht, wie verlockend sein Angebot für sie war, und deutete ihr Schweigen falsch. »Die Zeit ist knapp. Ein Autor wie Raoul Westen arbeitet natürlich auch nachts. Und ...« Er machte eine kleine Pause und zog die Brauen hoch. »Sie sollten bedenken, dass Ihr Arbeitsplatz in diesem Gebäude vielleicht nicht mehr lange erhalten bleibt. Die Zeiten sind schlecht. Vielleicht haben Sie schon gehört, dass wir Personal abbauen müssen. Natürlich entlassen wir dann auf keinen Fall eine Lektorin, die mit unserem Starautor zusammengearbeitet hat.«

Joana schnappte nach Luft. Drohte er ihr mit der Entlassung, wenn sie nicht tat, was er verlangte? Nein, eigentlich erklärte er ihr, dass er sie nicht entlassen würde, wenn sie in Raoul Westens Haus zog und seinen Roman lektorierte. Das war Erpressung! Und doch kein Grund für sie, dieses märchenhafte Angebot abzulehnen. Selbst wenn sie es gewollt hätte – die Möglichkeit, Raoul Westen so nahe zu kommen, konnte sie sich nicht entgehen lassen. Unter keinen Umständen.

»Westen lebt in einer sehr geräumigen Villa mit seinem Bruder und einer Haushälterin zusammen. Sie wären nicht mit ihm allein im Haus. Außerdem kenne ich ihn recht gut. Er ist ein Ehrenmann. Es gibt keinen Grund für Sie, sich Sorgen zu machen.« Harald Klein nickte nachdrücklich und fügte hastig hinzu: »Trotz seiner Romane. Ich meine, trotz der Themen seiner Romane.«

»Ich finde wunderschön, was er schreibt«, hörte Joana sich sagen und war selbst erstaunt, dass sie offenbar ihre Sprache wiedergefunden hatte.

»Großartig! Dann sind Sie ja genau die Richtige für diese Aufgabe.« Damit schien Klein die Unterhaltung für beendet zu halten. Er wandte sich dem Computerbildschirm zu, der links von ihm auf dem Schreibtisch stand. »Frau Schramm hat die Adresse und die Telefonnummer, unter der Sie Ihren Einzug ankündigen sollen. Nehmen Sie sich den Rest des Tages frei, um Ihre Koffer zu packen. Herr Westen erwartet Sie morgen Vormittag. Ihr Gehalt erhalten Sie selbstverständlich weiter. Herr Westen wird Ihnen wegen des für Sie größeren Aufwands ein zusätzliches Honorar zahlen.« Er kritzelte eine Zahl auf einen Zettel, die Joana den Atem verschlug. »Pro Woche!«, fügte er hinzu.

»Ich – ich weiß wirklich nicht …«, stammelte Joana, obwohl sie längst beschlossen hatte, sie würde es tun. Irgendwie erschien es ihr angesichts von Kleins Verhalten plötzlich angemessen, sich ein wenig zu zieren, obwohl sie um nichts in der Welt auf diesen Job verzichtet hätte.

Sie erinnerte sich genau an ihre erste Begegnung mit den Gefühlen, die Raoul Westen mit Worten auszudrücken vermochte. Auf der Suche nach Lektüre für einen langen Winterabend war sie in eine Buchhandlung gegangen und im Eingangsbereich des großen Ladens fast gelangweilt neben einem großen Tisch stehen geblieben, auf dem unter einem Schild mit der Aufschrift »Bestseller« mehrere Stapel von Raoul Westens Roman »Tiefes Glück« lagen. Sie hatte eines der Bücher in die Hand genommen, es aufgeschlagen, einen Satz gelesen – und war von diesem Moment an in Raoul Westens Welt voller Zärtlichkeit und Leidenschaft gefangen gewesen.

Nachdem sie jenes erste Buch verschlungen hatte, kaufte sie sich alle anderen Romane, die von ihm auf dem Markt waren. Einige davon hatte sie inzwischen bereits mehrmals gelesen. Nun fieberte sie dem Erscheinungstermin seines neuesten Werkes entgegen. Dass sie plötzlich daran mitwirken sollte – und auf welche Weise ausgerechnet sie diesem wunderbaren Autor helfen konnte –, schien ihr mehr als unbegreiflich.

Mit heiserer Stimme verabschiedete sie sich von Harald Klein, der längst wieder in seine Arbeit vertieft war und sie gar nicht mehr zu bemerken schien. Im Vorzimmer ließ sie sich von der Sekretärin Raoul Westens Adresse und seine Telefonnummer geben. Elke Schramm schärfte ihr mit strenger Miene ein, dass sie unter keinen Umständen irgendjemandem verraten durfte, wo Raoul Westen wohnte oder wie er telefonisch zu erreichen war.

»Herr Westen lebt sehr zurückgezogen. Irgendwelche Fans vor seiner Haustür würden ihn äußerst ungehalten machen. Das wiederum würde Herrn Klein mehr als ärgern.« Elke Schramm überließ es Joana, die Schlussfolgerungen aus dieser Tatsache zu ziehen.

»Aber wenigstens meine beste Freundin«, wagte Joana zu bemerken. »Sie wird wissen wollen, wo ich bin.« Seit ihre Eltern bei einem Autounfall ums Leben gekommen waren, bestand ihre Familie noch aus einer am anderen Ende Deutschlands lebenden Tante, von der sie nur zu Weihnachten und zu ihrem Geburtstag hörte. Aber Katja würde ganz sicher darauf bestehen, alle Einzelheiten über den Job bei Raoul Westen zu erfahren. Aus Neugier, sicher aber auch aus Sorge.

Energisch schüttelte Frau Schramm den Kopf. »Sie haben ein Handy. Also sind Sie erreichbar. Der Festnetzanschluss und die Adresse von Herrn Westen sind absolut tabu. Auf keinen Fall dürfen Sie dort persönlichen Besuch empfangen.«

Bei dem Gedanken, wie Katja sie dort besuchen und auf ihre offene, unbefangene Art versuchen würde, alles über das Leben des Starautors zu erfahren, musste Joana grinsen. Wahrscheinlich war es wirklich vernünftiger, wenn sie Raoul Westens Adresse für sich behielt.

***

»Aber wieso ausgerechnet du?« Diese Frage stellte Katja mindestens zum dritten Mal. Sie saß in Joanas Schlafzimmer auf der Bettkante und sah der Freundin beim Kofferpacken zu.

»Wieso nicht ich?«, erwiderte Joana gereizt und pfefferte einen Stapel Unterwäsche in den Koffer. Mittlerweile hatte sie Katja nun wirklich ausführlich genug erklärt, dass es Raoul Westen um eine Lektorin ging, die zu seiner Zielgruppe junger, moderner Frauen gehörte.

Allerdings gab es beim Raute-Verlag mindestens ein halbes Dutzend Lektorinnen unter dreißig, die allesamt mehr Erfahrung besaßen als sie. Natürlich fragte sie sich auch, wie Harald Klein ausgerechnet auf sie gekommen war. Hatten sich alle ihre Kolleginnen geweigert, ins Haus eines Erotikautors zu ziehen?

Oder gab es irgendetwas, das sie von allen anderen unterschied? Bis auf ihre mangelnde Berufserfahrung natürlich. Vielleicht hatten alle anderen Lektorinnen glaubhaft versichert, dass sie Raoul Westens Romane als Schund empfanden, während sie spontan mit ihrer Begeisterung herausgeplatzt war. Doch das spielte jetzt auch keine Rolle mehr. Sie war dabei, ihre Koffer zu packen. Und sie verspürte immer noch nicht den geringsten Wunsch, auf dieses Abenteuer zu verzichten.

»Pack sofort diese Baumwollunterwäsche wieder aus!« Katja tat einen energischen Griff in den Koffer und zog die schlichten Hemdchen und Höschen, die Joana unter die Jeans gestopft hatte, wieder hervor. »Bist du nicht die Frau, die sich nach wunderbarem Sex ohne Beziehung sehnt? Bist du nicht diejenige, die mir noch vor Kurzem erzählt hat, dass sie auf die Verletzungen verzichten kann, die zur Liebe gehören, deshalb aber nicht bis in alle Ewigkeit ohne Sex leben will? Und bist du nicht ein glühender Fan von Raoul Westen und seinen erotischen Fantasien?«

Verlegen wich Joana dem forschendem Blick ihrer Freundin aus. »Ich habe keine andere Unterwäsche«, murmelte sie vor sich hin.

»Die lässt sich besorgen.«

Obwohl Joana nicht aufschaute, sondern sich intensiv damit beschäftigte, ein paar Sommerblusen zusammenzulegen, spürte sie deutlich, dass Katja sie aufmerksam musterte.

»Das mit dem Sex ohne Liebe ist ein eher theoretischer Ansatz von dir, stimmt's?«, erkundigte Katja sich schließlich. »Eine Frau, die auf der Suche nach bedeutungslosen Affären ist, verfügt garantiert über Reizwäsche. Du hast Angst, dich wieder zu verlieben, aber Sex ohne tiefere Gefühle jagt dir genauso viel Angst ein.«

»Ich weiß es nicht«, gestand Joana, strich sorgfältig eine weiße Bluse glatt und legte sie in den Koffer. »Weil ich es noch nie ausprobiert habe. Irgendwie hat es sich nie ergeben.

Und ich bin einfach nicht dazu gekommen, mir schönere Wäsche zu kaufen. Es gab ja bis jetzt keinen konkreten Grund.«

Offenbar begriff Katja nicht, dass es für viele Menschen einen großen Unterschied machte, von Dingen zu träumen oder sich zu trauen, sie auch wirklich zu tun. Und außerdem begegnete einer Frau ja nun wirklich nicht an jeder Ecke ein Raoul Westen!

»Dann hast du ja jetzt endlich einen sehr triftigen Grund, dir verführerische Wäsche anzuschaffen und sie zum Einsatz zu bringen.« Katja ließ zu, dass einige Hemdchen und Höschen, die wenigstens knapp geschnitten waren, ihren Weg zurück in den Koffer fanden. Dann konfiszierte sie einen Stapel Baumwollpyjamas und erlaubte Joana nur zwei dünne und sehr kurze Batistnachthemden.

»Wenn Raoul Westen der Mann ist, für den ich ihn halte, und wenn du die Sache mit dem Sex ohne Liebe auch nur im Geringsten ernst meinst, dann ist jetzt der Zeitpunkt gekommen, eine heiße Affäre anzufangen. Mit einem Mann, der nicht nur sensationell aussieht, sondern auch eine Menge von Erotik versteht. Zumindest theoretisch. Wie es in der Praxis aussieht, kannst du ja dann herausfinden.« Katja zwinkerte ihrer verwirrten Freundin verschwörerisch zu.

»Wer sagt denn, dass Raoul Westen die Absicht hat, eine Affäre mit mir zu beginnen?« Allein bei dieser Vorstellung klopfte Joana das Herz bis zum Hals. Einerseits wünschte sie sich inständig, dass Raoul sie begehren würde, andererseits wusste sie nicht, ob sie mutig und erfahren genug war, um sich auf einen Mann wie ihn einzulassen. »Schätzungsweise kann er jede Frau haben, die er will. Und wahrscheinlich hat er ohnehin eine Freundin.«

»Jedenfalls lebt er nicht mit ihr zusammen. Du hast selbst gesagt, in seiner Villa wohnen außer ihm nur sein Bruder und eine Haushälterin«, erinnerte Katja sie.

»Trotzdem muss er nicht auf mich stehen«, beharrte Joana. »Auch wenn es nicht um große Gefühle geht, ist zum Sex eine gewisse Anziehung nötig. Ich muss ihm gefallen.«

»Na hör mal! Du lebst mit ihm unter einem Dach, du bist nicht gerade unattraktiv, und er schreibt heiße Erotikromane!« Jetzt ließ Katja beim Kopfschütteln ihre Haare fliegen.

Joana unterdrückte einen Seufzer. Für ihre forsche Freundin war immer alles so einfach. Wenn sie sich auch wünschte, mit Raoul Westen so wunderbare Erlebnisse zu haben wie die Heldinnen seiner Romane, so wusste sie doch zwischen diesen Fantasiefrauen und sich selbst zu unterscheiden.

»Dass Raoul Westen Erotikromane schreibt, bedeutet nicht automatisch, dass er jede Nacht mit einer anderen Frau durchs Bett tobt. Er könnte ein Mönch sein. Oder impotent. Oder auf Männer stehen.« Nachdrücklich klappte Joana ihren Kofferdeckel zu.

»Haha«, spottete Katja. »Wir telefonieren bald und machen aus, wann wir uns treffen, um Reizwäsche und ein paar tolle Nachthemden für dich zu kaufen. Geld dürfte ja kein Problem sein, bei der Summe, die Raoul Westen dir für deine Arbeit und deine Anwesenheit in seinem Haus bezahlt.«

Joana nickte, und wieder regte sich leises Unbehagen in ihr. Tatsächlich war der Betrag, den Westen ihr zahlte, sehr hoch. Erhielt sie diese Summe tatsächlich nur für ihre Arbeit als Lektorin? Andererseits war sie gezwungen, für mehrere Wochen ihre gewohnte Umgebung zu verlassen und bei ihm zu wohnen, was eine großzügige Entlohnung rechtfertigte.

Der Gedanke, dass es sicher nicht um so etwas wie einen »Lohn der Sünde« ging, enttäuschte sie fast ein wenig. Sich vorzustellen, ein Mann wie Raoul Westen könnte bereit sein, sie für Sex zu bezahlen, hatte etwas Erregendes. Doch das war nun wirklich reine Fantasie, denn schließlich kannte er sie überhaupt nicht.

3. KAPITEL

Er saß in seinem dämmerigen Arbeitszimmer und starrte durch die schräg gestellten Lamellen der Jalousie durch den Garten hinüber zum Weg, der zur Tür des Haupthauses führte. Endlich war sie da! Mit brennendem Blick umfasste er ihre schmale, aufrechte Gestalt. Ihre dunklen Haare glänzten in der Sonne rötlich, und als der Wind hindurchstrich, wehten sie wie ein Schleier um ihr Gesicht.

Es kam ihm so vor, als hätte er eine Ewigkeit auf ihre Ankunft gewartet. Vielleicht war es ja auch so. Schließlich hatte ihn während all der schmerzlichen Jahre, die hinter ihm lagen, keine Frau mit ihrem Anblick, ihrer Stimme und ihren Worten derart gefangen genommen. Keine, selbst die Schönste nicht, konnte in ihm den Wunsch wecken, sich gegen jede Vernunft mit ihr einzulassen. Nicht nach dem, was er erlebt hatte. Und plötzlich war er neugierig, aus heiterem Himmel wollte er herausfinden, ob sie fähig war, neuen Mut in ihm zu wecken.

Und das war einfach verrückt! Durch seinen verwegenen Entschluss, eine vollkommen Fremde in sein Haus zu holen, würde am Ende noch das ganze Verwirrspiel auffliegen, das erstaunlicherweise schon so lange funktionierte.

Wenn sie die Wahrheit herausfand, würde sie womöglich zur nächsten Zeitungsredaktion oder gar zu einem Fernsehsender laufen und ihr Wissen verkaufen. Da er sie nicht kannte, konnte er sie auch nicht einschätzen. Aber er wollte sie kennenlernen. Obwohl das bedeutete, ihretwegen ein nicht einschätzbares Risiko einzugehen.

Sie war auf halbem Weg zur Tür stehen geblieben und starrte die weiße Villa an, die inmitten des großen, um diese Jahreszeit üppig blühenden Gartens lag. Fast alle Jalousien waren bis auf einen kleinen Spalt ganz heruntergelassen. Wahrscheinlich wirkte das Haus abweisend und kalt auf Joana. Aber sie würde sich an dämmerige Räume, an geschlossene Vorhänge und Jalousien gewöhnen müssen.

Wieder wehte ihr der Sommerwind die dunklen Haare ins Gesicht und sorgte dafür, dass ihr weiter Rock sich eng an ihre Hüften und die schlanken Schenkel schmiegte. Als sie den Arm hob, um sich die Haare aus den Augen zu streichen, sah er ihre festen, kleinen Brüste, die sich deutlich unter dem dünnen Stoff ihrer Bluse abzeichneten.

Er atmete tief ein und wieder aus. Dennoch blieb das Kribbeln in seinem Unterleib. So erstaunlich es ihm auch erschien – er begehrte diese Frau.

Allein ihr Anblick aus der Ferne sorgte dafür, dass sich in seiner Hose etwas regte. Nervös rutschte er auf seinem Stuhl herum. Sie löste ein Verlangen in ihm aus, wie er es seit vielen Jahren nicht gespürt hatte. Nicht einmal bei den raffinierten Sexspielen, die ihm die teuren Callgirls boten, die er ins Haus kommen ließ, wenn er den Wunsch verspürte, berührt zu werden, wenn er wenigstens für Minuten Vergessen suchte. Bei ihnen hatte er nichts zu befürchten. Sie wurden für ihre Dienste fürstlich bezahlt und taten und sagten genau das, was von ihnen erwartet wurde.

»Reiner Wahnsinn«, murmelte er vor sich hin, während er Joana immer noch unverwandt ansah. »Wahrscheinlich drehe ich langsam durch. Kein Wunder.«

Er sah zu, wie sie nach ihrem Trolley griff und entschlossen zur Haustür ging. Sie klingelte und erwartete, dass ihr jemand öffnete, doch offensichtlich hatte Sina mal wieder etwas Besseres zu tun. Nach ein oder zwei Minuten schnappte sie sich erneut ihr Gepäck und war kurz darauf um die Ecke des großen Gebäudes verschwunden. Allzu geduldig war sie jedenfalls nicht.

Nach einer Weile löste er seinen Blick von dem Punkt, wo eben noch ihr roter Rock im Wind geweht hatte. Er lehnte sich auf seinem Stuhl zurück und versuchte sich zu entspannen. Nur langsam ließ das Pochen zwischen seinen Schenkeln nach. Gleichzeitig kehrte die übliche Klarheit in seine Gedanken zurück.

Was hatte er sich nur dabei gedacht, als er Harald Klein aufgefordert hatte, ihm eine Lektorin ins Haus zu schicken, und zwar eine ganz bestimmte? Das Problem war, dass er nach jenen magischen Minuten, in denen er sie zum ersten Mal gesehen hatte, offenbar nicht in der Lage gewesen war, einen vernünftigen Gedanken zu fassen.

Und das alles nur, weil eine Frau begeistert von seinen Romanen sprach und dabei unbeschreiblich entzückend aussah, mit ihrem schmalen Gesicht und den silbern schimmernden Augen, über die sich ein verträumter Schleier legte, wenn sie an seine Geschichten dachte …

Energisch rief er sich zur Ordnung, bevor sein Schwanz zum zweiten Mal innerhalb einer Viertelstunde wegen dieser Frau anschwoll. Dann griff er zum Telefon und wählte die Nummer von *Lifestyle-Escort,* die er mittlerweile auswendig kannte. In den vergangenen Wochen und Monaten hatte es immer mehr Nächte gegeben, in denen er die Einsamkeit nicht mehr ertragen konnte. Dann hatte ihn die Anwesenheit einer der Frauen, die für diese hochkarätige Escort-Agentur arbeiteten, zwar nicht wirklich getröstet, ihm aber doch über die dunkelsten Stunden hinweggeholfen.

Nachdem er vereinbart hatte, dass ihm die rothaarige Roxy von Mitternacht an die ganze restliche Nacht zur Verfügung stehen sollte, verließ er den Gästebungalow, in dem er sich sein Arbeits- und Schlafzimmer eingerichtet hatte. Allerdings nicht, ohne vorher vom Garderobenhaken hinter der Tür den Strohhut zunehmen und ihn sich tief ins Gesicht zu ziehen.

Dann ging er an den in allen Farben leuchtenden Blumenbeeten vorbei quer über den gepflegten Rasen zur hinteren Terrasse seiner Villa. Neben einer der Sitzgruppen stand der rote Trolley, den Joana mitgebracht hatte. Lächelnd betrachtete er ihn eine Weile, bevor er die Glastür öffnete. Tagsüber wurde sie nicht verschlossen, damit er von hinten ins Haus gelangen konnte. Im Dämmerlicht glitt er wie ein Schatten in die Villa.

****

Joana trat einen Schritt von der Tür zurück und betrachtete die Hausnummer, die in geschwungenen Messingziffern an der weiß gestrichenen Wand prangte. Hier war sie am richtigen Ort. Diese Adresse stand auf dem Zettel, den Frau Schramm ihr gegeben hatte. Aber wieso öffnete ihr niemand? Schließlich hatte sie der Haushälterin telefonisch angekündigt, wann sie hier ankommen würde.

Entschlossen zerrte Joana ihren Trolley die drei flachen Stufen vor der Haustür wieder hinunter und ging um das Gebäude herum, um nachzusehen, ob sie dort jemanden antreffen würde. Vielleicht hatte die Haushälterin sie nicht gehört, weil sie mit Staubsaugen oder einer anderen Arbeit beschäftigt war, die viel Lärm machte.

Die überdachte Terrasse an der Rückseite der Villa war mit weißem italienischem Marmor gepflastert, und es gab verschiedene Sitzecken mit weich gepolsterten Sesseln und Bänken. An einer Schmalseite schwangen an einem Querbalken mehrere tiefe, an Ketten hängende Sitze sanft im Wind.

Joana ließ ihren Koffer auf der Terrasse stehen und ging zu der breiten Glastür, die ins Haus führte. Die vertikalen Lamellen innen an der gläsernen Fensterfront und an der Tür waren geschlossen, wohl wegen der Hitze des Julitages.

Obwohl mit einem Sicherheitsschloss versehen, war die Terrassentür nur angelehnt. Als Joana sie mit den Fingerspitzen aufstieß, verließ sie plötzlich die Entschlossenheit, die sie bis hierher geführt hatte. Zögernd machte sie einen Schritt ins Haus, das sie kühl und dunkel umfing. Die gegenüberliegende Wand, die mindestens sieben oder acht Meter entfernt lag, war nur vage zu erkennen. Irgendwo in der Dämmerung meinte Joana ein leises Rascheln zu hören.

»Hallo?« Sie hielt den Atem an, doch es kam keine Antwort. Wahrscheinlich hatte sie sich getäuscht.

Nach einer Weile gewöhnten sich ihre Augen an das schwache Licht, und sie erkannte die offenstehende Tür, die an der gegenüberliegenden Seite aus dem Zimmer führte. Vorsichtig ging sie darauf zu und stieß sich trotzdem an irgendeiner Kante das Schienbein an. Mit einem unterdrückten Aufschrei tastete sie sich weiter voran.

In dem breiten Flur, den sie schließlich erreichte, brannte auf Kniehöhe ein schwaches Licht, wie es in anderen Wohnungen als Nachtbeleuchtung diente. Wieder blieb sie stehen und rief ein leises »Hallo?« ins Haus.

Dieses Mal glaubte sie, aus der Ferne eine Stimme zu

hören, die aber nicht wie eine Antwort auf ihren Ruf klang. Es hörte sich eher wie ein Lachen oder ein unterdrückter Aufschrei an.

Langsam bewegte sie sich in die Richtung, aus der sie das Geräusch gehört hatte, fühlte sich dabei aber äußerst unbehaglich. Schließlich war sie ohne das Wissen der Bewohner in ein ihr vollkommen fremdes Haus eingedrungen, auch wenn man sie hier erwartete. Da ihr keine andere Lösung einfiel, setzte sie dennoch ihren Weg durch das Dunkel fort.

Sie folgte einem breiten Gang zu einer Treppe, vorbei an einigen geschlossenen Türen. Nur durch ein offenbar von außen beschattetes Oberlicht drangen ein paar Sonnenstrahlen herein.

Als sie hinter sich Schritte auf dem Steinboden hörte, fuhr sie herum. Die hochgewachsene Gestalt stand fast direkt vor ihr, dennoch konnte sie nur die Umrisse sehen. Anhand der Größe, der breiten Schultern und der schmalen Hüften erkannte sie zweifelsfrei einen Mann.

»Guten Tag«, stieß sie hastig hervor. »Mein Name ist Joana Liebermann. Ich bin eine Mitarbeiterin des Raute-Verlags und soll Herrn Westen bei der Fertigstellung seines Romans helfen.« Erwartungsvoll sah sie in Richtung des verschwommenen, hellen Ovals seines Gesichts.

Doch der Mann, der ihr noch immer unbewegt gegenüberstand, sagte kein Wort.

»Ich habe mich telefonisch bei der Haushälterin angemeldet«, fuhr sie fort. »Sina … Den Nachnamen weiß ich leider nicht mehr. Sie erwartet mich. Aber als ich klingelte, hat mir niemand geöffnet, deshalb bin ich ums Haus gegangen …«

»Kein Problem.« Die Stimme des Fremden klang gleichzeitig rau und sanft. »Sina ist oft etwas – abgelenkt.«

»Aha.« Unruhig schaute Joana sich um. »Wo finde ich sie denn?«

»Oben, nehme ich an.« Undeutlich erkannte sie, dass er in die Richtung der Treppe deutete.

»Aha«, antwortete sie nun schon ein zweites Mal. Wahrscheinlich hielt er sie inzwischen für geistig minderbemittelt, aber er verhielt sich ja auch ziemlich merkwürdig. Erstens hätte er wenigstens Licht machen können, damit sie ihn und ihre Umgebung besser sah. Und zweitens wäre es höflich gewesen, sie zu dieser Sina zu führen oder die Haushälterin wenigstens herbeizurufen.

»Sind Sie – Raoul Westen?«, wagte sie nach einer längeren Pause zu fragen, nachdem sie einander eine gefühlte Ewigkeit stumm in der Dunkelheit gegenübergestanden hatten.

»Nein«, erwiderte er einsilbig. Als sie abwartend schwieg, fügte er schließlich hinzu: »Ich bin Oliver Westen. Sein Bruder.«

»Ich habe schon gehört, dass Sie ebenfalls hier leben.« Joana bemerkte selbst, wie nervös ihr Geplapper klang. Sie atmete tief durch und bemühte sich, ruhiger zu werden. Ganz egal, wie merkwürdig die Situation war, sie musste irgendwie damit klarkommen, nachdem sie sich auf dieses Abenteuer eingelassen hatte.

»Ja. Allerdings halte ich mich die meiste Zeit im Gästebungalow auf. Dort ist es ruhiger.«

»Sicher.« Sie nickte, was er aber wohl kaum sehen konnte. »Freut mich, Sie kennenzulernen.« Instinktiv streckte sie die Hand in seine Richtung und war erstaunt, als er sie zielsicher ergriff. Offenbar konnte er sie besser sehen als sie ihn, da direkt hinter ihr die wenigen Sonnenstrahlen durchs Oberlicht auf den Boden fielen.

Seine Finger, mit denen er ihre Hand umschloss, waren kühl und ein wenig rau. Ein Schauer durchlief sie, von dem sie nicht wusste, ob es Unbehagen, Furcht oder eine sonderbare Erregung war. Sie spürte, wie er mit dem Daumen kaum merklich über ihre Handfläche strich, und erstarrte.

Mit einem Ruck wollte sie ihm ihre Finger entziehen, doch er ließ sie nicht los. Stand einfach nur da und hielt ihre Hand fest.

»Herzlich willkommen.« Seine Stimme klang seltsam distanziert, was nicht zu seinen freundlichen Worten passte. Dann ließ er Joanas Hand so unvermittelt los, dass sie wie ein lebloser Gegenstand neben ihren Körper fiel.

»Danke«, murmelte sie und schaute zur Treppe. »Dann werde ich mich jetzt wohl besser auf die Suche nach Sina machen. Ist es vielleicht möglich …? Kann man hier Licht einschalten?«

Als sie keine Antwort erhielt und sich wieder umdrehte, war die dunkle Silhouette verschwunden. Oliver Westen musste in der Lage sein, sich vollkommen lautlos über den Steinboden zu bewegen.

Da Joana keine Ahnung hatte, wo sie die Lichtschalter finden konnte, blieb ihr nichts andres übrig, als sich vorsichtig zur untersten Treppenstufe vorzutasten. Was hatte es zu bedeuten, dass es in diesem Haus so schrecklich finster war?

Selbst an einem heißen Tag wie diesem erschien ihr das übertrieben. Brauchte Raoul Westen eine schwüle, düstere Atmosphäre, um seine erregenden erotischen Szenen zu schildern? Würde sie es eines Tages wagen, ihm diese Frage zu stellen?

Eine Hand am Treppengeländer, stieg sie die Stufen hinauf, die in neue Dunkelheit führten.

»Hallo?«, rief sie halblaut, als sie den oberen Flur erreicht hatte. Ihr Ruf blieb weiterhin ungehört.

Am Ende des Ganges fiel zu ihrer Erleichterung Tageslicht durch eine offenstehende Tür in den Flur. Aufatmend ging sie darauf zu. Sie stand schon fast im Türrahmen, als sie den keuchenden Atem wahrnahm. Im ersten Moment meinte Joana, sie hätte unbewusst einen Seufzer ausgestoßen. Doch dann erkannte sie, dass es ein Mann und eine Frau waren, die im gleichen Takt heftig ein- und ausatmeten. Jetzt begann die Frau zu stöhnen. Nicht leise und unterdrückt, sondern lustvoll und ohne jede Hemmung.

Joana drehte sich um und wollte sich diskret entfernen, doch im selben Moment hörte sie die Stimme des Mannes. »Komm«, rief er lockend. »Komm! Jetzt!«

Natürlich wusste Joana, dass nicht sie gemeint war, dennoch wandte sie sich wie in Trance wieder zu der offenen Tür. Sie stützte sich mit einer Hand am Türrahmen ab und schob sich seitlich gerade eben so weit vor, dass sie ins Zimmer blicken konnte.

Sie hatte ein Schlafzimmer erwartet und stellte erstaunt fest, dass es sich um ein riesiges Bad handelte. Darin gab es nicht nur eine Dusche, ein Doppelwaschbecken und eine in den Boden eingelassene runde Wanne, sondern auch Ruheliegen, eine Massagebank und mehrere Sportgeräte. Seitlich von der Tür, nur wenige Schritte von ihr entfernt, stand ein Trimmfahrrad. Auf diesem chromblitzenden Gerät sah sie zwei ineinander verschlungene Körper, von denen einer sich heftig bewegte. Erschrocken fuhr sie zurück, sodass man sie von drinnen nicht mehr sehen konnte.

An den Türrahmen gelehnt, lauschte sie dem hohen Stöhnen der Frauenstimme und dem tieferen Keuchen des

Mannes. Plötzlich stellte sie fest, dass sie im selben Rhythmus atmete wie das Paar auf dem Fahrrad. Sie hielt die Luft an, konnte aber nicht verhindern, dass ein heißer Schauer sie durchlief.

Höchstens drei Meter von ihr entfernt hatte ein Paar Sex! Noch nie in ihrem Leben war sie in einer solchen Situation gewesen, und erstaunt stellte sie fest, wie sehr allein die Vorstellung sie erregte, dass es sich bei dem Mann möglicherweise um Raoul Westen handelte.

Vorsichtig beugte sie sich ein wenig vor, bis sie wieder um die Ecke spähen konnte. Die beiden auf dem Trimmgerät waren so sehr miteinander beschäftigt, dass sie Joana wahrscheinlich nicht einmal bemerkt hätten, wenn sie mitten in den Raum getreten wäre.

Joana sah eine Frau mit langen blonden Locken, die ihr ins Gesicht fielen, sodass sie ihre Züge nicht erkennen konnte. Die Frau hing mit dem Bauch über dem Lenker des Trimmrads, und ihre großen Brüste schwangen hin und her, während der Mann, der hinter ihr nackt am Sattel lehnte, mit ruckartigen Hüftbewegungen in sie hineinstieß. Mit beiden Händen stützte er sich auf den Rücken seiner Gespielin und hatte den Kopf in den Nacken gelegt, sodass es aussah, als würde er die kleinen Leuchtdioden zählen, die wie Sternchen an der Decke funkelten. Das Licht, das sowohl durchs Fenster als auch von oben auf seine Haare fiel, ließ sie schwarzblau leuchten.

Bewundernd betrachtete Joana den sehnigen Hals, die breiten Schultern und die muskulöse Brust. Die Haut des Mannes schimmerte in einem satten Bronzeton, auf dem silbrige Schweißperlen funkelten. Deutlich konnte sie erkennen, wie er seine Armmuskeln anspannte, als er die Hüfte der Frau dichter an sich heranzog, um noch tiefer in sie einzudringen.

Joana schnappte nach Luft, weil sie plötzlich tief in ihrem Unterleib ein Brennen spürte. Als hätte er *sie* dort unten, dort drinnen berührt. Gleichzeitig fühlte sie, wie ein kühler Tropfen an der Innenseite ihres Schenkels abwärtsrollte. Er hatte sich offenbar an dem hauchdünnen Tanga vorbeigemogelt, den sie unter ihrem Sommerkleid trug.

Erstaunt presste sie die Beine zusammen. Es war lange her, seit sie zuletzt vor Lust feucht geworden war. Nun ja, manchmal geschah es beim Lesen. Wenn sie die Romane von Raoul Westen las …

»Komm, Baby. Komm für mich!« Die Stimme des Mannes stieg hinauf zur Decke und schien auf sie herab zu fallen und sie von allen Seiten zu umgeben, zu berühren, zu streicheln.

Komm! Komm! Seine lockende Stimme hallte in ihrem Kopf wider und beschleunigte ihren Atem. Jetzt zitterte sie am ganzen Körper, ein zweiter Tropfen rann an ihrem Schenkel hinab.

Die Frau auf dem Rad stieß einen leisen Schrei aus, als der Mann sich über sie beugte, mit beiden Händen ihre Brüste umfasste, ihre langen, roten Nippel zwischen die Daumen und die Zeigefinger nahm, heftig daran zog und sie dann drehte. Das musste wehtun, doch der Gedanke an diesen Schmerz steigerte Joanas Erregung.

Ohne nachzudenken, schob sie die rechte Hand in den tiefen Ausschnitt ihres Kleids. Die Spitze einer ihrer Brüste war hart. So hart, dass es fast wehtat, als sie mit dem Zeigefinger darüberstrich.

Immer weiter rutschte die blonde Frau über den Lenker nach vorn, während der Mann fast wütend in sie hineinhämmerte. Joana trat einen Schritt zur Seite, sodass sie sehen konnte, wie sein Schwanz rot und glänzend bis fast zur Spitze aus der gedehnten Öffnung auftauchte und gleich darauf wieder bis zum Anschlag zwischen den gespreizten Schenkeln verschwand.

»Komm!«, ächzte der Mann jedes Mal, wenn er seine Hüften nach vorn schob. »Komm!«

»Ja, Raoul. Ja ... Gleich ... Ja ...«

Als sie den Namen des Mannes hörte, zuckte Joana zusammen, und ihr wurde so heiß, dass sie sich am liebsten die spärliche Kleidung, die sie an diesem Sommertag trug, vom Leibe gerissen hätte. Das dort drüben war tatsächlich Raoul Westen! Der Mann, der sie allein mit seinen Worten fast mehr erregte, als es ihm unter vollem Körpereinsatz bei der Frau dort drüben gelang. Auch wenn die Ähnlichkeit mit den Autorenfotos auf den Schutzumschlägen seiner Bücher offensichtlich war, hatte sie es bisher nicht glauben können.

Jetzt ließ er eine der üppigen Brüste los, packte mit der freien Hand in die wirre blonde Mähne und zog den Kopf der Frau mit einem Ruck nach hinten in den Nacken, sodass sie nicht weiter nach vorn und von ihm wegrutschen konnte, während er in sie hineinstieß. Gleichzeitig presste er den Mund auf ihre Schulter.

»Ah! Ja!« Der Laut kam gepresst und gurgelnd aus dem grell geschminkten Mund der Frau. Sie hatte die Augen fest zusammengekniffen und die Lippen zu einem großen O geformt.

Verzweifelt rieb Joana die Schenkel aneinander. Wie sehr sie sich gewünscht hätte, in diesem Moment den langen, glänzenden Schwanz in sich zu spüren! Er würde das Feuer löschen, das so unvermittelt in ihr brannte. Das Gefühl, das sie überrollte, wurde nicht nur von dem erregenden Bild genährt, dass sie vor sich sah.

Dieses Feuer erhielt seine Kraft auch von all den Worten und Sätzen, die jener äußerst attraktive Mann geschrieben und die sie gelesen hatte. Auch wegen der Träume, die er ihr geschenkt hatte, loderte es hell und sengend, speiste sich aus ihrer Sehnsucht, endlich etwas so Wunderbares und Erregendes zu spüren und zu erleben wie die Frauen in seinen Geschichten. Wie die Frau dort drüben auf dem Trimmrad.

Fasziniert beobachtete sie das Spiel der Muskeln unter seiner bronzefarbenen Haut. Bei jeder seiner Bewegungen zeichneten sie sich deutlich ab, zogen sich zusammen und lockerten sich wieder. Jetzt richtete er sich im Sattel auf, um mit den Hüften noch mehr Schwung zu nehmen. Seine nackten Zehen krümmten sich um die Pedale, und seine Waden schwollen an, als er seinen Körper aufrichtete. Jetzt drang er von schräg oben in die Frau ein.

Joana zuckte zusammen, als sein dicker, langer Schaft in fast senkrechter Richtung in dem feucht schimmernden Eingang verschwand. Sie glaubte zu spüren, wie er sich von innen gegen ihre eigene empfindliche Klitoris presste.

Ganz von selbst wanderte Joanas Hand unter ihren Rock.

Sie musste nicht suchen, ganz mühelos fand die Spitze ihres Zeigefingers jene pochende Stelle. Fest drückte sie auf die geschwollene Perle, während sie sich vorstellte, sie könnte Raoul Westens Penis unter ihrem Finger fühlen, wenn er gleichzeitig von innen zustieße.

»Komm, Baby!«, schrie er die Frau an, und sie jaulte auf und rutschte bis zu den Hüftknochen auf dem Lenker nach vorn, als er sein Tempo beschleunigte und ihre Haare losließ. Ihre Fingerspitzen hingen schon fast bis auf den Boden hinab.

O Gott, warum kommt sie denn nicht? Joana hörte seine Bitte, seinen Befehl. Und da spürte sie, noch ganz tief verborgen in ihrem Fleisch, ein leichtes Zucken, wie die ersten Flügelschläge eines kleinen Vogels, der sein Nest verlassen will.

Sie presste den Daumen auf ihre Klitoris und bewegte ihn im Kreis. Gleichzeitig tastete sie sich mit Zeige- und Ringfinger am schmalen Stoffstreifen ihres Tangas zu ihrer feuchten Höhle vor, spürte es warm und glitschig an den Fingerspitzen und schob beide Finger tief in die gierige Öffnung, die ihre Finger aufnahm, wie sie Raoul Westens Schwanz umfangen hätte. Fest umschloss ihr Fleisch die Finger, dann begann es heftig zu zucken. Joana ließ beide Finger herausgleiten und rammte sie entschlossen erneut hinein. Mühsam unterdrückte sie ein Stöhnen, Dann wurde ihr unglaublich heiß, während die Welle auf sie zukam.

»Ja!« Die Stimme riss sie mit sich. Sie öffnete den Mund zu einem lautlosen Schrei, riss dabei die Augen auf – und versank in seinem Zartbitterblick. Er sah ihr direkt ins Gesicht! Sie war wie erstarrt und konnte sich nicht bewegen, konnte nicht einmal die Finger aus ihrer Muschi ziehen, in der das Zucken langsam verebbte.

»So ist es gut. Mach weiter!« Seine Stimme klang rau und beschwörend. Instinktiv wusste sie, dass er mit ihr sprach, als er erneut tief in seine Partnerin hineinstieß.

»Ja, gleich«, keuchte die Frau, die mittlerweile fast die Position eines Handstands einnahm, während ihre gespreizten Schenkeln auf dem Lenker des Trimmrads lagen. Weit vorgebeugt, stützte Raoul Westen sich wieder auf ihren Rücken und bearbeitete sie hart und unnachgiebig.

Joana starrte in seine dunklen Augen, spürte erneut das Feuer zwischen ihren Lenden, streichelte und reizte mit ihren

Fingerspitzen das heiße, feuchte Fleisch da drinnen, während sie die Daumenkuppe um ihre Klitoris tanzen ließ.

»Komm!« Er formte das Wort lautlos mit den Lippen, doch sie konnte es hören. Und sie gehorchte ihm.

Leise und fast erstickt kam ihr Schrei aus ihrer trockenen Kehle. Sie hatte ihn unterdrücken wollen, doch die Lust war stärker. Wie durch eine dichte Nebelwand hörte sie ihren eigenen keuchenden Atem, während sie das Gefühl hatte, sich in einer Flut aus heißer Schokolade aufzulösen ...

Immer noch schaute er sie unverwandt an, und während sie am ganzen Körper bebte und sich nur mit Mühe auf den Beinen hielt, war sie nicht in der Lage, den Blick von Raoul Westen abzuwenden. Sie konnte sich nicht entsinnen, jemals während eines Orgasmus dem Mann, mit dem sie ihn erlebt hatte, in die Augen gesehen zu haben. Nicht dass es allzu viele Höhepunkte gewesen wären, die sie schon verspürt hatte.

Und dieser Mann ... Raoul Westen ... Er hatte sie nicht einmal berührt. Sie nur angesehen. Und dann war da natürlich die Erinnerung an all seine zärtlichen, leidenschaftlichen Worte, an all die Sehnsüchte und Träume, die er mit seinen Büchern in ihr geweckt hatte. Sagte man nicht, dass Sex und die Befriedigung, die daraus resultierte, hauptsächlich im Kopf stattfanden?

Während die Welt um sie herum zu wanken schien, schossen ihr zahllose Gedanken durch den Kopf. Wirr und undeutlich, wie die bunten Nebel, die als Ausläufer ihres verebbenden Höhepunkts an den Rändern ihres Gesichtsfelds tanzten.

»Sieh an, wir haben Besuch!« Der klare, harte Klang der hohen Frauenstimme sorgte dafür, dass Joana unsanft wieder auf dem Boden der Tatsachen landete. Hastig zog sie die Hand unter ihrem Rock hervor und zupfte ihr Oberteil zurecht. Dann erst wagte sie aufzuschauen.

Die Frau auf dem Trimmrad hatte sich wieder mit den Händen auf den Lenker gestützt und erwiderte mit blitzenden Augen Joanas Blick.

***

Joana erinnerte sich, dass Raoul Westen der Hausherr war – der sie soeben auf eine ganze besondere Art begrüßt hatte. Die Nachwirkungen fühlte sie als sanftes Vibrieren in ihrem Unterleib.

Wer auch immer seine Gespielin war, Raoul hatte ohne ihr Wissen gleichzeitig mit Joana Sex genossen. Dieser Gedanke ließ ihre Erregung erneut aufflackern. Sie atmete tief durch. »Ich bin auf der Suche nach Sina Krüger«, teilte sie der unbekannten Frau in entschlossenem Ton mit.

»Am besten wartest du unten im Wohnbereich.« Mit dem Unterarm schob die Frau sich ein paar lange, blonde Haarsträhnen aus dem erhitzten Gesicht. Dabei verzog sie den Mund zur Parodie eines höflichen Lächelns. »Ich brauche noch einen Moment, dann kümmere ich mich um dich.«

Das war also Sina Krüger, die Haushälterin. In Gedanken setzte Joana das Wort »Haushälterin« in Anführungsstriche, denn offenbar spielte Sina in diesem Haus eine ganz andere Rolle oder erfüllte zumindest auch andere Aufgaben als die Haushaltsführung.

»Lassen Sie sich nicht stören.« Trotz der ungewöhnlichen Situation gelang es Joana, gelassen zu wirken, worauf sie ziemlich stolz war. »Ich warte unten. Kein Problem.« Ruhig wandte sie sich um und verließ das Bad. Sie hatte erst wenige

Schritte in die Richtung der Treppe gemacht, als Westens energische Stimme sie zurückhielt.

»Warte, Joana. Sina kann dir sofort dein Zimmer zeigen. Sie hat jetzt Zeit.«

Als sie sich umwandte, stand der Hausherr nackt im Dämmerlicht des Flurs. Sein noch halb erigierter Schwanz schimmerte feucht im Licht, das aus dem Bad in den Flur fiel. Er schien es für völlig selbstverständlich zu halten, nackt vor ihr herumzulaufen. Was nicht so seltsam war, wenn man bedachte, dass sie ihn beim Sex beobachtet und dabei unter seinen Blicken einen Orgasmus erlebt hatte – anstelle seiner Geliebten.

Joana schluckte. »Ja«, antwortete sie dann ruhig. Sie meinte zu erkennen, dass Raoul ihr zuzwinkerte, dann war er auch schon wieder im Bad verschwunden.

Erschöpft lehnte sie sich an die Wand. Auch wenn Raoul so tat, als wäre es die normalste Sache der Welt, begriff sie überhaupt nicht, was sie dazu gebracht hatte, zwei fremden Menschen bei ihrer äußerst intimen Beschäftigung zuzusehen und sich dabei selbst zu befriedigen. Raoul schien es gefallen zu haben, und seine Geliebte hatte hoffentlich außer ihrer Anwesenheit nichts mitbekommen.

Und sie selber … Joana hielt bei der Erinnerung an die erregenden Momente da drinnen im Bad die Luft an. Ihr selber hatte es ebenfalls gefallen. Sie hatte sich ein Abenteuer gewünscht und war schon kurz nach ihrer Ankunft in Raouls Villa mittendrin.

Als Sina Krüger gleich darauf im Flur auftauchte, war Joana überrascht, wie schnell die junge Frau sich angezogen hatte. Sie trug Jeans, ein eng anliegendes T-Shirt spannte sich über ihren prallen Brüsten, und sie hatte sich in der kurzen Zeit sogar die Haare gekämmt und im Nacken zusammengebunden. Während sie langsam auf Joana zukam, ließ sie ihren Blick prüfend an ihr auf- und abgleiten.

Joana atmete tief durch und warf den Kopf in den Nacken. Immerhin war sie diejenige gewesen, die eben mit Raoul Westen zum Orgasmus gekommen war. Nun ja, nicht direkt *mit* ihm, aber immerhin. Dennoch konnte sie nicht verhindern, dass sie sich angesichts der üppigen Formen der angeblichen Haushälterin dünn und mickrig vorkam.

»Du bist also Joana«, stellte Sina Krüger fest und blieb viel zu dicht vor ihr stehen. »Wir duzen uns hier alle. Selbst Oliver, der sonst eher – zurückhaltend ist.«

»Ist gut«, murmelte Joana. Und als Sina einfach nur stumm dastand und sie immer weiter ansah, fuhr sie entschlossen fort: »Kann ich dann mein Zimmer sehen?«

Immerhin war sie hier, um Raoul Westen bei der Fertigstellung seines Romans zu helfen. Sie hatte also keinen Grund, vor seiner angeblichen Haushälterin zu kuschen.

Offenbar war Joanas Gesichtsausdruck verräterisch gewesen, denn Sina wandte sich mit einem Ruck von ihr ab und marschierte den Flur entlang, ohne sich darum zu kümmern, ob die neue Hausbewohnerin ihr folgte. Eilig heftete Joana sich an ihre Fersen.

In diesem Moment spürte sie, dass sie in Sina ganz sicher keine Freundin gefunden hatte. Die Blondine führte sie zu einer Tür am Ende des Flurs, die sie wortlos öffnete. Joana trat ein und schaute sich neugierig um. Das Zimmer war groß und hell. Vielleicht, weil dieser Teil des Hauses bereits im Schatten lag, waren die Jalousien nicht heruntergelassen. Die Fenster gingen auf den Garten hinaus. Durch eine Glastür gelangte man auf einen Balkon, auf dem ein Tischchen, zwei Stühle, eine Liege und ein Sonnenschirm standen.

Das Zimmer war mit hellen Holzmöbeln eingerichtet. Außer dem breiten Bett gab es eine kleine Sitzecke, einen Kleiderschrank, ein Regal mit verschiedenen Nachschlagewerken und einen Schreibtisch mit einem bequemen Bürostuhl. Joana trat vors Fenster und schaute ins Grün des riesigen Gartens hinunter. Zwischen hohen Bäumen, blühenden Büschen und gepflegten Blumenbeeten schimmerten die weißen Mauern eines kleinen, flachen Gebäudes.

»Lebt dort unten Raouls Bruder?« Erst als sie den Satz ausgesprochen hatte, bemerkte sie die vertraute Anrede, die sie benutzt hatte. Doch laut Sina duzten sich ohnehin alle im Haus.

Als sie keine Antwort erhielt, drehte sie sich um. Sina stand mit vor der Brust verschränkten Armen in der Tür und sah sie finster an. »Eins will ich gleich mal klarstellen«, begann sie in zischendem Ton.

»Ja?« Joana unterdrückte die leise Panik, die in ihr aufstieg, und rief sich erneut ins Bewusstsein, dass sie auf Raoul Westens ausdrücklichen Wunsch hier war und dass *er* sie äußerst freundlich betrachtet hatte. Ohne mit der Wimper zu zucken, hielt sie Sinas Blick stand.

»Raoul und ich … Wir sind ein Paar. Wenn er Interesse an anderen Frauen zeigt, so ist das rein sexuell. Ich toleriere es, weil es nicht die geringste Bedeutung hat.« Mit zusammengekniffenen Lidern starrte Sina ihre vermeintliche Konkurrentin an. »Nur damit du dir keine Hoffnungen machst.«

»Ich bin hier, um Raoul bei seiner Arbeit zu helfen«, erklärte Joana in kühlem Ton und fühlte sich der anderen Frau für einen kurzen Moment überlegen. Was ein ziemlich ungewohntes Gefühl für sie war. Fremd, aber nicht unangenehm.

Wenn Sina sich ihrer Sache wirklich sicher gewesen wäre,

hätte sie Joana nicht anfeinden müssen. Offenbar hielt sie die neue Mitbewohnerin sehr wohl für eine Rivalin.

Joana wusste nicht, was über sie gekommen war, als sie fortfuhr: »Außerdem kann ich mir nicht vorstellen, dass ein Mann, der solche Romane schreibt wie Raoul, Interesse an Sex auf einer rein körperlichen Ebene hat. Er schreibt so gefühlvoll und ...«

Sinas schrilles Lachen ließ sie verstummen. »Weißt du, was Raoul immer zu seinen Romanen sagt? Die Frauen bekommen das zu lesen, was sie lesen wollen.« Triumphierend warf die angebliche Haushälterin den Kopf in den Nacken.

Zu ihrem eigenen Erstaunen ließ Joana sich vom kämpferischen Gebaren der anderen Frau nicht beeindrucken. »Hast du überhaupt schon mal einen seiner Romane gelesen?«, erkundigte sie sich, einer plötzlichen Eingebung folgend.

»Nein!« Das klang herausfordernd und fast stolz. »Das habe ich nicht nötig. Ich habe Sex mit Raoul Westen und bin nicht wie gewisse andere Frauen darauf angewiesen zu lesen, was er über Sex schreibt.«

»Nur über Sex schreibt er nicht«, berichtigte Joana sie sanft. »Er schreibt über Gefühle. Tiefe, echte Gefühle.«

»Ha! Eine Romantikerin! Wie rührend!« Ohne Joana Gelegenheit zu einer Antwort zu geben, wandte Sina sich ab. Über die Schulter rief sie noch: »Abendessen um neunzehn Uhr im Wintergarten. Bitte pünktlich.« Dann war sie verschwunden.

Eine Weile stand Joana bewegungslos da und starrte ihr hinterher.

Du hast überhaupt keine Ahnung, wer Raoul Westen ist, wie er fühlt und denkt, Sina Krüger.

Dann fiel ihr ein, dass ihr Koffer noch auf der Terrasse stand. Sie wollte sich vor dem Essen unbedingt umziehen.

Während sie sich auf den Weg nach unten machte, um ihr Gepäck zu holen, dankte sie im Stillen ihrer Freundin Katja, die sie überredet hatte, passende Kleidung für jede Gelegenheit mitzunehmen. Raoul Westen hatte Interesse an ihr als Frau bekundet, also würde sie sich von ihrer besten Seite zeigen.

Vielleicht gab es hier in der Villa einmal eine Party, oder man ging gemeinsam aus. Selbst ihre silbernen Riemchensandaletten, die sie nur auf Katjas energisches Drängen hin eingepackt hatte, würden bei so einer Gelegenheit zum Einsatz kommen. Außerdem erschien es ihr plötzlich nicht mehr überflüssig, dass sie sich mit Katja verabredet hatte, um reizvolle Dessous und hübsche Nachtwäsche zu kaufen.

Ein versonnenes Lächeln auf den Lippen, trug Joana ihren schweren Koffer die Treppe hinauf und überlegte, was sie zum Abendessen anziehen sollte. Am besten etwas besonders Schönes, das auch ein kleines bisschen verführerisch wirkte. Sie freute sich schon auf Raouls Blicke.

4. KAPITEL

Da Sina es wahrscheinlich mit Absicht versäumt hatte, ihr zu sagen, wo in dem weitläufigen Haus der Wintergarten lag, brauchte Joana eine Weile, bis sie den Glasanbau fand. Sie hatte einen hellen, lichtdurchfluteten Raum erwartet. Jetzt staunte sie, weil selbst im milden Licht des Sommerabends sämtliche Jalousien heruntergelassen waren und das gläserne Dach von naturfarbenen Leinenbahnen abgedunkelt wurde.

Im Dämmerlicht hatten sich bereits die beiden Westen-Brüder und Sina um den runden Tisch versammelt. Darüber hing eine Lampe mit einer schwachen Glühbirne, die nur die Tischplatte beleuchtete, die Gesichter jedoch im Schatten ließ.

»Tut mir leid, dass ich mich verspäte. Ich habe mich im Haus verlaufen. Es kommt mir so riesig vor.« Joana lachte nervös und sank in den Korbstuhl vor dem überzähligen Gedeck.

»Dreihundert Quadratmeter Wohnfläche«, erklärte Sina in stolzem Ton, als würde die Villa ihr gehören. »Aber die meisten Leute schaffen es, von einem Zimmer ins andere zu gelangen, ohne sich unterwegs zu verirren.«

»Nun, hier bin ich!« Joana bemühte sich um einen liebenswürdigen Ton. Natürlich hatte sie nicht vor, sich vor den Augen und Ohren der beiden Männer einen Zickenkrieg mit Sina zu liefern.

Raouls Bruder saß mit dem Rücken zum Fenster, durch das kaum Licht ins Zimmer fiel. Leise lachte er in sich hinein. Hingegen beugte Sina sich vor, sodass ihr die Hängelampe ins Gesicht schien. Ihre Augen funkelten Joana bösartig an.

»Bedienen Sie sich.« Ohne seine Hand aus dem Schatten zu bewegen, deutete Oliver Westen auf die Speisen in der Mitte des Tisches. Es gab eine reiche Auswahl an Antipasti, zwei Schüsseln mit Salat, kaltes Geflügel und verschiedene Brotsorten und Brötchen.

Als hätte er sie gemeint, nahm Sina sich ein Stück von der gegrillten Hähnchenbrust und etwas Salat.

»Glaubst du nicht, dass es etwas kompliziert ist, wenn du Joana die ganze Zeit siezt, Oliver?«, fragte Raoul. »Immerhin wird sie für unbestimmte Zeit hierbleiben.«

Er wandte den Kopf in Joanas Richtung, und ihre Wangen fingen an zu glühen, als sie meinte, seinen Blick auf ihrem Gesicht zu spüren. Sofort fühlte sie ein heißes Kribbeln zwischen den Schenkeln.

»Unbestimmte Zeit? Du sagtest, ihr würdet wohl gemeinsam zwei bis drei Wochen brauchen, um den Roman fertigzustellen«, erinnerte Oliver seinen Bruder.

Joana unterdrückte ein Schmunzeln. Offensichtlich war Raoul der spontane, zerstreute Künstler und Oliver derjenige, der den Überblick behielt. Selbst über die Arbeit seines Bruders.

»Wann genau ist der Abgabetermin?«, erkundigte sie sich bei Raoul und befürchtete, dass ihr der professionelle Ton, um den sie sich bemühte, ziemlich misslang.

Lässig zuckte Raoul mit den Schultern. »Was heißt schon Abgabetermin? Das Buch muss meinen Ansprüchen genügen, sonst gebe ich es nicht aus den Händen. Aber du wirst mir dabei helfen, gut zu sein, nicht wahr, Joana?« Als würde er sich von seinem Bruder eine Bestätigung erhoffen, schweifte sein Blick hinüber zu Oliver.

»Ich werde mein Bestes tun«, flüsterte sie mit trockener Kehle und hantierte prompt so linkisch mit dem Vorlegebesteck, dass ihr der Hähnchenschenkel, den sie sich nehmen wollte, entglitt und auf dem Tischtuch landete. »Verzeihung.«

Ungeschickt spießte sie das Geflügelstück mit der Fleischgabel auf und beförderte es auf ihren Teller. Zu ihrem Entsetzen spürte sie, dass sie schon wieder rot wurde, vor allem, weil sie sich über ihre alberne Verlegenheit ärgerte. Schließlich hatte sie sich vorgenommen, selbstbewusst aufzutreten, um Sina zu zeigen, sie würde sich nicht von ihr einschüchtern lassen. Außerdem schien Raoul kein Mann zu sein, der auf schüchterne Frauen stand.

»Kein Problem. Wir sind nicht sonderlich formell, *Joana.*« Oliver betonte ihren Vornamen, wohl um ihr klarzumachen, dass er sie duzen würde, wie sein Bruder es vorgeschlagen hatte.

»Das ist gut. Wie man sieht, habe ich einige Probleme mit dem Besteck.« Ihr befreites Lachen ertönte gleichzeitig mit Sinas verächtlichem Schnauben.

»*Sina*«, wieder betonte Oliver den Namen, aber dieses Mal klang es tadelnd. »Sina kümmert sich um alle Haushaltsbelange. Außerdem kommt jeden Vormittag eine Putzfrau, und mittags ist Frau Leischaft fürs Kochen zuständig. Sie bereitet auch eine kalte Mahlzeit für den Abend vor. Wenn du einen Wunsch hast, kannst du dich an eine von ihnen wenden, Joana. Sicher hilft Sina dir jederzeit weiter. Mein Bruder und ich werden dir auch beistehen. Übrigens kannst du natürlich den Pool benutzen.«

»Leider habe ich keinen Badeanzug eingepackt.«

»Dann solltest du dir einen besorgen.«

»Allerdings empfiehlt es sich nicht, Oliver in seinem Refugium im Gästehaus zu stören«, mischte Sina sich ein, »und das steht hinter dem Pool.«

Joana war klar, dass es sich wahrscheinlich noch viel weniger empfahl, Sina mit irgendwelchen Wünschen zu belästigen. Bis jetzt schien Oliver der Freundlichste der Hausbewohner zu sein, wenn sie ihn auch ziemlich merkwürdig und zurückhaltend fand. Auf Sinas Bemerkung reagierte er mit einem verhaltenen Lächeln.

Raoul war geheimnisvoll und aufregend und nicht sonderlich gesprächig. Wahrscheinlich war er mit den Gedanken bei seinem Roman. Er schob sich eine gefüllte Gabel nach der anderen in den Mund, kaute gründlich und starrte dabei über den Kopf seines Bruders hinweg ins Dämmerlicht.

Nachdem Joana von dem Hähnchen probiert hatte, das ihr köstlich schmeckte, fasste sie Mut und wandte sich direkt an Raoul. »Wann werde ich die erste Szene zu lesen bekommen, und wie stellst du dir die Zusammenarbeit vor? Herr Klein hat mir gesagt, dass du ausschließlich mit Papierausdrucken arbeitest. Soll ich Anmerkungen machen? Zu den Dingen, die mir besonders gefallen oder eben nicht? Sozusagen als Repräsentantin der Zielgruppe.«

In ihrer Kehle stieg ein nervöses Kichern auf. Sie konnte sich kaum vorstellen, Raoul Westen ernsthaft zu kritisieren. Erwartete er das tatsächlich von ihr? Andererseits war es ihre Aufgabe als Lektorin, ihn auf eventuelle Fehler und Unklarheiten hinzuweisen.

Er nickte so zerstreut, dass sie nicht sicher war, ob er ihr überhaupt zugehört hatte.

»Auf dem Schränkchen im Flur liegt übrigens der Ausdruck einer neuen Szene.« Wieder war es Oliver, der ihre Frage beantwortete.

»Schreibst du auch, Oliver?«, erkundigte sie sich nach einer Pause.

»Nein, nein. Ich unterstütze meinen Bruder hauptsächlich bei der Recherche und kümmere mich um ...« Er stockte und fuhr dann fort: »... um organisatorische Fragen. Raoul ist der typische Künstler. Immer vergisst er irgendetwas. Ich versuche, den Überblick zu bewahren. Mit organisatorischen Fragen kannst du dich auch an mich wenden.«

Joana sah Raoul an, der ihren Blick lächelnd erwiderte und ihr zuzwinkerte. Im Gegensatz zu seinem Bruder saß er so, dass ihm das Lampenlicht ins Gesicht fiel. Sie brauchte eine Weile, bis sie sich von ihrer Überraschung erholt hatte und sein Blinzeln erwiderte. Doch er hatte sich längst wieder seinem Essen zugewandt.

Während der restlichen Mahlzeit schwiegen sie. Joana hatte die ganze Zeit das Gefühl, dass Oliver sie aus dem Schatten heraus beobachtete. Sie versuchte, die dunkle Silhouette auf der anderen Seite des Tisches zu ignorieren. Langsam wurde Raouls Bruder ihr unheimlich. Bei ihrer ersten Begegnung war er wortkarg und distanziert gewesen, und nun wirkte er plötzlich bemüht freundlich. Zu bemüht.

Als sie ihre Aufmerksamkeit wieder Raoul zuwandte, sah sie, dass Sinas rechte Hand unter dem Tisch verschwunden war und ihr Arm sich seitlich in die Richtung von Raouls Schoß streckte. Unter der Tischplatte schien ihre Hand sich heftig zu bewegen, als würde sie Raoul massieren. Oder vielmehr einen ganz bestimmten Körperteil. Dabei gab sie sich nicht einmal Mühe, ihr Tun zu verbergen. Im Gegenteil.

Sobald sie bemerkte, dass Joana in ihre Richtung schaute, grinste sie herausfordernd.

Joana bemühte sich, den Blick der Haushälterin mit unbewegter Miene zu erwidern. Dann stand sie langsam auf. »Wenn ihr mich bitte entschuldigt. Ich werde mir dann noch den neuen Text ansehen. Schließlich bin ich nicht zur Erholung hier.«

»Oh, es ist sicher nicht nötig, dass du den Text heute noch liest.« Oliver richtete sich kerzengerade auf seinem Stuhl auf. »Nicht wahr, Raoul?«

»Wie?« Erst als Raoul seinen Namen hörte, bemerkte er Joanas Absicht, sich zu verabschieden. Offenkundig lenkte ihn das, was Sina da unter dem Tisch tat, ziemlich ab. »Der Text? Nein, das ist nicht eilig.« Bei diesen Worten keuchte er ein wenig.

»Ich würde gern schon heute Abend mit der Arbeit beginnen«, beharrte Joana. »Wann werden wir über den Text sprechen?«

»Mir reichen vorerst deine schriftlichen Notizen. Falls mir etwas nicht klar ist, kann ich dich ja immer noch fragen«, fügte er hastig hinzu, als wollte er weitere Vorschläge für eine persönliche Zusammenarbeit verhindern.

Joana spürte eine leise Enttäuschung. War sie wirklich nur hier, um ihre Gedanken an den Rand seines Textes zu schreiben? Dazu hätte sie nicht in seine Villa ziehen müssen. In ihrer Vorstellung hatte sie sich nächtelang mit ihm zusammensitzen und diskutieren gesehen. Aber offensichtlich hatte der Starautor ja momentan etwas Wichtigeres zu tun.

»Dann gute Nacht«, murmelte sie, eilte hinaus in den Flur, schnappte sich die rote Mappe von dem Schränkchen und flüchtete in ihr Zimmer.

Sie war frustriert, ein wenig wütend, aber auch gespannt auf das, was sie auf dem Computerausdruck lesen würde. Wenn sie Raoul Westen mit ihren Anmerkungen beeindruckte, wenn sie ihm zeigte, dass sie eine gute Lektorin war und begriff, was er mit seinen Worten in seinen Leserinnen auslösen wollte, würde er vielleicht seine Meinung über die Art ihrer Zusammenarbeit ändern. Womöglich saß sie dann morgen schon gemeinsam mit ihm über den nächsten Seiten.

Da konnte Sina an ihm herumfummeln, so viel sie wollte. Schließlich drängte der Abgabetermin.

Seufzend nahm Joana einen Stift zur Hand, warf sich aufs Bett und schlug die rote Ledermappe auf. Schon nach den ersten Sätzen war die Magie da, die sie aus seinen anderen Romanen kannte. Die Magie, die sie auch in seinen Augen gesehen hatte.

***

Als Alexander erwachte, wusste er im ersten Moment nicht, wo er war. Er spürte nur Wärme, sanften Wind, der ihm zärtlich durch die Haare strich – und festen Boden unter sich. Erstaunt riss er die Augen auf. Und sah Gold. Lange, seidige Haare, die in der Sonne golden schimmerten.

Liliana! *Obwohl er seit seiner Kindheit nicht gebetet hatte, bewegte er die Lippen zu einem stummen Gebet, während er langsam den Arm ausstreckte und ihr die Haare aus dem Gesicht strich. Als die Sonnenstrahlen auf ihre geschlossenen Lider fielen, zuckten die dunklen Wimpern, die wie Rabenflügel auf ihren Wangen ruhten. Auf ihrer gebräunten Haut spielten Schatten, als würden sanfte Finger sie liebkosen. Sie lebte!*

Gemeinsam hatten sie die Tage in dem kleinen Rettungsboot

überstanden, gemeinsam hatten sie sich an Land gerettet. Ein heftiges Glücksgefühl schlug über ihm zusammen, ebenso mächtig wie die Welle, die vor mehr als vierundzwanzig Stunden das Kentern der Jacht verursacht hatte.

Alexander richtete sich auf und blickte über den weißen Sand zum Saum des Wassers. Dort lag das kleine Boot. Hinter dem hellen Sandstreifen war die ganze Welt blau, das Meer ging in den Himmel über. Als er den Kopf in den Nacken legte, sah er die Palmwedel über sich, die vor dem tiefen Blau einen anmutigen Tanz aufführten und ihnen dabei gnädig Schatten spendeten.

Nun legte Liliana ihre kühle Hand auf seinen Schenkel. Lächelnd wandte er sich zu ihr.

»Wir sind gerettet.« In ihrer Stimme schwang das gleiche Glück mit, das auch er empfand. »Ich liebe dich.«

Noch nie hatte sie diese Worte zu ihm gesagt. Nicht während der leidenschaftlichen, gestohlenen Minuten auf der Jacht, als sie sich unter Deck leidenschaftlich gestreichelt und geküsst hatten, während ihre Freunde über ihnen Wein tranken und plauderten. Nicht während der endlosen Stunden in dem kleinen Rettungsboot, als sie sich gegenseitig Mut gemacht, sich in den Armen gehalten und einander angeschrien hatten, wenn einer von ihnen nicht mehr an eine Rettung glauben wollte und der andere Hoffnung für zwei aufbringen musste.

Ihr Geständnis nahm ihm den Atem. Er versank in ihren Augen, die das Blau von Meer und Himmel widerspiegelten. Dann endlich kamen die Worte über seine Lippen, die auch er bisher nicht auszusprechen gewagt hatte. »Ich liebe dich, Liliana.«

»Das weiß ich.« Ihr Lächeln glich einer Umarmung, und ihr Blick hielt seinen fest, während sie die Hand zu seinen von

Sonne und Meerwasser zerschlissenen Jeans hinabgleiten ließ. Längst war der Knopf abgerissen, aber der Reißverschluss hielt noch. Mit einem Ruck zog sie ihn nach unten. »Ich möchte mit dir schlafen. Um zu fühlen, dass ich lebe. Um unser Überleben zu feiern.«

Fordernd legte sie die Finger ihrer linken Hand um seinen Penis, der ihr entgegensprang. Er hatte auf diesen Moment gewartet, seit sie sich vor zwei Wochen zum ersten Mal begegnet waren. Beim ersten Blick in ihre Augen hatte es sich angefühlt, als hätte er nach langen Jahren des Herumirrens endlich nach Hause gefunden.

Sie strich an seinem Schaft entlang, auf und ab. Wieder und wieder. Ihre Berührung war gleichzeitig wie Feuer und kühle Seide. Da ließ er sich in die Gefühle fallen, die sie in ihm auslöste. Sein Kopf sank in den weichen Sand. Über die tanzenden Palmenwedel hinweg schaute er zum Himmel empor. Ein Kribbeln durchlief ihn, zunächst sanft, dann immer wilder und heftiger.

Als er plötzlich ihre Hand nicht mehr spürte, stöhnte er enttäuscht auf. Doch da fühlte er sie schon wieder. Anders jetzt. Feucht und warm. Gleitend und zuckend. Erstaunt riss er die Lider auf und sah sie über sich. Mit gespreizten Schenkeln über seiner Hüfte. Im selben Moment, in dem ihr Blick in seinen tauchte, ließ sie sich mit einem Ruck auf ihn fallen. Tief bohrte sein Schwanz sich in ihr weiches Fleisch. Sie schrie auf. Lustvoll und triumphierend. Ihre Augen wurden feucht, und er wusste, es waren Tränen des Glücks.

Keuchend stieß er den Atem aus. Sie so zu fühlen, ihr so unfassbar nahe zu sein, kostete ihn all seine Beherrschung. Denn er durfte sich nicht gehen lassen, bevor er ihr Befriedigung geschenkt hatte.

»Mein Gott, Liliana, warte! Halt still. Einen Moment nur, sonst kann ich nicht … Ich kann nicht …«

»Du sollst dich nicht zusammennehmen. Ich will, dass du kommst. Jetzt!« Sie griff nach seinen Händen, verschlang ihre Finger mit seinen und drückte seine Handrücken in den Sand neben seinem Kopf. Dann begann sie ihn zu reiten. Sanft und doch sehr nachdrücklich.

Er wollte sich nicht ergeben. Wollte das tun, was er als Mann und Liebhaber für seine Pflicht hielt. Wollte erleben, wie sie sich stöhnend auf seine Brust sinken ließ, wie sie seinen Namen rief, wie sie vor Lust schrie.

Doch Liliana hatte ihre eigenen Pläne. Unnachgiebig glitt sie an seinem Schaft auf und ab und ließ sich zwischendurch immer wieder hart auf ihn fallen, sodass er sich unfassbar tief sie hineinbohrte.

Er biss sich auf die Unterlippe, hielt die Luft an und schloss die Augen, um ihr erhitztes Gesicht und ihre vor Leidenschaft leuchtenden Augen nicht über sich zu sehen. Dennoch näherte er sich unaufhaltsam dem Abgrund. Jenem Punkt, von dem es keine Rückkehr gab.

Da schrie Liliana über ihm auf. Laut und ohne jede Scham. Er spürte das heftige Beben ihres Körpers und hörte, wie sein Name über ihre Lippen glitt und vom Wind übers Meer getragen wurde.

»Alexander! Alexander! Oh! Ich liebe dich. Ooooh!«

Da hob er erneut die Lider, fand ihren unfassbar blauen Blick und stürzte in die Tiefe, tiefer als je zuvor, um gleich darauf hoch hinauf in den Himmel zu steigen. Gefangen im Glanz ihrer Augen und doch so frei.

***

Erst als Joana das letzte Blatt sinken ließ, bemerkte sie, dass sie viel zu rasch atmete. Erschrocken bemühte sie sich, tief und gleichmäßig Luft zu holen. Es war unprofessionell, sich derart von dem Text, den sie fachlich begutachten sollte, davontragen zu lassen. Obwohl Raoul erklärt hatte, er wolle eine Lektorin, die zur Zielgruppe seiner Romane gehörte, was schließlich bedeutete …

Nein, er durfte auf keinen Fall erfahren, welche Wirkung sein Roman auf sie ausübte. Sie würde ihm Rückmeldung über die Atmosphäre seiner Geschichte geben, über die Figurenzeichnung und die Erzählperspektive, aber nicht über ihre Reaktion. Darüber, dass sie beim Lesen feucht geworden war, dass sie …

Hastig sprang sie vom Bett auf, ging mit den bedruckten Seiten zum Schreibtisch, setzte sich aufrecht auf den Stuhl, wie es sich bei der Arbeit gehörte, und schrieb entschlossen unter den Text: *Sehr stimmungsvoll. Alexanders Verhalten ist nachvollziehbar beschrieben. Doch welche Gefühle hat Liliana?*

Leider sah ihre Schrift ein bisschen zittrig aus, aber das fiel Raoul hoffentlich nicht auf. Sorgfältig legte sie die Manuskriptseiten in die rote Mappe. Morgen beim Frühstück würde sie ihm ihre Arbeit geben. Bei dem Gedanken, ihn wiederzusehen, schlug ihr Herz viel zu schnell.

Hastig stand sie auf, um sich in dem kleinen Bad, das zu ihrem Zimmer gehörte, auf die Nacht vorzubereiten.

Auf dem Weg zur Tür des Badezimmers blickte sie durchs Fenster hinaus in den Garten.

Es war eine warme, ein wenig diesige Nacht. Der Mond hing wie eine geviertelte Zitronenscheibe am Himmel. Unten sandten sämtliche Fenster des Gästebungalows ihr Licht in die dunkelblaue Nacht. Die Unterwasserbeleuchtung des

Swimmingpools seitlich vom Gartenhaus brannte ebenfalls und ließ das Wasser zartblau leuchten und geheimnisvoll schimmern.

Plötzlich zerbarst der silbrige Spiegel der Oberfläche, und ein eleganter schwarzer Schatten glitt durch das Becken.

Raoul, schoss es Joana durch den Kopf. Die Schwimmbewegungen, mit denen sich die Silhouette durchs Wasser bewegte, waren unverkennbar männlich und kraftvoll.

Als der Mann am Beckenrand wendete, indem er unter Wasser eine Rolle machte, stockte ihr der Atem. Er war nackt. Deutlich hatte sie seine Hinterbacken gesehen. Sie waren muskulös und wohlgeformt, soweit sie es aus dieser Entfernung beurteilen konnte. Allerdings war es nicht das erste Mal, dass sie Raoul unbekleidet sah. Sein Körper war einfach – perfekt.

Jetzt tauchte er wieder aus dem Wasser auf und schwamm eine Bahn auf dem Rücken. Bei jeder seiner weit ausholenden Armbewegungen sprühten im Licht der Poolbeleuchtung silberne Perlen durch die Luft. Fasziniert folgte Joana ihm mit ihrem Blick. Während er schwamm, würde er sicher nicht zu ihrem Fenster heraufsehen. Trotzdem löschte sie vorsichtshalber das Licht.

Während sie zusah, wie der herrliche Männerkörper dort unten Bahn um Bahn zog, mal auf dem Rücken, dann wieder kraulend, musste sie an die Szene auf der Insel denken, die sie vor wenigen Minuten gelesen hatte. Es war seine Fantasie gewesen, von einer Frau genommen zu werden. Sanft und gleichzeitig entschlossen. Ob er sich das wirklich wünschte? Ob Sina ihm solche Wünsche erfüllte?

Es musste schließlich nicht am Sandstrand einer Insel sein. Wenn er sich jetzt auf eine der Liegen neben dem Pool legen würde – nackt, wie er war … Wenn sie dann zu ihm hinunterginge, ihre Kleider abstreifte und sich auf ihn setzte …

Als Raoul sich am Beckenrand hochstemmte und in einem Geriesel funkelnder Tropfen aus dem Wasser stieg, hielt Joana die Luft an. Jetzt ging er in der Dunkelheit tatsächlich zu einer der Liegen. Ihre Kehle wurde eng. Woher kam plötzlich der verwegene Gedanke, sich einem nackten Mann zu nähern, den sie kaum kannte, und unter freiem Himmel Sex mit ihm zu haben?

Wieder verschlug ihr die Vorstellung den Atem. Es mussten die magischen Worte des Mannes dort unten sein, die eine so erstaunliche Wirkung auf sie ausübten. Seine erotischen Szenen zu lesen, ihn zu sehen, sich in seiner Nähe aufzuhalten, war auf seltsame Weise erregend und befreiend.

Er legte sich jedoch nicht auf die Liege, sondern griff nach dem Handtuch, das dort lag, rubbelte sich damit die Haare trocken und rieb sich über Brust und Arme. Immer noch wirkten seine Haare durch die Feuchtigkeit erstaunlich dunkel.

Schließlich ließ er das Handtuch fallen und entfernte sich vom Pool. Doch er ging nicht, wie Joana es erwartet hatte, auf das Hauptgebäude zu, in dem sie sich befand, sondern bewegte sich in die Richtung des Gästebungalows.

Bevor er das kleine Haus erreichte, blieb er stehen und verharrte einige Sekunden bewegungslos. Dann drehte er sich um und schaute zu ihr herauf. Erschrocken wich sie vom Fenster in die Dunkelheit des Zimmers zurück, obwohl er sie wahrscheinlich in dem unbeleuchteten Raum ohnehin nicht sehen konnte. Hatte er ihren Blick *gespürt*?

Von ihrem sicheren Versteck seitlich neben dem Fenster aus konnte sie ihn immer noch deutlich sehen. Jetzt überquerte er hastig die Terrasse vor dem Bungalow. Offensichtlich fühlte er sich beobachtet und legte keinen Wert darauf, vor fremden Augen nackt herumzulaufen.

In der offenen Glastür blieb er jedoch noch einmal stehen und schaute über seine Schulter in die Richtung ihres Fensters. Wegen der Dunkelheit und der Entfernung konnte sie sein Gesicht nicht erkennen, aber sie sah, dass der Mann auf keinen Fall Raoul Westen war. Raoul war blond, der Mann dort unten hatte dunkle Haare, und er betrat das Gästehaus. Offensichtlich hatte sie seinen Bruder Oliver beim Nacktbaden beobachtet.

Erschrocken zog sie die Vorhänge zu und tastete sich durch das dunkle Zimmer ins Bad.

* * *

Oliver ließ die Frauen von *Lifestyle-Escort* immer erst nach Mitternacht kommen, weil er hoffte, dass dann niemand im Haupthaus die nächtlichen Besuche bemerkte. Für sein Bedürfnis nach anonymem Sex schämte er sich, obwohl er wusste, dass weder Raoul noch Sina es seltsam gefunden hätten, wenn sie erfuhren, dass er für Sex bezahlte. Für seinen Bruder und seine Geliebte hatten Gefühle und körperliche Liebe nicht viel miteinander zu tun.

Noch bedenklicher als sein regelmäßiger Umgang mit Prostituierten stimmte ihn die Tatsache, dass er sich neuerdings nicht nur nach körperlicher Nähe, Berührung und jenem Schatten der Leidenschaft sehnte, der ohne Liebe möglich war.

»Fester«, ächzte er, als sich die rothaarige Roxy über ihn beugte und seine Handgelenke mit breiten schwarzen Satinbändern an die Bettpfosten fesselte. Seit einiger Zeit liebte er den Schmerz. Diese Qual erschien ihm wie ein Widerhall der Pein, die er in seinem Inneren mit sich herumtrug. Wenn sein Körper wehtat, spürte er die Last seiner Seele nicht, und die Sehnsucht verstummte für einige Minuten.

Mit einem Ruck zog Roxy die Bänder so fest, dass sie ihm das Blut abschnürten. Schon bald würden seine Finger schmerzen, und er würde diesen Schmerz begrüßen, weil sich dann all seine Gefühle dort zusammenballten, wo er das Ziehen und Brennen spürte.

»Ich habe dir etwas Schönes mitgebracht«, säuselte Roxy mit ihrer verführerischen Stimme, die sie gekonnt heiser klingen ließ. Aus den schier unerschöpflichen Tiefen ihrer schwarzen Ledertasche holte sie zwei silberne Klammern hervor. Nur ein paar Sekunden lang hielt sie ihm die länglichen, hübsch geformten Klemmen vors Gesicht, damit er sie inspizieren konnte. Dann beugte sie sich über ihn und schob ihm eine davon über seinen rechten Nippel.

Ächzend bäumte Oliver sich auf, als der Schmerz ihn wie ein brennender Pfeil durchfuhr. Gleich darauf zuckte er erneut zusammen, als Roxy die zweite Klammer anbrachte. Nun rollte eine Feuerwalze durch seinen Körper und löschte all seine Gedanken aus. Diese Leere hieß er in seinem Kopf willkommen.

»Ich habe von unterwegs etwas ganz Besonderes für dich mitgebracht«, verkündete Roxy in geheimnisvollem, rauem Ton. Wieder griff sie in ihre große Tasche, zog einen Leinenbeutel hervor und legte ihn neben seinem Kopf auf das Kissen. »Du kannst dir schon einmal Gedanken darüber machen, was es sein könnte. Es löst einen hübschen kleinen Schmerz aus. Aber vorher werde ich dich noch ein bisschen mehr verschnüren.«

Er gab ihr keine Antwort. Reglos lag er da und wartete auf die nächsten Ereignisse. Roxy hielt bereits einen aufgerollten dünnen Lederriemen in der Hand und begann ihn fest um sein linkes Bein zu wickeln. Dabei arbeitete sie sich vom Knie aus den Schenkel hinauf.

Als er den Kopf hob, konnte er sehen, wie sich das schwarz gefärbte Leder in seine Haut drückte. Und er fühlte den scharfen Schmerz, der ganz anders war als der, den die Klammern an seinen Brustwarzen erzeugten. Sein Atem beschleunigte sich, und das Blut strömte in die Richtung seines Unterleibs.

Jetzt schlang Roxy den Riemen schräg über seinen Hüftknochen, zog ihn nach unten und formte eine Schlaufe, die sie um seine Hoden legte. Dabei strich sie mit ihren kühlen Fingern über die dünne Haut und ließ ihn ihre Fingernägel spüren. Scharf sog er die Luft zwischen seinen Zähnen hindurch.

»Soll ich die Schlaufe zuziehen?«, gurrte sie.

Er stieß einen Ton hervor, den sie als Zustimmung deutete, denn im nächsten Moment spürte er den schmerzhaften Ruck, der ihm ein lang gezogenes Stöhnen entlockte. Gleichzeitig richtete sein Schwanz sich auf und reckte sich stolz in die Höhe.

»Gut!«, lobte Roxy ihn, während sie den Riemen um seinen Schaft wickelte. Nicht zu fest, aber auch auf keinen Fall zu locker. Schließlich führte sie den Ledergurt auf die gleiche Weise an seinem rechten Bein abwärts, wie sie ihn links nach oben gewickelt hatte.

Diese Behandlung ließ sie ihm nicht zum ersten Mal angedeihen, doch bei jedem ihrer Besuche fühlte es sich ein bisschen anders an, war der Schmerz heißer oder kühler, brennender oder pochender. Das spielte keine Rolle. Wichtig war nur, dass er sich hineinfallen lassen und dem Vergessen hingeben konnte.

»Und jetzt kommt meine Überraschung.« Roxy streifte sich dunkelblaue Samthandschuhe über und griff nach dem Leinenbeutel neben seinem Kopf. Zunächst erkannte er die grünen Zweige nicht, die sie hervorzog. Dann begriff er es – Brennnesseln.

»Möchtest du es probieren?«, erkundigte Roxy sich. Er bezahlte sie nicht, weil er die Unterwerfung liebte, sondern weil er den Schmerz und das Vergessen suchte. Deshalb bat sie ihn um Erlaubnis.

Schweigend nickte er und kniff die Lider zusammen, als sie über seiner Brust ausholte und mit den gebündelten Ranken zuschlug. Die Blätter lösten auf seiner Haut eher ein scharfes Prickeln als einen Schmerz aus, doch gemeinsam mit den Nippelklemmen war die Erfahrung eindrucksvoll. Wie aus weiter Ferne hörte er seinen eigenen keuchenden Atem, während Roxy die Brennnesseln wieder und wieder wie eine kleine Peitsche benutzte.

»Weiter?«

Die grünen Blätter schwebten jetzt über seinem Bauch, und er wusste, was ihr Ziel war. Er nickte.

Nun schlug sie mehrmals hintereinander zu, strich zwischendurch über seine Haut und bewegte sich dabei quälend langsam an seinem Leib abwärts. Schon jetzt fühlte sich sein Schwanz an, als wollte er platzen. In dem Moment, in dem Oliver den ersten brennenden Schlag mit den Brennnesseln spürte, schrie er auf. Dies war der Moment, in dem ihn das süße Vergessen vollkommen mit sich forttrug. Der Augenblick, nach dem er sich sehnte und der ihm stets viel zu kurz erschien.

Er schrie und keuchte und spürte, wie sein Sperma aus ihm herausgeschleudert wurde und kühl auf der Haut seiner Schenkel und seines Bauchs landete. Ohne den Nebel des Leids, der sonst seinen Kopf und sein Herz erfüllte, konnte er sich selbst fühlen, war er für wenige Augenblicke eins mit sich.

Viel zu kurz währte diese Erlösung, dann legte sich die Last wieder auf seine Brust.

5. KAPITEL

Nach einer unruhigen Nacht voller seltsamer Träume, die rastlose Vibrationen in ihrer Brust zurückließen, stieg Joana am nächsten Morgen mit klopfendem Herzen die Treppe hinunter. Unter dem Arm hielt sie die rote Mappe mit dem Computerausdruck, den sie auftragsgemäß mit ihren Anmerkungen versehen hatte.

Sie freute sich darauf, endlich mit Raoul über seine Arbeit zu reden. Doch als sie den Wintergarten betrat, entdeckte sie außer einem Brötchenkorb, Marmelade, Aufschnitt, Butter, Kaffee, Tee und Saft nur ein Gedeck auf dem Tisch. Entweder hatten die übrigen Hausbewohner schon gefrühstückt oder sie hielten nichts von einer gemeinsamen Morgenmahlzeit. Joanas Enttäuschung mischte sich mit einer gewissen Erleichterung. Wenigstens musste sie nicht schon wieder Sinas demonstratives Geturtel mit Raoul und ihre spöttischen Blicke ertragen.

Im Haus war es auffallend ruhig. Außer dem entfernten Surren eines Staubsaugers hörte sie nichts. Wahrscheinlich war die Putzfrau am Werk, die laut Oliver jeden Vormittag hier arbeitete. Als Joana sich vor das einsame Gedeck setzte, entdeckte sie den Zettel, der neben ihrem Teller lag.

Joana, der neue Ausdruck liegt auf dem gewohnten Platz im Flur. Dort bitte die Mappe mit der Arbeit von gestern ablegen. Es hat aber alles keine Eile. Heute Nachmittag kannst du dir freinehmen.

Die kurze Nachricht war mit dem Computer geschrieben und trug keine Unterschrift. Mit zusammengekniffenen Lidern starrte sie den Brief an. Warum hatte Raoul Westen sie als Lektorin in sein Haus geholt, wenn er überhaupt nicht vorhatte, persönlich mit ihr das Manuskript zu erörtern? Würde er später, in ein oder zwei Tagen anfangen, mit ihr über seinen neuen Roman zu reden? Oder war die Art von gemeinsamer Überarbeitung des Textes, die ihr vorschwebte – sie und Raoul nebeneinander am Tisch in eifrigem Gespräch über den Text gebeugt – vollkommen falsch?

Egal. Sie würde ihre Arbeit so erledigen, wie ihr Auftraggeber es wünschte. Nachdem sie den Zettel mit dem kurzen Brief (warum hatte er ihn eigentlich nicht unterschrieben?) zusammengefaltet hatte, griff sie nach einem trockenen Brötchen. Dann nahm sie aus dem Flur die Mappe mit dem neuen Ausdruck mit, legte ihre Arbeit vom Vortag an denselben Platz und ging hinaus in den Garten.

Auch hier herrschte tiefe Stille. Die Liegen standen noch im Schatten. Sie ließ sich auf einer davon nieder, biss in ihr Brötchen und schlug die Mappe auf. Während sie die ersten Sätze las, hatte sie plötzlich das Gefühl, beobachtet zu werden.

Als sie den Kopf hob, stellte sie fest, dass sie genau gegenüber von einem Fenster des Gästebungalows saß, der einige Meter vom gegenüberliegenden Rand des Schwimmbeckens entfernt stand. Hinter der Scheibe war die Jalousie hinuntergelassen, allerdings mit nicht ganz geschlossenen Lamellen. Und so erkannte sie im dämmerigen Zimmer Olivers bewegungslose Silhouette. Offenbar beobachtete er sie schon seit einigen Minuten.

Sie hob die Hand und winkte ihm zu, damit er wusste, dass

sie ihn bemerkt hatte. Undeutlich erkannte sie hinter der Jalousie, wie er flüchtig eine Hand durch die Luft schwenkte. Dann verschwand er.

Was für ein seltsamer Mensch! Ständig saß er im Dunkeln. Wenn er sich im Haupthaus befand, mussten auch dort die Fenster verhängt werden, und sein Verhalten schwankte zwischen schweigsamer Zurückhaltung und einer etwas unsicheren Freundlichkeit.

Ob er gesundheitliche Probleme hatte? Es gab eine Art von Lichtempfindlichkeit. Den Menschen, die an dieser Krankheit litten, war es oft nicht einmal möglich, sich im Schein einer hellen Lampe aufzuhalten. Joana nahm sich vor, im Internet nach Informationen über dieses Leiden zu suchen. Ob sie Raoul nach den Problemen seines Bruders fragen konnte?

Während sie noch über Olivers merkwürdiges Verhalten nachdachte, begann das Handy in der Tasche ihrer Shorts zu vibrieren. Froh über Verbindung zu ihrem eigentlichen Leben – dem Leben, in dem sie sich auskannte und sich nicht ständig über das Benehmen der Menschen in ihrer Umgebung wundern musste – zog sie ihr Smartphone hervor.

»Hallo, Katja.« Während sie sprach, ließ sie die Fenster des Gartenhauses nicht aus den Augen, doch hinter den Jalousien war nichts mehr zu erkennen. »Wie schön, dass du dich meldest!«

»Warum hast *du* dich denn nicht gemeldet? Ich komme vor Neugier fast um. Wie ist es? Das Haus, der Mann, die Arbeit?«

»Ach, nicht weiter aufregend«, behauptete Joana. »Das Haus ist ziemlich groß und luxuriös eingerichtet, aber meistens sehr dunkel, weil Raouls Bruder offenbar kein Licht verträgt. Das weiß ich aber nicht genau, denn niemand redet darüber. Er wohnt im Gästebungalow, kommt wohl meistens nur zu den Mahlzeiten in die Villa und …«

»Aha«, fiel Katja ihr ins Wort. »Ich meinte mit dem ›Mann‹ eigentlich Raoul Westen, den Autor, für dessen Romane du so schwärmst. Dass du *nicht* über ihn redest, ist aber auch schon aufschlussreich. Flirtet ihr?«

Joana presste die Lippen zusammen, runzelte die Stirn und dachte nach. »Nun, ich weiß nicht recht …« In ihrer Fantasie sah sie die Szene im Badezimmer, wollte aber nicht darüber sprechen, schon gar nicht am Telefon. »Er hat eine Geliebte, die offiziell als Haushälterin hier lebt, aber offensichtlich nicht viel tut. Es gibt eine Hilfe zum Putzen und eine zum Kochen.«

»Aha«, wiederholte Katja. »Wann treffen wir uns? Wir wollten noch shoppen. Erinnerst du dich? Wäsche und Negligés.« Das letzte Wort stieß sie mit einem übermütigen Kichern hervor.

Joana seufzte erleichtert. Von Angesicht zu Angesicht würde es einfacher sein, der Freundin von ihrem Leben in der Villa Westen zu erzählen. Außerdem freute sie sich darauf, Katja zu sehen.

Obwohl sie erst am Vortag hier angekommen war, fehlte Katja ihr schon jetzt, und sie hatte das seltsame Gefühl, sie wäre seit einer kleinen Ewigkeit von ihrer gewohnten Umgebung abgeschnitten.

»Heute Nachmittag habe ich frei«, erklärte sie.

Die Freundinnen verabredeten sich für die Zeit nach Katjas Feierabend in der Stadt.

Dann legte Joana das Handy weg und vertiefte sich endlich in das Manuskript. Als sie nach einiger Zeit wieder das Gefühl hatte, beobachtet zu werden, konnte sie hinter den Fenstern des Gästebungalows nichts entdecken. Also beschloss sie, einfach nicht mehr hinzuschauen.

***

»Das Ding ist fast durchsichtig, Katja«, jammerte Joana und trat zögernd in den leeren Raum vor den Umkleidekabinen.

Zurzeit waren die beiden jungen Frauen die einzigen Kundinnen in der Boutique, sonst hätte Joana sich gar nicht hinter dem Vorhang hervorgewagt.

»Eigentlich dachte ich, das ist der Sinn der Sache.« Katja grinste sie an. »Wolltest du nicht dafür sorgen, dass Raoul Westen diese Sina vergisst und nur noch dich will?«

»Na ja. So einfach wird das nicht sein.«

Bei einem Tee hatte Joana ihrer Freundin fast alles über ihren ersten Tag in der Villa Westen erzählt. Bei der Szene im Bad hatte sie einiges weggelassen, sich aber dabei ertappt, dass sie von Raoul – schwärmte. So musste man es wohl sehen. Seine männliche Ausstrahlung, die geheimnisvolle Aura, die ihn umgab, sein neuer Roman, der sich genauso wunderbar las wie die vorherigen.

Aber dann war da diese Sina, die *er* offenbar nach außen hin als Haushälterin bezeichnete, die aber Joana gegenüber behauptet hatte, Raoul und sie seien ein Paar, auch wenn er es offenbar mit der Treue nicht so genau nahm. Was daran liegen konnte, dass er Sina nicht als seine Lebensgefährtin betrachtete. Wie denn auch, wenn sie stolz verkündete, sie habe es nicht nötig, seine Romane zu lesen?

Gemeinsam mit Katja hatte Joana entschieden, es könnte moralisch nicht verwerflich sein, mit Raoul zu flirten. Mehr als eine Affäre wollte sie ohnehin nicht, beteuerte sie erneut.

»Weil du zu feige bist«, konstatierte Katja daraufhin nicht zum ersten Mal.

»Und wenn schon!« Trotzig presste Joana die Lippen zusammen und rührte heftig in ihrer fast leeren Tasse. »Ein bisschen Aufregung mit einem tollen Mann reicht mir. Die Verletzungen, die mir mit absoluter Sicherheit irgendwann mal drohen würden, erspare ich mir.«

»Aufregung und Erregung«, hatte Katja kichernd ergänzt. »Dann los! Statten wir dich für deinen Verführungsfeldzug aus!«

Vorsichtig strich Joana mit beiden Händen über den glatten, seidigen Stoff des Negligés, das sie als eines der ersten anprobiert hatte. »Vielleicht sollte ich mir doch lieber ein neues Kleid kaufen ... Ich meine, im Nachthemd wird er mich wahrscheinlich gar nicht sehen.«

»Dafür kannst du doch wohl sorgen, oder nicht?« Katja trat einen Schritt zurück, um Joana in dem hauchdünnen, kniekurzen Hemdchen mit den Spaghettiträgern genauer anzusehen.

Joana betrachtete ihr Spiegelbild. Das edle Stück aus bronzefarbener Seide unterstrich die schmalen, geschwungenen Linien ihres Körpers mehr, als es sie verbarg. Einerseits kam sie sich in dem zarten Kleidungsstück viel zu nackt vor, andererseits fühlte sie sich aber auch sehr verführerisch. Selbst ihre kleinen Brüste sahen unter der hauchdünnen Seide prall und rund aus, und die Nippel zeichneten sich vage, aber nicht zu deutlich ab.

Plötzlich stellte sie sich vor, wie es wohl sein würde, wenn Raoul über die Seide strich. Wenn er seine Hände an ihrem Körper entlanggleiten ließ. Wenn er ...

Mit einer hastigen Bewegung wandte sie sich um und

strebte zurück zur Umkleidekabine, als könnte sie auf diese Weise der Erregung entfliehen, die unvermittelt in ihr aufgestiegen war.

Katja blieb ihr auf den Fersen. »Zieh mal das hier an.« Sie hielt ein tatsächlich vollkommen durchsichtiges Negligé in die Luft.

»Meinst du?« Unschlüssig betrachtete Joana den Hauch von Nichts in der Hand ihrer Freundin.

In diesem Moment tauchte die Verkäuferin mit einem Armvoll weiterer, wahrscheinlich unverschämt teurer Nachthemdchen auf. »Möchten Sie hiervon etwas probieren? Alles reine Seide.«

Katja nahm ihr die hauchzarten Kleidungsstücke ab und wartete, bis sie wieder verschwunden war. »Weißt du was? Zum ersten Mal hört es sich für mich an, als wärst du endlich bereit, über deinen Schatten zu springen. Und Raoul Westen ist ein Mann, für den es sich wirklich lohnt, behaupte ich mal.«

Ich hoffe nur, dass ich mich das auch wirklich traue! Diesen Gedanken sprach Joana nicht aus. »Ich will wissen, wie es mit ihm ist«, erklärte sie stattdessen in einem Ton, der wild entschlossen klang. »Und wenn es sich wirklich so anfühlt, wie er es in seinen Romanen beschreibt, ist es eine wunderbare, sehr intime Art von Sex. Dann wird es eine Erfahrung sein, die ich nicht missen möchte …« Sie stockte, stieß einen tiefen Seufzer aus und streifte ein fließendes Nachthemd aus schwarzer Seite mit tiefen Ausschnitten vorne und hinten über den Kopf.

»Was du vorher anhattest, war aufregender«, meinte Katja. »Es schreit sozusagen – *fick mich.*«

»Ich finde das Bronzefarbene auch schöner«, stimmte Joana

ihr zu. Beinahe beschloss sie, dieses Nachthemd zu kaufen und Raoul zu – *verführen,* obwohl sie keine Ahnung hatte, wie sie das hinkriegen sollte. Das verführerische Negligé war immerhin ein Anfang.

»Wegen der Farbe bin ich mir nicht ganz sicher. Glaubst du nicht, dass es vielleicht ein bisschen zu dunkel ist? Braun steht mir eigentlich nicht.« Sie deutete auf das Hemdchen, das sie an den Wandhaken in der Kabine gehängt hatte.

Prüfend kniff Katja die Augen zusammen. »Zieh es doch noch mal an, und komm hinaus in den Laden. Da ist es heller. Es sind kaum andere Kundinnen da. Und Männer verirren sich sowieso nur selten in solche Boutiquen.«

Joana hatte sich spontan entschlossen, genau hier neue Wäsche zu erstehen, weil sie das Etikett dieses Ladens in einem von Sinas zarten Höschen entdeckt hatte, die hinten im Garten auf einem tragbaren Gestell zum Trocknen hingen. Dank des großzügigen Honorars, das Raoul ihr zahlte, konnte sie sich einen Einkauf in dem exklusiven Geschäft leisten. Für eine »Haushälterin« (mittlerweile setzte sie Sinas angeblichen Beruf in ihren Gedanken in Anführungsstriche) waren die Wäschestücke, die hier angeboten wurden, um einiges zu kostspielig. Ob Raoul das Höschen für Sina gekauft hatte? Mit ihr zusammen? Bei diesem Gedanken durchlief Joana ein heißer Schauer der Eifersucht.

»Es ist ein Nachthemd«, teilte sie Katja mit. »Das trägt man meistens bei künstlichem Licht.«

»Die Sommerabende sind lang. Und wenn man nach einer leidenschaftlichen Nacht morgens zusammen frühstückt, will man auch gut aussehen«, erklärte Katja ihr augenzwinkernd.

Also schlüpfte Joana noch einmal in das goldbraune Seidenhemdchen, verließ die schützende Kabine, durchquerte den

Vorraum und trat durch die halbhohe Schwingtür in den Laden, um sich bei Tageslicht im Spiegel zu mustern.

»Sehr hübsch. Wirklich.«

Sie erkannte die dunkle Stimme sofort und fürchtete sekundenlang, auf der Stelle in Ohnmacht zu fallen. Doch das geschah leider nicht. Also blieb ihr nichts anderes übrig, als langsam den Kopf zu heben, während ihr Herz so heftig klopfte, dass sie sicher war, er würde es durch den hauchdünnen Stoff sehen. Ebenso wie ihre Brüste, ihre Nippel, ihre Schenkel, ihre …

»Hallo, Raoul«, stieß sie mühsam hervor. »Was – was machst du denn hier?«

»Ich besorge etwas für dich.« Lächelnd hob er einen knappen Bikini in leuchtenden Edelsteinfarben hoch. »Trifft sich gut, dass du hier bist. Dann kannst du ihn gleich anprobieren.«

»Für mich?« Jetzt fühlte es sich an, als wollte ihr Herz ihre Brust sprengen und sich auf und davon machen.

»Hast du nicht erwähnt, du hättest keinen Badezeug eingepackt? Vielleicht möchtest du ja doch mal in den Pool springen. Möglicherweise mit mir zusammen. Ich ziehe zwar meistens das Nacktbaden vor, aber für den Anfang …« Er zwinkerte ihr zu und ließ das Oberteil und das Höschen an einem Finger vor ihrem Gesicht baumeln.

»Das ist wirklich – nett von dir«, stammelte sie, atemlos vor Aufregung.

Die Geschichte mit dem Bikini kaufte sie ihm nicht so ohne Weiteres ab. Es konnte doch kein Zufall sein, dass er in dieser Boutique auftauchte, während sie gerade hier einkaufte. Hatte er sie zufällig in der Stadt gesehen und war ihr gefolgt? Sie horchte in sich hinein. Obwohl ihr sein Verhalten irgendwie unheimlich erschien, fand sie es ziemlich schmeichelhaft. Aber vielleicht war er wirklich nur zufällig hier.

Plötzlich ging ihr ein entsetzlicher Gedanke durch den Kopf. Raoul stand direkt neben der halbhohen Schwingtür, hinter der die Umkleidekabinen lagen. Und sie hatte sich in der vordersten Kabine umgezogen – und sich dabei mit Katja darüber unterhalten, weshalb sie Sex mit Raoul Westen wollte.

»Bist du schon lange hier?«, rutschte es ihr gegen ihren Willen heraus.

Er zuckte die Achseln und grinste breit. »Kommt drauf an, was man unter *lange* versteht.«

Mit glühenden Wangen drehte Joana sich hastig nach Katja um, die sich bisher im Hintergrund gehalten hatte. Ganz gegen ihre sonstigen Gewohnheiten starrte sie Raoul wortlos an, mit großen Augen. Plötzlich schien sie mit Joana die Rollen zu tauschen.

»Das hier ist meine Freundin Katja. Und das ist Raoul Westen. Der Autor.« Joana zog Katja mit einem so heftigen Ruck nach vorn, dass die Freundin ins Stolpern geriet und gegen Raoul fiel, der sie lächelnd auffing.

»Hoppla.« Er ließ Katja erst los, als sie wieder sicher auf ihren Füßen stand. »Hübsche Frauen haben immer auch hübsche Freundinnen«, bemerkte er dann.

Zum allerersten Mal sah Joana ihre Freundin erröten. Katja murmelte etwas, das wie »Danke für das Kompliment« klang.

Doch Raoul hatte sich bereits wieder Joana zugewandt und schenkte ihrer Freundin keine Beachtung mehr. Auch das war neu. Normalerweise interessierten sich die meisten Männer viel mehr für die lebhafte Katja als für die stille Joana.

»Willst du ihn mal anprobieren? Bitte!« Wieder wedelte er mit dem Bikini durch die Luft.

»Ich muss los«, erklärte Katja, bevor Joana dazu kam, ihr einen flehenden Blick zuzuwerfen. »Viel Spaß noch«, setzte die Freundin in harmlosem Ton hinzu und verschwand, bevor Joana sie aufhalten konnte.

Empört schaute Joana ihr nach. Wie konnte Katja sie in dieser peinlichen Situation so schmählich im Stich lassen? Es mochte ja sein, dass sie Raoul verführen wollte. Aber doch nicht hier! Doch nicht auf der Stelle!

Sie war so verwirrt, dass sie für kurze Zeit vergessen hatte, wie spärlich sie bekleidet war. Als ihr wieder bewusst wurde, wie viel Raoul von ihrem Körper durch die dünne Seide erkennen konnte, schlang sie sich instinktiv die Arme um den Oberkörper – und kam sich im selben Moment schrecklich albern vor.

Also ließ sie die Hände wieder sinken, atmete tief durch und sah ihm entschlossen in die Augen. Sofort war da wieder dieses Gefühl, als würde ihr geschmolzene Schokolade über die Haut laufen. Am Rücken, an den Innenseiten der Schenkel, an den Brüsten … Eigentlich überall.

»Ich kann mir selbst einen Bikini kaufen. Oder mir einen von zu Hause holen«, erklärte sie trotzig.

»Natürlich kannst du das«, erwiderte Raoul gelassen und ließ seinen Blick langsam und genüsslich an ihrem Körper hinabgleiten. »Ich würde dir aber gern einen schenken. Mach mir die Freude.«

Vor wenigen Minuten hatte sie noch eifersüchtig überlegt, ob Raoul zusammen mit Sina in dieser Boutique den teuren Slip gekauft hatte. Und jetzt wehrte sie sich mit Händen und Füßen dagegen, dass er ihr etwas schenkte?

Entschlossen griff sie nach dem Bikini. »Ich probiere ihn an.«

Plötzlich tauchte die Verkäuferin wieder auf. Vorher hatte sie ein bisschen gelangweilt gewirkt, nun wandte sie sich mit leuchtenden Augen an Raoul. »Kann ich Ihnen behilflich sein?«

»Ich fürchte, wir möchten lieber unter uns bleiben.« Als er der errötenden Blondine zuzwinkerte, wandte Joana verlegen den Blick ab. »Wenn wir etwas brauchen, melden wir uns bei Ihnen.«

»Natürlich. Jederzeit.« Die Frau – die Raoul entweder erkannt hatte oder aber schlichtweg von seinem Aussehen und seinem Auftreten vollkommen bezaubert war – entfernte sich nur zögernd.

Nun stand Joana allein mit Raoul in dem leeren Raum vor den drei geräumigen Umkleidekabinen.

Lächelnd reichte er ihr den Bikini und ließ sich auf einem der zierlichen Sesselchen nieder, das aussah, als würde es im nächsten Moment unter seinem muskulösen Körper zusammenbrechen. Ruhig und gelassen, als hätte er alle Zeit der Welt, lehnte er sich zurück und wartete – auf sie. Darauf, dass sie das dünne Seidenfähnchen auszog und in den leuchtenden Regenbogenbikini schlüpfte. Was bedeutete, dass sie zwischendurch nackt in der Kabine stehen würde. Nur drei Schritte von Raoul Westen entfernt.

In Joanas Kehle schien ein Vögelchen herumzuflattern, während in ihrem Bauch ein Hummelschwarm seine Runden drehte. Mit zitternden Händen zog sie den Vorhang zu, atmete mehrmals tief durch und riss sich schließlich hastig das Nachthemd vom Leib. Als sie dann so schnell wie möglich ihre Blöße wieder bedecken wollte, verhedderte sie sich prompt in den schmalen Stoffstreifen des knappen Bikinis. Und je mehr sie sich bemühte, umso aussichtsloser erschien ihr das Unterfangen, beide Teile zu entknoten.

Zwischendurch spähte sie immer wieder durch den Spalt im Vorhang. Raoul saß immer noch völlig gelassen da. Als er den Kopf wandte und in ihre Richtung schaute, zog sie sich erschrocken zurück und kämpfte weiter mit dem Höschen, das sie schon zweimal völlig verdreht über ihre Schenkel gezerrt hatte und genauso mühsam sofort wieder ausziehen musste. Beim dritten Anlauf klappte es endlich.

Mit fliegenden Händen griff sie nach dem winzigen Oberteil. Aus dem Vorraum meinte sie zu hören, dass Raoul sich dem dünnen Vorhang näherte, der sie von ihm trennte.

Sie erstarrte, hielt den Atem an und heftete ihren Blick auf den schmalen Spalt, durch den sie eben in den Vorraum geschaut hatte.

Sekunden später legten sich seine schlanken Finger um den Rand des Stoffs und zogen ihn ein winziges Stück zur Seite, sodass sie gerade eben sein linkes Auge sehen konnte, mit dem er zu ihr hereinspähte.

»Ich bin noch nicht fertig«, hauchte sie und hielt wie zum Beweis das Oberteil hoch. Dabei widerstand sie tapfer der Versuchung, den freien Arm um ihren nackten Busen zu schlingen. Diesen Mann begehrte sie. Vorhin hatte sie darüber nachgedacht, wie sie ihn verführen sollte, um ihm zu zeigen, dass es mit ihr anders war als mit Sina. Inniger, leidenschaftlicher, schöner. Deshalb war es unlogisch und vollkommen unnötig, sich ihm gegenüber wie eine prüde Jungfrau zu verhalten.

Langsam ließ sie das Bikinioberteil sinken und wandte sich zu ihm. Das hier war nicht halb so romantisch wie die Szenen, die er in seinen Büchern schilderte. Aber natürlich kannte sie den Unterschied zwischen Fantasie und Realität. Und als sie den Blick hob und das überwältigende Gefühl hatte, kopfüber in seine Zartbitteraugen zu fallen, war es doch plötzlich so, als wäre sie mitten in einer seiner Geschichten gelandet.

Sein Lächeln ließ ihre Haut kribbeln, und während er die Hand ausstreckte und mit der Spitze seines Zeigefingers sanft über ihren rechten Nippel strich, wurden ihre Knie weich. Am liebsten wäre sie in seine Arme gesunken, um ihn zu spüren.

»Wie schön du bist«, flüsterte er, als wollte er ihr ein Geheimnis mitteilen, das sie für immer verbinden würde.

Noch nie hatte jemand diese magischen Worten zu ihr gesagt, und wenn, hätte sie wahrscheinlich heftig widersprochen. Ihm glaubte sie merkwürdigerweise. Weil sein Blick so ruhig und offen war, als könnte er sie niemals belügen.

Er näherte sich ihr so unvermittelt, dass sie automatisch bis zur hinteren Wand der Kabine zurückwich. Über seine Schulter konnte sie den Vorhang sehen, den er schnell und geschickt hinter sich schloss, ohne auch nur einen Moment innezuhalten.

Dann bückte er sich und umschloss ihre Brustwarze mit seinen warmen, feuchten Lippen. Ein sengender Pfeil durchfuhr sie und setzte ihren Unterleib in Brand. Gleichzeitig begannen die Gedanken in ihrem Kopf zu rotieren.

O Gott, will er etwa hier mit mir schlafen? Was ist, wenn die Verkäuferin wiederkommt? Wenn uns jemand hört! Will ich das wirklich? O ja! Das fühlt sich so himmlisch an!

Während er abwechselnd an ihrer Brustspitze knabberte und daran leckte, schob er eine Hand zwischen ihre Schenkel, strich mit den Fingerspitzen über jene Stelle ihres Höschens, die schon ganz feucht war. Immer heftiger bebten ihre Knie, ihre Gedanken kreisten schneller.

Erwartete er von ihr, dass sie ihm die Hose öffnete und ihn dort unten streichelte? Sollte sie den Bikinislip wieder hinabziehen? Oder würde er das erledigen? Und wenn sie tatsächlich hier Sex miteinander hatten, wenn er sie an der Rückwand der Kabine hochschob, wenn sie ihre Beine um seine Hüften schlang und er in sie hineinstieß – so leidenschaftlich, wie er es auf dem Trimmrad bei Sina getan hatte –, würden die dünnen Wände der Kabine dann nicht wanken?

Sie musste dieses Gedankenkarussell ausschalten, wollte nur noch ihn spüren, an ihn denken, sich ihm hingeben. Als er den Stoff des Höschens beiseite- und einen Finger in sie hineinschob, stöhnte sie unterdrückt auf, legte den Kopf in den Nacken, schloss die Augen und vergaß sofort alles um sich herum. Da war nur noch Raoul. Seine unglaubliche Wärme, das Vibrieren, das er mit jeder Berührung in ihr auslöste, seine …

Viel zu laut schrillte der Klingelton seines Handys. Erschrocken fuhr sie zusammen, presste die Schenkel aneinander und riss die Augen auf. Fast glaubte sie, er würde nicht auf das Handy reagieren. Dann biss er kurz und hart zu, bevor er die Lippen von ihrem Nippel löste und in seiner Tasche nach dem Handy angelte.

»Jaaa?«, fragte er gedehnt, nachdem er einen Blick aufs Display geworfen, eine Grimasse geschnitten und das Telefon ans Ohr gehoben hatte.

Zitternd vor Erregung, vor Schreck und vor Unsicherheit stand Joana vor ihm. Als sie an sich hinunterblickte, sah sie die deutlichen Abdrücke seiner Schneidezähne über ihrer roten Brustwarze, die brannte und gleichzeitig prickelte, als wäre sie in Champagner gebadet worden.

Er hat mich gezeichnet, gebrandmarkt. War es Stolz oder Empörung, was tief in ihrer Kehle flatterte wie ein gefangener Vogel?

»Muss das sofort sein?«, erkundigte Raoul sich lustlos bei seinem Anrufer und schwieg, während er der Antwort lauschte. Dabei sah er Joana an, zwinkerte ihr verschwörerisch zu – und beschrieb mit seiner Fingerkuppe einen winzigen Kreis um ihre feuchte Öffnung, die zu ihrem Entsetzen sofort lustvoll zu zucken begann.

Als sie die Schenkel zusammengepresst hatte, war ihr entgangen, dass sie bei dieser reflexartigen Bewegung seine Hand dort unten quasi gefangen genommen hatte! Während es sie heiß und kalt und wieder heiß durchlief, spreizte sie hastig die Beine, um seinen Finger freizugeben. Er drückte ihn aber sofort tiefer in sie hinein, krümmte ihn da drinnen und presste ihn an eine Stelle, wo der leichte Druck sie – fast wahnsinnig machte. Sie bezwang ein Stöhnen, schloss die Augen und klammerte sich an seine Schulter, während ihr Fleisch rings um seine Fingerkuppe, mit der er sie sanft massierte, wild zu zucken begann.

»Offenbar nutzt sie ihren freien Nachmittag«, sagte Raoul ungeduldig ins Telefon. Gleichzeitig sah er aufmerksam in Joanas Gesicht, und sein Finger rotierte auf eine Weise, die ihre Atemzüge beschleunigte.

Verzweifelt umklammerte sie sein Handgelenk, wollte seinen Finger aus sich herausziehen und tat es doch nicht, sondern hielt sich nur einfach an ihm fest.

»Woher ich das weiß?« Raoul verzog spöttisch den Mund. »Oh, rein zufällig. Im ›Dessous Heaven‹. Ich kaufe ihr gerade einen Bikini, damit wir zusammen schwimmen gehen können.«

Inzwischen hatte sich Joanas Kopf mit rosigem Nebel gefüllt, in dem bei jeder Bewegung von Raouls Finger bunte Lichter aufblitzten. Nun huschten nur noch Gedankenfetzen vorüber, die sie nicht festhalten konnte. Erzählte Raoul dem Anrufer, er sei mit ihr zusammen in dieser Wäscheboutique? Warum tat er das, und wen interessierte es? Sina? Sie öffnete den Mund, um Raoul zu erklären, es würde Sina nichts angehen, wo sie war und was sie tat. Aber über ihre Lippen kam nur ein Keuchen.

»Warum interessiert dich das so brennend?«, erkundigte Raoul sich in amüsiertem Ton. »Könnte es sein, dass du ein ganz spezielles, persönliches Interesse …« Er brachte den Satz nicht zu Ende, weil er offensichtlich von dem Anrufer oder der Anruferin unterbrochen wurde. Nun lauschte er angespannt in sein Smartphone, und zwischen seinen Brauen bildete sich eine steile Falte.

»Okay. Wenn es tatsächlich so eilig ist, mache ich mich sofort auf den Weg.« Raoul schob das Handy zurück in seine Hosentasche, zog sehr langsam seinen Finger aus ihr heraus und lächelte sie an. »Sorry, Süße. Es sieht so aus, als müssten wir unsere interessante Begegnung an dieser Stelle unterbrechen. Wie wäre es, wenn wir heute Abend da weitermachen, wo wir jetzt leider aufhören müssen?«

Verblüfft starrte sie ihn an. Sie hatte sich noch nie mit einem Mann zum Sex verabredet. Es war passiert, wenn es sich irgendwie ergeben hatte. Sowohl in ihren zwei längeren Beziehungen als auch mit den wenigen Männern, mit denen sie nur kurz zusammen gewesen war.

»Das – weiß ich noch nicht«, antwortete sie schließlich zögernd, verschränkte nun doch die Arme vor der nackten Brust und presste die Schenkel zusammen, zwischen denen es sehnsüchtig pulsierte.

Sie wollte diesen Mann. Wenn sie ehrlich mit sich war, hatte sie sehr lange heimlich von ihm geträumt, von den leidenschaftlichen und zärtlichen Szenen in seinen Romanen inspiriert. Nun war sie ihm begegnet, und er erschien ihr ganz anders als in ihren Fantasien. Aber hinter der Fassade des attraktiven, lässigen, manchmal kühlen und meistens sehr direkten Raoul Westen mussten sich all die Zärtlichkeit und die Empfindsamkeit verbergen, die er in seine Geschichten legte. Diese Gefühle konnten wohl kaum aus dem Nichts in seine Texte gelangen.

»Wer war das denn eben? Du hast erwähnt, dass du mit mir hier bist. Das geht niemanden etwas an«, versuchte sie das Thema zu wechseln. Außerdem interessierte es sie wirklich, wer da eben angerufen hatte.

»Oliver«, erklärte Raoul achselzuckend. »Manchmal ist er ein bisschen komisch. Ich muss jetzt dringend etwas besorgen. Überleg es dir wegen heute Abend.« Er schob den Vorhang beiseite und ging davon, ohne sich noch einmal umzudrehen.

Mit hängenden Armen stand Joana da und blickte ihm nach.

»Kann ich Ihnen *jetzt* helfen?« Wie aus dem Nichts trat die Verkäuferin in den Eingang zur Umkleidekabine.

Zu ihrem Ärger spürte Joana, dass sie rot wurde. Trotzig warf sie den Kopf in den Nacken und sah der viel zu stark geschminkten, viel zu blonden Frau direkt in die Augen. »Nein, danke.«

»Soll es der Bikini sein?« Die Verkäuferin deutete auf das winzige Höschen, das Joana immer noch trug, wenn es auch ziemlich verrutscht war.

Sie zögerte und schüttelte dann energisch den Kopf. »Ich nehme das Nachthemd. Sonst nichts.«

Vielleicht würde Raoul sie schon an diesem Abend in dem Nichts aus Seide sehen. Bei dieser Vorstellung begannen sofort wieder die Innenseiten ihrer Schenkel zu kribbeln.

6. KAPITEL

Zunächst sah er nur einen Schatten. Im Licht des Vollmonds meinte er einen schmalen Körper durch den Garten huschen zu sehen. Nun blieb die zierliche Gestalt am Rand des Schwimmbeckens stehen. Als sie den Kopf bewegte, sah er ihre langen dunklen Haare schimmern, als würde der Mond sie mit silbernen Fingern streicheln.

Joana!

Er lehnte seine Hüfte gegen die Fensterbank und folgte ihr mit seinen Blicken, spürte der Sehnsucht nach, die in ihm aufstieg. Wärme breitete sich in seinem ganzen Körper aus, während er zusah, wie sie die Kerze in einem der Windlichter anzündete, die auf Metallstäben im Gras zwischen den Liegen standen. Das warme rotgoldene Licht fiel von unten in ihr Gesicht und spielte zuckend auf ihren Brüsten, die sich unter dem hauchdünnen Stoff, der sie bedeckte, deutlich abzeichneten.

Als er sich vorstellte, wie er die Hände um die herrlichen Hügel schmiegen würde, prickelte es in seinen Fingerspitzen. Anscheinend hatten Joanas Brüste genau die richtige Größe, um in seine Handflächen zu passen. Fest und rund wie Pampelmusen. Köstlich.

Heißes Verlangen schnürte ihm die Kehle zu. Seit er sie zum ersten Mal gesehen, seit er ihre ausdrucksvolle Stimme gehört und die Sehnsucht in ihren Augen erkannt hatte, träumte er davon, sie zu berühren, und er wollte sich ihr zu erkennen geben.

Fast war er bereit, dieser Frau sein wahres Gesicht zu zeigen. Doch bei diesem Gedanken senkte die Angst sofort ihr vertrautes Gewicht auf seine Brust.

Joana hatte sich inzwischen auf der Liege direkt neben dem sanft flackernden Windlicht ausgestreckt. Jetzt sah er, dass sie ein kurzes, dünnes Nachthemd mit dünnen Trägern trug.

Was tat sie da? Konnte sie nicht schlafen, so wie er? War es ein Fingerzeig des Schicksals, dass sie beide in der Stunde vor Mitternacht wieder aus dem Bett geflohen waren? Dass er – nackt, wie er im Bett gelegen hatte – sie jetzt nur wenige Meter entfernt in ihrem dünnen Nachthemd erblickte?

Unruhig bewegte sie sich auf dem Polster der Liege. Zog das linke Bein an, streckte es wieder, bewegte das rechte Knie. Hob die Arme, um sich die Haare aus dem Gesicht zu streichen.

Durchs offene Fenster spürte er den Nachtwind wie eine zärtliche Liebkosung auf den Wangen und der nackten Brust, als würden Joanas Finger auch ihn berühren.

Seit sie im Haus wohnte, schlief er nackt. Träumte im Dunkeln mit offenen Augen davon, wie sie sich unter der dünnen Decke an ihn schmiegte. Wie er seinen harten, pochenden Schwanz zwischen ihre seidigen Schenkel schob. Wie sie leise seufzte, wenn sie ihn an ihrer Öffnung spürte. Wie ihr Körper in seinen Armen weich und nachgiebig wurde. Wie sie ihm ins Ohr flüsterte, dass sie ihn begehrte …

Ein Stöhnen glitt ihm über die Lippen, und sie hob lauschend den Kopf. Hatte sie das gehört? Sie schaute in die falsche Richtung, und er sah ihr Profil mit der leicht nach oben gebogenen Nase und den vollen Lippen, die sie nun mit der Zungenspitze befeuchtete.

Ihre Zunge! Wie sehr er sich wünschte, sie warm und feucht zu spüren! Tief in seiner Mundhöhle, auf seinen Brustwarzen, im Bauchnabel und auf seinem Schwanz, der sich so sehr nach der Hitze ihres Körpers sehnte.

Fest umklammerte er ihn mit seinen eigenen Händen. Nun wollte er sich den üblichen Trost gönnen, der ihn am Ende nur umso frustrierter zurücklassen würde .

Drüben am Pool hatte Joana den Kopf wieder gesenkt. Mit gleichmäßigen Bewegungen strich sie sich mit der linken Hand über den rechten Arm. Vielleicht fröstelte sie, vielleicht brauchte auch sie Trost. Noch immer konnte er die Traurigkeit spüren, die er beim ersten Blick in ihren silberhellen Augen gesehen hatte. Es war wie ein Erkennen gewesen, eine Begegnung mit seiner eigenen Hoffnungslosigkeit.

Am Pool ließ Joana wie zufällig die Hand über ihre Brust gleiten. Er schnappte nach Luft und trat einen Schritt zurück in die Dunkelheit seines Schlafzimmers. Warum tat sie das? Wusste sie, dass er sie beobachtete?

Das Schönste an dem, was sie dort tat, war die Mischung aus Unschuld, Unbeholfenheit und weiblicher Entschlossenheit. Unter ihrer schüchternen Zurückhaltung brannten Sehnsucht und Verlangen lichterloh. Wie sehr er sich wünschte, ihre wilde, ungezügelte Seite zu befreien und zu erleben, wie sie sich in seinen Armen wand, wie sie seinen Namen schrie und sich mit ihren Fingernägeln in seine Haut krallte, wenn sie alles um sich herum vergaß und es nur noch ihn und sie gab …

Wieder hob sie lauschend den Kopf und sah suchend zur Villa hinüber, während sie beide Hände über ihre Brüste gleiten ließ. Da wusste er, dass sie nicht ihn meinte, sondern seinen Bruder.

Wie immer, wenn eine hübsche Frau in seiner Nähe auftauchte, konnte Raoul die Finger nicht von ihr lassen. Jedes Mal musste er unbedingt herausfinden, ob er auch bei dieser Frau landen konnte. Und es gelang ihm fast immer, sie zu verführen! Raoul war nicht einmal davor zurückgeschreckt, Joana in die Dessousboutique zu folgen! Was sich dort abgespielt hatte, konnte er sich lebhaft vorstellen. Er hoffte nur, dass er diesen Schürzenjäger rechtzeitig angerufen hatte.

Und es war stets die Vorspiegelung falscher Tatsachen, die Raoul half, die Frauen zu umgarnen. Aber bei Joana würde Oliver das nicht zulassen! Er würde nicht weiter zusehen, wie Raoul sein Spiel mit ihr trieb.

Mit einem Ruck wandte er sich vom Fenster ab, verließ sein stilles Zimmer, eilte den Flur entlang und konnte plötzlich nicht schnell genug zu ihr kommen. Erst als er die Tür zur Terrasse aufstieß, fiel ihm ein, dass er vollkommen nackt war.

Bevor er sich umdrehte, um hastig ins Haus zurückzukehren und sich etwas überzuziehen, warf er einen Blick hinüber zum Swimmingpool und erstarrte.

Die Kerze im Windlicht flackerte immer noch sanft im Sommerwind – die Liege daneben war jedoch leer. Joana war ins Haus zurückgekehrt. Hatte sie das Warten auf Raoul aufgegeben? Oder suchte sie nun im Haus nach ihm?

Enttäuschung und Sehnsucht schnürten ihm die Kehle zu. Und das Verlangen nach ihr raste wie ein Buschbrand durch seinen Körper. Er zögerte und schaute hinüber zum Telefon. Wenn er jetzt bei *Lifestyle Escort* anrief, konnte Roxy um Mitternacht bei ihm sein. Doch dieses Mal tröstete ihn der Gedanke nicht, seine Einsamkeit mit Schmerz und falscher Nähe vielleicht lindern zu können. Er atmete tief durch.

Nackt, wie er war, rannte er zum Pool und sprang kopfüber ins Becken.

Im Schatten des Badehäuschens an der Schmalseite des Beckens ließ er sich treiben. Hier war das Wasser dunkel wie nachtblauer Samt. Es trug und umfing ihn, während er die Hand um seinen sich aufrichtenden Schwanz legte. Er streichelte ihn, zupfte an seiner Spitze, umfing ihn mit festem Griff und strich mit einem kräftigen Ruck daran abwärts. Und gleich darauf wieder nach oben.

Joana! Augen – so kühl wie Silber, hinter dem die Flamme der Leidenschaft leuchtete. Umgeben von traurigen Gefühlen, die hin und wieder durchbrochen wurden, wenn sie ihr Kinn trotzig vorschob …

Seine Hand arbeitete schneller, sein Atem ging heftiger, während ihr Bild hinter seinen geschlossenen Lidern leuchtete. Als die Lust wie eine große Welle über ihm zusammenschlug, ließ er sich auf den Grund des Pools sinken. Dorthin, wo es noch dunkler und noch stiller war, wo er allein mit sich und seiner Sehnsucht blieb, während sein stummer Schrei mit Hunderten silbriger Luftbläschen an die Wasseroberfläche stieg.

***

Auf nackten Füßen huschte Joana vom Nebeneingang im linken Flügel der Villa lautlos über den Holzboden im Erdgeschoss zur Treppe. Im Haus war es vollkommen still. Wahrscheinlich schliefen Raoul und Sina schon. Sie hatte viel zu lange gebraucht, bis sie es gewagt hatte, in ihrem neuen Seidenneglige hinunter zum Pool zu gehen.

Vielleicht hätte Raoul sie auch früher am Abend dort unten nicht bemerkt. Oder er hätte sie gesehen, wäre aber nicht zu ihr gekommen. Weil er mit Sina beschäftigt war. Oder einfach keine Lust mehr auf sie hatte. In der Boutique, vor seinem hastigen Aufbruch, hatten sie sich ja nicht wirklich für den Abend verabredet. Sie war enttäuscht, aber auch ein bisschen erleichtert, nachdem sie vergeblich auf ihn gewartet hatte.

Auf Zehenspitzen stieg sie die Treppe hinauf – und fuhr zusammen, als ihr auf dem Treppenabsatz eine weiße Gestalt entgegenkam.

»Ach, du bist es!«, flüsterte sie nach einer Schrecksekunde halb erleichtert, halb entsetzt. Hatte Sina sie etwa dort unten beobachtet? Im Gegensatz zu Raouls Zimmer ging Sinas Fenster zwar zur Straßenseite hinaus, aber es gab genug andere Räume im Haus, von denen aus man einen guten Blick auf den Pool hatte.

»Hallo, Joana«, erwiderte Sina in einem so unverbindlichen Ton, als würden sie einander als flüchtige Bekannte auf einer Party über den Weg laufen. Dabei zupfte sie an dem weißen Nichts herum, das sie trug. Es war noch um einiges durchsichtiger und kürzer als Sinas neues Seidenhemdchen. Ob Raoul es ihr im »Dessous Heaven« gekauft hatte?

»Kannst du auch nicht schlafen?«, erkundigte Joana sich im Plauderton, nachdem sie einander ziemlich lange stumm gemustert hatten. Die Beleuchtung auf dem Treppenabsatz war immerhin hell genug, um die Einzelheiten der beiden verführerischen Nachtkleider zu zeigen.

Sina schien es nicht im Geringsten zu stören, dass durch den Hauch von einem Negligé, das sie trug, nicht nur ihre Brüste, sondern auch ihre haarlosen Schamlippen deutlich zu erkennen waren. Im Gegenteil. Sie reckte ihren üppigen Busen vor und lächelte herausfordernd.

Da ihr klar war, dass sie diesen Wettbewerb verlieren würde, verschränkte Joana die Arme vor der Brust und starrte mit unbewegter Miene zurück.

»Kommst du mit, einen Kräutertee trinken? Ich möchte etwas mit dir besprechen.« Ohne eine Antwort abzuwarten, stolzierte Sina auf der breiten Treppe an Joana vorbei und setzte ihren Weg nach unten fort.

Natürlich hätte Joana einfach in ihr Zimmer gehen können, aber wahrscheinlich war es besser, vernünftig mit Sina zu reden. Sie unterdrückte einen Seufzer und folgte ihr etwas langsamer in die Küche, wo der Wasserkocher bereits leise summte.

Wenige Minuten später saßen sie einander an dem großen Holztisch gegenüber, zwei dampfende Tassen zwischen sich. Joana nippte an ihrem Tee und verbrannte sich prompt die Zunge.

»Trink nur, dann schläfst du nachher wie ein Baby«, forderte Sina sie auf und nahm selber einen großen Schluck von dem Getränk. Dass es kochend heiß war, schien ihr nicht das Mindeste auszumachen. »Raoul ist ein ganz besonderer Mann«, begann sie das Gespräch.

»Offensichtlich.« Joana zuckte mit den Schultern und gab sich gelassen.

»Und er liebt Sex. In allen Variationen.« Über den Tisch hinweg sah Sina ihr starr in die Augen.

Joana bemühte sich, ihren Blick ebenso ungerührt zu erwidern, musste aber leider im grellen Licht der Hängelampe blinzeln. »Das liegt auf der Hand. Wegen seiner Romane, meine ich«, stieß sie hervor.

»Was hältst du von einem Dreier?«

Die Frage hing in der Luft wie ein Wespenschwarm, der

Joanas Kopf umkreiste. Sie schluckte krampfhaft, umklammerte mit beiden Händen die Tischkante und schwieg.

»Du und ich und er«, fügte Sina hinzu und legte fragend den Kopf schief.

»So was habe ich noch nie gemacht«, murmelte Joana vor sich hin und versenkte den Blick in ihre Teetasse.

»Einmal ist immer das erste Mal«, erklärte Sina in heiterem Ton.

Joana hob den Kopf und sah die Frau, die ihr gegenübersaß, mit zusammengekniffenen Augen an. »Stammt dieser Vorschlag von Raoul?«

»Er will dich«, erklärte Sina gelassen. »In diesem Haus war noch nie eine einigermaßen attraktive Frau zu Gast, mit der Raoul keinen Sex hatte. Meistens am ersten Tag. Du zierst dich schon ziemlich lange.« Sie lachte kurz und hart auf. »Und Raoul liebt es, gleichzeitig von zwei Frauen verwöhnt zu werden. Es wäre also die Erfüllung all seiner Wünsche. Ein Geschenk, das wir beiden ihm präsentieren.«

»In keinem seiner Romane kommt eine Szene zwischen einem Mann und zwei Frauen vor«, stellte Joana fest.

Wollte Sina sie hereinlegen? Sollte sie für Raoul über ihren Schatten springen und dann feststellen müssen, dass er ihren Mut nicht zu schätzen wusste oder sie sogar für ihr vermeintliches Geschenk verachtete?

»Seit wann schreiben Autoren über ihr eigenes Leben?« Verächtlich zuckte Sina die Achseln. »Er erzählt in seinen Romanen, was irgendwelche romantischen Kühe lesen wollen. Und der Erfolg gibt ihm recht.«

»Romantische Kühe?« Joanas Lippen verkniffen sich.

»Fühlst du dich angesprochen?«, erkundigte Sina sich spöttisch.

»Nein. Aber ich sollte jetzt besser ins Bett gehen. Der Computerausdruck mit meiner Arbeit für morgen Vormittag liegt schon auf dem Schränkchen im Flur. Vielleicht braucht Raoul meine Anmerkungen dringend. Deshalb will ich möglichst früh anfangen.« Joana stand auf und ging zur Tür. Die Tasse mit dem Kräutertee hatte sie kein zweites Mal angerührt.

»Überleg es dir«, sagte Sina, die immer noch seelenruhig auf ihrem Stuhl saß.

Joana antwortete nicht und verließ die Küche, ohne sich noch einmal umzudrehen.

***

Nachdem Joana sich eine Stunde lang schlaflos im Bett herumgewälzt hatte, knipste sie die Nachttischlampe an, setzte sich auf und stopfte ein Kissen hinter ihren Rücken. Dann schlug sie die Mappe mit dem neuen Ausdruck auf, die sie neben ihr Bett gelegt hatte.

Wie immer waren es nur wenige Seiten, die sie für Raoul redigieren sollte. Offensichtlich das Arbeitspensum eines Tages. Verwundert fragte sie sich, wann er diese Seiten schrieb, da er häufig unterwegs war und außerdem viel Zeit am Pool oder mit Sina verbrachte.

Mit einem unterdrückten Seufzer vertiefte sie sich in den Text.

***

»Er wird dich verführen. Dich benutzen wie ein Papiertaschentuch und dich hinterher ebenso achtlos wegwerfen.« Alexanders Augen funkelten sie wütend an. Doch sie las auch Traurigkeit in seinem Blick.

Auch Liliana geriet in Zorn. Weil er ihr nicht vertraute. Weil er sich seit dem Moment, in dem er festgestellt hatte, dass sie nicht die einzigen Schiffbrüchigen auf der Insel waren, besitzergreifend und eifersüchtig benahm.

»Ich brauche etwas zum Anziehen«, erklärte sie ihm zum x-ten Mal und deutete auf ihr zerfetztes T-Shirt und die Shorts, die an der Seite nur noch von wenigen Fäden zusammengehalten wurden. »Oder soll ich nackt vor ihm herumlaufen? Ist dir das lieber?«

»Mach, was du willst«, murrte er und wandte ihr den Rücken zu.

Yago hatte am Strand einen Koffer mit Damenkleidung in ihrer Größe gefunden und die einzelnen Kleidungsstücke sorgfältig zum Trocknen in der Sonne ausgebreitet. Die hätte er ihr einfach geben können. Stattdessen schlug er Liliana vor, sie sollte zu ihm kommen und die Sachen anprobieren. Vielleicht, um Alexander zu ärgern. Vielleicht auch, um sie tatsächlich zu verführen.

Wenn sie ehrlich mit sich war, schmeichelte es ihr, dass Yago sich ihretwegen so viel Mühe machte. Zwar war sie die einzige Frau auf der Insel, trotzdem gefiel es ihr insgeheim, von zwei attraktiven, klugen und interessanten Männern umworben zu werden.

Yagos aus Holz und Palmwedeln gebaute Behausung lag etwa dreihundert Meter entfernt von der Hütte, in der sie mit Alexander schlief. »Du hast die Wahl und kannst alles anprobieren. Womit willst du anfangen?« Mit der Geste des Eigentümers einer Edelboutique deutete er auf seine Kollektion, die er über die Äste der umstehenden Bäume gehängt hatte.

Aufmerksam betrachtete Liliana die einzelnen Teile. Offenbar handelte es sich fast ausschließlich um teure Stücke. Sie bemühte sich, nicht zu zeigen, wie aufgeregt sie beim Anblick der schönen Kleider war.

»Da es außer mir hier niemanden gibt, der in die Sachen hineinpasst, kannst du sie mir auch gleich geben. Selbst wenn sie nicht gut sitzen, werde ich mich damit abfinden müssen.« Sie versuchte gelassen zu lächeln.

»So funktioniert das nicht, meine Süße. Ich werde dir die Sachen verkaufen. Du wirst nur die bekommen, für die du bezahlst. Deshalb solltest du dir gründlich überlegen, was du haben möchtest.« Mit glitzernden Augen betrachtete er ihren Körper, den die fadenscheinige Kleidung nur mehr notdürftig verhüllte.

»Verkaufen? Du weißt, dass ich kein Geld habe. Und selbst wenn ich welches hätte. Hier kannst du dir nichts dafür kaufen!«

»Dann lass dir etwas Besseres einfallen. Etwas, wofür ich dir zum Beispiel das hier geben würde.« Er hielt eine mit leuchtenden Blüten bedruckte schwarze Seidenbluse hoch. Ein wunderschönes Stück. Vor allem aber war die Bluse nicht zerrissen wie Lilianas altes T-Shirt.

»Ich weiß ja nicht einmal, ob sie mir passt.« Trotzig grub sie eine Ferse in den Sand.

»Dann probier sie an.« Erst als er ihr die Bluse mit einem anzüglichen Grinsen hinhielt, wurde ihr klar, dass sie ihm angeboten hatte, sich vor seinen Augen auszuziehen.

Suchend schaute sie sich um. Aus Angst vor Schlangen ging sie nicht gern unter die Bäume. Hinter seiner Hütte wollte sie sich auch nicht verstecken, weil die im Schatten einiger tiefhängender Äste lag, auf denen sich die Schlangen gern in der Mittagszeit ausruhten.

Dann bemerkte sie Yagos spöttischen Blick, mit dem er ihr zweifellos Feigheit, Prüderie und andere kleinbürgerliche Schwächen unterstellte. Dafür war das Leben viel zu kurz, wie er ihr schon bei der ersten Begegnung erklärt hatte. Energisch riss sie die

Bluse an sich und eilte damit zu einer Palme, deren Wedel sehr hoch über dem Boden in der leichten Brise schwankten.

Immerhin war der raue Stamm so dick, dass sie mindestens zwei Drittel ihres Körpers dahinter verbergen konnte. Sie wandte Yago den Rücken zu – und wusste nicht, was sie mit der Bluse tun sollte. Wenn sie den Seidenstoff in den Sand legte, würde er auf ihrer Haut kratzen und scheuern.

»Kannst du die Bluse noch mal halten?« Plötzlich hatte sie es so eilig, die Sache hinter sich zu bringen, dass sie ihm das Kleidungsstück fast an den Kopf warf.

Grinsend fing er die Bluse auf und ließ Liliana nicht aus den Augen, während sie sich ihr zerfetztes T-Shirt über den Kopf streifte. Darunter war sie nackt. Was nach den Tagen im Rettungsboot von ihren Dessous übrig geblieben war, hatte sich unter freiem Himmel innerhalb kürzester Zeit praktisch aufgelöst.

Plötzlich kam es ihr albern vor, sich hinter dem Palmenstamm herumzudrücken. Obwohl Alexander und Yago sich eindeutig nicht mochten, hatte sich herausgestellt, dass es ihr Überleben auf der einsamen Insel vereinfachte, wenn sie sich gegenseitig unterstützten. Deshalb verbrachten die beiden Männer und Liliana einen Großteil der Tage zusammen. Zumindest beim gemeinsamen Fischfang hatte Yago sie schon mehr als einmal fast nackt gesehen, denn sie besaß keinen Badeanzug.

»Gib her.« Auffordernd streckte sie ihm eine Hand entgegen, während sie den anderen Arm wie zufällig um ihren Oberkörper schlang.

»Moment mal, wir haben noch nicht darüber gesprochen, was ich dafür bekomme.« Mit ein paar Schritten kam er auf sie zu, sodass ihre ausgestreckte Hand gegen seinen nackten, tiefbraunen Oberkörper stieß.

Sie hatte ihn nicht berühren wollen. Vielleicht, weil sie geahnt hatte, es würde sie wie ein sanfter elektrischer Schlag durchfahren. Wie ein Blitz aus heiterem Himmel, der die Erkenntnis mit sich brachte, dass sie mit diesem Mann schlafen wollte. *Eigentlich sehnte sie sich nicht nach ihm, sondern nur nach seinem Körper. So etwas war ihr noch nie passiert. Bisher hatte sie Liebe nicht von Verlangen trennen können. Doch plötzlich war alles anders. Auf dieser Insel, wo sie nicht wusste, ob sie den morgigen Tag überleben würde. Wo es um die ursprünglichsten Bedürfnisse ging. Um Essen, Trinken – um Sex.*

Hastig zog sie ihre Hand zurück, schnappte nach Luft und starrte Yago erschrocken an. In seinen Augen tanzte unverhohlene Lust.

Über seine Schulter sah sie zum Strand hinunter. Alexander war verschwunden, wahrscheinlich fing er hinter den Felsen Fische für das Abendessen.

Natürlich liebte sie Alexander. Aber das hielt sie seltsamerweise nicht davon ab, den Mann zu begehren, der vor ihr stand.

»Also gut, du bekommst – mich«, stieß sie atemlos hervor. Eigentlich hatte sie sagen wollen, wegen der paar Klamotten würde sie keinen Sex mit ihm haben. Doch ganz von selbst, und ohne dass sie darüber nachgedacht hatte, rangen sich ganz andere Worte aus ihrer Kehle.

Sichtlich verblüfft, ließ er die Bluse in den Sand fallen. »Das hätte ich nicht erwartet.«

»Ich auch nicht.« Sie versuchte ein Lächeln, das sich auf ihren vor Begierde kribbelnden Lippen fremd anfühlte.

Mit einer raschen Bewegung überwand er den kleinen Abstand, der ihn noch von ihr trennte, riss sie in seine Arme und schob sie hinter die Palme. Dort drängte er sie gegen den rauen Stamm.

Mit angehaltenem Atem sah sie zu, wie er sich die Shorts von den Hüften zerrte. Er trug nichts darunter, und in der Sekunde, in der er ihn vom Stoff befreite, sprang sein Schwanz waagerecht nach vorn. Wie ein Raubtier auf der Jagd. Ein heißer Schauer durchlief Liliana, und sie streckte die Arme nach hinten und grub ihre Fingernägel in die Borke der Palme.

Als Yago direkt vor sie trat, bohrte sich seine Eichel wie eine Speerspitze in ihren Bauchnabel. Stumm starrte sie ihm in die Augen. Seine Pupillen waren dunkel wie die Nacht auf der Insel, in der keine Straßenlaternen leuchteten und nicht einmal eine Kerze flackerte.

Tief tauchte er seinen Blick in ihren, als wollte er sie auf diese Weise schon jetzt dort berühren, wo sie ihn spüren wollte: an jener Stelle ihres Unterleibs, wo das Verlangen wie ein Feuer loderte. Ein Begehren, das anders war als der warme, tiefe Wunsch nach Alexanders Nähe. Eine Leidenschaft, die einfach nur befriedigt, ein Feuer, das gelöscht werden wollte.

Allzu lange musste sie nicht warten. Mit einem Ruck riss er sie an sich, presste seinen Mund auf ihren und schob die Zunge zwischen ihre Zähne. Sein Kuss war kurz und besitzergreifend. Bevor sie reagieren konnte, war es vorbei. Nur das Feuer auf ihren Lippen blieb.

Ebenso heiß brannte sein Blick auf ihrer Haut, als er ihn an ihrem Körper abwärtsgleiten ließ. Ehe sie sich auch nur rühren konnte, öffnete er mit flinken Fingern den einzigen Haken, der vom Verschluss ihrer Shorts noch übrig war. Eine weitere geschickte Handbewegung genügte, und sie stand vollkommen nackt vor ihm.

»Ich werde dich von hinten nehmen«, raunte er ihr mit heiserer Stimme ins Ohr.

Trotz der tropischen Sonne wurde ihr eiskalt, eine Gänsehaut breitete sich auf ihrem Körper aus. Dann kam die Hitze und ließ sie zittern.

»Damit meine ich, dass ich tief in deinen süßen kleinen Hintern stoßen werde. Sehr tief.« Sein heißer Atem strich ihr über die Kehle, bevor er ihr sanft in die Schulter biss.

Sie erstarrte. »Ich weiß nicht, ob ich das will.«

Mit seinem leisen Gelächter ließ er eine versteckte Stelle in ihrem Inneren vibrieren. »Dafür bekommst du alle Kleider. Das ist der Deal. Ich finde, ein sehr großzügiges Angebot.«

»Eigentlich würden mir auch ein paar von den Sachen reichen.« Ihre Kehle war eng, und sie wusste nicht, ob vor Angst oder vor Erregung.

»Nun, ich gebe dir alle«, erklärte er freundlich und sah ihr dabei aus nächster Nähe in die Augen. »Und zusätzlich zeige ich dir, wie es ist, wenn du mit einem Mann richtig viel Spaß hast. Dazu musst du tun, was ich dir sage. Das ist unser Geschäft.«

Dass er es ernst meinte, wusste sie. Es ging ihm nicht um die Kleider. Ebenso wenig wie ihr. Er wollte, dass sie sich seinem Willen unterwarf. Und sie – wollte ihn spüren.

Bei der Vorstellung, was er gleich mit ihr machen würde, begann sie zu beben. Die geheime Stelle, wo ihr Körper am heißesten und am dunkelsten war, begann sachte zu flattern, als hätte sich ein Schwarm Schmetterlinge dorthin verirrt.

»Am wichtigsten ist es, dass ich feucht genug bin. Deine Spucke wäre hilfreich.« Auffordernd senkte er den Kopf und schaute an sich hinab. Wie ein Schwert – bereit, sie aufzuspießen – deutete sein Schwanz auf ihren Bauch.

Sie sank auf die Knie, öffnete die Lippen so weit wie möglich und umspannte damit seine Lanze. Bis zur Wurzel konnte sie den Penis nicht in den Mund zu nehmen. Dafür war er viel zu groß. Dennoch schob Yago ihn mit einem Ruck noch weiter vor, und sie musste tief durchatmen, um nicht zu würgen.

Warm und glatt steckte der Schaft tief in ihrer Mundhöhle.

Liliana schloss die Lippen um die kraftvolle Säule und meinte, Yagos Blut pulsieren zu spüren.

»Mach mich nass. Richtig nass«, hörte sie ihn murmeln.

Sie ließ ihre Zunge tanzen und badete ihn in ihrem Speichel.

»Das reicht.« Unversehens zog er sich aus ihrem Mund zurück, packte sie unter den Achseln, hob sie hoch und drehte sie um, sodass sie mit dem Gesicht zur Palme stand.

»Warte!« Sie wollte sich ihm wieder zuwenden, wollte ihn fragen, ob es wehtun würde. Doch er ließ ihr keine Zeit dazu.

»Halt dich fest.« Von hinten schob er ihr ein Knie zwischen die Schenkel und drückte es nach oben, sodass sie darauf ritt. Erstaunt spürte sie, wie feucht sie war.

Sie verlor den Boden unter den Füßen, und wenn sie nicht fallen wollte, blieb ihr nichts anderes übrig, als mit Armen und Beinen den Stamm zu umklammern, weil Yago sie erbarmungslos nach oben schob. Auf diese Weise brachte er sie in die richtige Position und Höhe, damit er bequem zustoßen konnte.

Ihre Schenkel waren so weit gespreizt, dass sie die raue Borke als heftigen Druck an ihrer Klitoris spürte, schmerzhaft und zugleich erregend.

»Entspann dich«, befahl er ihr, und im selben Moment fühlte sie seine dicke, feuchte Eichel an ihrer Rosette. Niemals würde er dort hineinpassen, ohne sie zu verletzen! Sie wollte fort, wollte fliehen und umklammerte doch mit aller Kraft die Palme, hielt still, während er von hinten auf jene Öffnung zielte, die jungfräulich war und deren festen Muskelring er als Erster überwinden würde …

Es fiel ihr schwer, sich in zwei Handbreit Höhe über dem Boden an der Palme festzuhalten und gleichzeitig die Muskeln in ihrem Hintereingang zu entspannen. Trotzdem gab sie sich alle Mühe, denn plötzlich erkannte sie, dass sie es herbeisehnte. Sie wollte wissen, wie es war, ihn dort zu spüren. Sie wollte erleben, wie es sich anfühlte, wenn ein Mann nicht zärtlich und aufmerksam war, sondern egoistisch und sogar ein bisschen rücksichtslos.

Vor lauter Anstrengung zitterten ihre Arme und Beine, die Borke biss sie in die empfindlichen Innenseiten ihrer Schenkel. Lange würde sie sich nicht mehr halten können. Da packte er sie auch schon mit beiden Händen bei den Hüften und zog sie nach hinten. Ein winziges Stückchen nur, doch es genügte, um die Spitze seines Schwanzes in sie hineinzubohren.

Liliana schrie auf. Mehr vor Erstaunen als vor Schmerz. Obwohl es brannte wie Feuer. Aber gleichzeitig war da auch ein völlig neues drängendes Gefühl. Erstaunt begriff sie, dass sie sich mehr davon wünschte.

»Weiter!«, hörte sie sich wie durch dichten Nebel keuchen. »Tiefer!« Immer noch hatte sie Angst, aber das Verlangen, ihn dort drinnen zu fühlen, war größer als die Furcht vor dem Unbekannten oder vor Schmerzen.

Dieses Mal schob er sich nicht mit einem Ruck vor, sondern ganz langsam, Millimeter für Millimeter weitete er sie vorsichtig. Wieder war da ein höllisches Brennen, aber auch überwältigende Lust, die sie bewog, ihren Kopf in den Nacken zu werfen und ein unterdrücktes Stöhnen hervorzustoßen.

Obwohl Yago sie mit beiden Händen stützte und sie gleichzeitig von seinem eisenharten Schwanz gehalten und gegen die Palme gedrückt wurde, umklammerte sie mit aller Kraft den Stamm.

»So ist es gut!«, lobte er sie, und das Keuchen, mit dem er die Worte hervorstieß, ließ sie vor Wollust schaudern. Das – und nichts anderes – war es, was sie mit ihm verband: nacktes Begehren.

Entschlossen reckte sie ihre Hüften nach hinten, unterdrückte einen Schmerzensschrei und lachte gleich darauf triumphierend auf, als sie ihn tief in sich fühlte. Dort, wo die Flammen loderten, die er in ihr entzündet hatte und nun löschen sollte.

Als hätte er ihre Gedanken gelesen, begann er, sich vorsichtig zu bewegen. Er zog sich zurück und stieß wieder nach vorn. Tiefer noch als beim ersten Mal. Hart wurde ihre Klitoris gegen den rauen Stamm gedrückt. Schmerz und Lust hielten sich nun die Waage, schaukelten sich gegenseitig hoch. Nie zuvor hatte sie so etwas erlebt. Als sie ihre Fingerspitzen in die Rinde bohrte, brach ein Nagel, und ihre Haut wurde wund, doch das zählte nicht. Es trug nur zu ihrer Erregung bei.

Nun hämmerte Yago wild in sie hinein und stieß sie wieder und wieder gegen den Stamm. Er ließ sie ein Stück abwärtsrutschen und schob sie mit dem nächsten Eintauchen wieder aufwärts. Ihre harten Nippel rieben sich an der Borke. Sie schrie vor Schmerz und keuchte vor Lust.

»Alexander!«, schrie sie hinauf in die Palmwedel über sich. »Bitte!«

Erst als sie unter dem Biss in ihrem Nacken zusammenzuckte, fiel ihr der Irrtum auf. Doch es war ihr egal. Denn der Mann, der wieder und wieder hart in sie hineinstieß, bedeutete ihr nichts. Sie wollte einzig und allein die Erlösung, die in diesem Augenblick nur er ihr schenken konnte.

Ihr Orgasmus kam in Dunkelrot. Wie ein feuerspuckender Drache tauchte er an den Rändern ihres Blickfelds auf und setzte sie in Flammen, bis sie stöhnend, keuchend und flehend in diesem Blutrot unterging.

Erst als Yago sich kühl in ihr verströmte, wurden ihre Glieder weich und schlaff. Sie fiel gegen den Körper des Mannes, der sie von hinten umschlang und sich rückwärts in den Sand sinken ließ, während er immer noch fest in ihr steckte.

Die Leere, die sich nach dem überwältigenden Orgasmus in ihr ausbreitete, war trotz des strahlenden Himmels, der sich über ihr wölbte, dunkel und schwer.

Obwohl sie ihre Beine kaum spürte, rappelte sie sich hoch. Yagos Schwanz glitt aus ihr heraus, gefolgt von einem Schwall seines Spermas. Als sie sich umdrehte, lag er immer noch im Sand und grinste sie an.

»Das war – gut. Und du musst dir auch keine Sorgen wegen einer Schwangerschaft machen. Hat der Typ da drüben überhaupt mal bedacht, wie das wäre, wenn du hier ein Kind bekommen müsstest?« Mit einer verächtlichen Geste deutete er in die Richtung, wo sich ihr Schlaflager befand.

»Das geht dich nichts an.« Sie griff nach ihren alten Shorts und zerrte sie über ihre klebrige Haut. Am liebsten hätte sie sich vorher im Meer gewaschen, doch es trieb sie fort von diesem Ort.

Sie musste zu Alexander zurückkehren, musste feststellen, ob er sie noch wollte. Zwar war sie sicher, dass er nichts gesehen hatte, aber er würde dennoch ahnen, was geschehen war. Doch würde er auch verstehen, was sie getrieben hatte, sich Yago hinzugeben? Würde er ihr verzeihen, wenn sie ihm sagte, was sie getan hatte?

Ohne Yago anzusehen, griff sie nach ihrem alten T-Shirt und zog es sich über den Kopf. Als der Stoff ihre Haut berührte, zuckte sie zusammen. Ihre Brüste und ihr Bauch waren wund von der Borke des Palmenstamms.

Dann drehte sie sich um und ging schweigend einfach davon, ohne einen Blick zurück. Auf sich selbst war sie zorniger als auf Yago.

»Was ist mit den Klamotten?«, rief er ihr nach. »Du hast sie dir redlich verdient.«

Sie antwortete nicht, sondern stapfte einfach nur weiter durch den knöcheltiefen Sand in die Richtung, wo sie Alexander vermutete.

***

Joana klappte die Mappe zu und legte sie auf das Tischchen neben ihrem Bett. Nachdenklich ließ sie sich in die Kissen sinken und schaute hinauf zur Decke. Die Szene mit den Kleidern erinnerte an die Umkleidekabine, in der Raoul sie beinahe zum Sex verführt hätte.

Aber warum schrieb er in diesem Stil darüber? Warum gab seine Heldin Liliana sich einem Mann hin, den sie gar nicht liebte, und betrog auf diese Weise Alexander, mit dem sie tiefe Gefühle verbanden?

Wollte Raoul ihr damit sagen, er würde sie verstehen? Wusste er, dass sie entschlossen war, nie wieder einen Mann gefühlsmäßig an sich heranzulassen, auch wenn die Sehnsucht nach Nähe, die über das rein Körperliche hinausging, manchmal fast übermächtig war? Oder ahnte er nichts von ihrer Angst und wollte ihr nur klarmachen, dass außer einer Affäre nichts zwischen ihnen entstehen würde?

Seufzend löschte sie die Lampe. Hinter den Vorhängen war schon das erste Grau des Tages zu erkennen. Sie drehte sich auf die Seite und schloss die Augen.

7. KAPITEL

Am hellen Vormittag erwachte Joana und sprang nach einem erschrockenen Blick auf den Wecker aus dem Bett. Noch bevor sie ins Bad ging, setzte sie sich an den Schreibtisch, um ihre Anmerkungen zu den Seiten zu schreiben, die sie in der Nacht gelesen hatte.

Äußerst objektive und professionelle Anmerkungen wohlgemerkt, die verdeutlichten, dass sie die Szene am Strand absolut nicht mit den Geschehnissen in der Umkleidekabine in Zusammenhang brachte.

Nachdem sie die Arbeit beendet hatte, lief sie ins Bad. Das gemeinsame Frühstück hatte sie zwar ohnehin verpasst, aber sie wollte Raoul möglichst rasch ihre Arbeit geben. Persönlich. Vielleicht ging er dann mit ihr gemeinsam ihre Randnotizen durch.

Mit klopfendem Herzen eilte sie die Treppe hinunter und den Flur entlang zu Raouls Arbeitszimmer. Die Tür stand offen, das Zimmer war leer. Die Mappe unter dem Arm, wandte sie sich enttäuscht um. Ihr würde wieder nichts anderes übrig bleiben, als den lektorierten Text am üblichen Platz zu deponieren, von wo er auf geheimnisvolle Weise immer sehr schnell verschwand, obwohl Raoul sich eher selten an seinem Schreibtisch aufzuhalten schien.

Nachdem sie die rote Mappe auf das Schränkchen im Flur gelegt hatte, warf sie einen Blick in den Wintergarten. Der

Frühstückstisch war abgeräumt, und es gab nicht einmal mehr trockene Brötchen. Aber sie konnte sich natürlich selbst einen Tee kochen und in der Küche etwas Essbares auftreiben.

Als sie die Küchentür öffnete, prallte sie erschrocken zurück. Die dichten Vorhänge vor den Fenstern waren geschlossen, und am Tisch saßen drei Gestalten, die sie wegen der im Zimmer herrschenden Dämmerung zunächst nicht erkannte.

»Entschuldigung«, murmelte sie und wollte sich zurückziehen.

»Komm doch ruhig herein, Joana.« Das war Olivers Stimme. Freundlich, tief und beruhigend. Es klang einladend, als würde sie wirklich nicht stören, obwohl sie glaubte, erregte Stimmen gehört zu haben. Hatten sich die Brüder gestritten?

Zögernd näherte sie sich dem Tisch. Die dritte Person war eine ältere Frau. Das erkannte Joana am silbernen Schimmer der dichten, lockigen Haare.

Die Fremde saß sehr aufrecht auf ihrem Stuhl und hielt ihren Kopf auf eine Weise hoch, für die Joana nur das Wort »majestätisch« einfiel.

»Ist sie das?«, erkundigte sich die grauhaarige Dame mit melodischer Stimme und wandte Joana das Gesicht zu. Darin funkelte ein ungewöhnlich helles Augenpaar, was trotz der schwachen Beleuchtung sichtbar war.

Diese Augen musterten Joana so aufmerksam, dass sie sich am liebsten in der dunkelsten Ecke der Küche versteckt hätte.

Hatte sich das Gespräch vor ihrer Ankunft um sie gedreht?

Sofort fiel ihr die Begegnung mit Raoul im »Dessous Heaven« ein. Oliver hatte ihn dort angerufen, also wusste er davon und ahnte womöglich, was sich dort abgespielt hatte, denn schließlich kannte er seinen Bruder.

»Das ist Joana Liebermann«, übernahm Oliver höflich die Vorstellung. »Sie ist hier, um mir …« Er stockte und lachte spröde auf. »Um mir zu helfen, Raoul bei seinem neuen Roman zu helfen.«

Noch immer wusste Joana nicht, welche Rolle Oliver hier im Haus spielte und was er mit den Romanen seines Bruders zu tun hatte. Im Grunde erforderte die Handlung des neuen Werks keine umfangreiche Recherche. Dafür brauchte Raoul nur einige Grundkenntnisse über Südseeinseln, die man sich wahrscheinlich innerhalb weniger Stunden im Internet beschaffen konnte.

Außerdem wirkte Oliver nicht wie jemand, der sich mit einem Hilfsjob zufriedengab und ansonsten von ererbtem Vermögen lebte. Allerdings hatte er offenbar ernsthafte gesundheitliche Probleme, die ihn zwangen, Licht zu meiden. Inzwischen hatte Joana im Internet Informationen über Lichtallergien gefunden, über die schweren Beeinträchtigungen der Betroffenen. Also konnte Oliver wegen seiner Krankheit vielleicht nichts anderes tun, als Raoul bei seiner Arbeit zu unterstützen.

Trotz der dämmerigen Beleuchtung schien er ihren nachdenklichen Blick zu spüren, denn er wandte hastig das Gesicht ab. »Und das ist Tilda Westen, unsere Großmutter.« Nur undeutlich sah Joana die Handbewegung, mit der er auf die grauhaarige Frau deutete.

»Guten Tag, Frau Westen«, begrüßte Joana die ältere Dame höflich.

»Guten Tag, mein Kind. Setzen Sie sich doch für einen Moment zu uns, und nehmen Sie sich eine Tasse Tee. Wir haben auch Kekse.« Tilda Westen schob einen Teller in die Mitte des Tisches.

Joana holte sich eine der weißen Porzellantassen vom Sideboard und ließ sich ein wenig unbehaglich am Tisch nieder. Das Licht genügte ihr gerade eben, um Tee in die Tasse zu gießen, ohne die Hälfte danebenzuschütten.

Inzwischen plauderte Großmutter Westen mit ihren beiden Enkelsöhnen über das immer noch hochsommerliche Wetter. Dies konnte schwerlich das Thema gewesen sein, über das die Verwandten bei Joanas Erscheinen diskutiert hatten.

Sie war froh, dass sie für den Moment von niemandem beachtet wurde, nahm sich einen Keks von dem weißen Porzellanteller und verschlang ihn hungrig. Schließlich hatte sie nicht gefrühstückt.

»Und wie gefällt Ihnen Raouls neuer Roman, Joana?«, wandte Frau Westen sich unvermittelt an sie. »Wenn ich recht verstehe, repräsentieren Sie sozusagen die typische Leserin und sollen gleichzeitig den Text lektorieren?«

Verwirrt nickte Joana. Tilda Westen schien besser als sie selbst zu wissen, was von ihr erwartet wurde. Jedenfalls hatte Raoul ihr nie so deutlich gesagt, worin genau ihre Aufgabe bestand.

»Ich sollte mich dann besser wieder an die Arbeit machen.« Ebenso plötzlich, wie seine Großmutter kurz zuvor das Thema gewechselt hatte, stand Oliver auf.

Joana hob den Kopf und sah Olivers Gesicht als verschwommenen hellen Fleck vor dem schwachen Licht schweben, das durch die dichten Vorhänge ins Zimmer fiel. Jetzt beugte er sich zu seiner Großmutter hinab, drückte ihr einen Kuss auf die Wange und verschwand wie ein Schatten lautlos im Flur.

Welche Arbeit? Am liebsten hätte Joana die Frage laut ausgesprochen, aber im Grunde ging es sie gar nichts an, womit Oliver sich tagein, tagaus im Gästebungalow beschäftigte.

»Auch dich will ich nicht weiter aufhalten, Raoul.« Tilda Westen nahm ihre Tasse und nippte daran, als hätte sie nicht die Absicht zu gehen.

Raoul erhob sich folgsam und küsste seine Großmutter ebenfalls auf die Wange, bevor er die Küche verließ.

Hastig schob Joana sich noch einen Keks in den Mund, stand auf und wollte ebenfalls das Weite suchen. Das verhinderte Tilda jedoch und hielt sie am Handgelenk fest. »Einen Moment noch, mein Kind.«

»Aber ich muss Raoul den Text geben, den ich durchgesehen habe. Die Mappe liegt im Flur auf dem Schränkchen, und ich …«

Ich möchte endlich von Angesicht zu Angesicht mit ihm über unsere Arbeit sprechen. Den letzten Satz schluckte sie hinunter.

»Sicher hat das noch fünf Minuten Zeit.« Mit sanftem Nachdruck und erstaunlicher Kraft zog Tilda sie wieder auf ihren Stuhl.

Joana rutschte unbehaglich hin und her. Was wollte Raouls Großmutter von ihr? Nervös rührte sie in ihrer fast leeren Teetasse und wartete.

»Wie ist es eigentlich dazu gekommen, dass Sie hier im Haus leben?«

Die Frage kam überraschend, und Joana wusste nicht, was sie darauf antworten sollte.

»Damit wir uns leichter über den Text austauschen können, nehme ich an«, erwiderte sie schließlich. Aus irgendeinem Grund wollte sie Tilda Westen nicht verraten, dass sie sich genau dasselbe seit ihrem Eintreffen in der Villa Westen immer wieder fragte.

»Und tun Sie das auch?« Tilda stand auf, ging zum Fenster und zog die Vorhänge zur Seite. Das milde Vormittagslicht fiel ins Zimmer und beleuchtete jede der zarten, kleinen Falten im sanft gebräunten Gesicht der alten Frau. Dennoch fand Joana sie wunderschön. In ihren Zügen zeigten sich sehr viel gelebtes Leben, Glück und Leid, Freude und Spaß. Als junge Frau musste Tilda Westen atemberaubend gewesen sein.

Die Stirn gerunzelt, überlegte Joana, was sie erwidern sollte. »Wir haben wohl noch nicht ganz die richtige Arbeitsmethode gefunden«, gestand sie. »Aber ich hoffe, dass ich Raoul mit einigen Hinweisen helfen konnte. Als Repräsentantin seiner Zielgruppe, meine ich.« Sie lachte verlegen.

»Wieso ausgerechnet Sie?« Tilda Westen schien eher sich selbst als Joana danach zu fragen.

»Ich bin im richtigen Alter, das ist der einzige Grund«, versuchte Joana eine Erklärung abzugeben, die sie selbst nicht sonderlich plausibel fand.

Immer wieder musste sie daran denken, wie Harald Klein sie unter Druck gesetzt hatte, damit sie diesen Job übernehmen würde. Es schien nicht um *irgendeine* Lektorin zu gehen, die unter dreißig Jahre alt war, sondern um *sie persönlich*.

Aber warum?

»Das glaube ich nicht.« Tilda musterte sie nachdenklich.

»Nun, ich repräsentiere die typische Leserin«, beteuerte Joana und versuchte gleichzeitig, sich selbst davon zu überzeugen. »Ich mag seine Bücher sehr, ich liebe sie.« Gegen ihren Willen war ihr der letzte Satz herausgerutscht, und sie biss nervös auf ihre Unterlippe.

»Und was gefällt Ihnen besonders an Raouls Romanen?« Interessiert legte Tilda den Kopf schief.

Joana spürte, wie sie errötete. »Es geht mir nicht unbedingt um die erotischen Szenen, obwohl ich die ziemlich aufregend finde. Das würde mich aber nicht beeindrucken, wenn er nicht auf diese wunderbare Art Gefühle beschreiben könnte. Das ist es, was mich an seinen Geschichten fasziniert – seine Art, Emotionen so intensiv zu beschreiben, dass ich sie auch empfinden kann.« Sie presste eine Hand auf ihre Brust und ließ sie rasch wieder sinken, als ihr klar wurde, wie theatralisch das wirken musste.

»Schön. Sehr schön, mein Kind.« Die alte Frau nickte zufrieden, als hätte Joana ihr genau die richtige Antwort gegeben.

Wieder begannen Joanas Wangen zu brennen. Sonderbarerweise war es ihr wichtig, was diese ältere Dame von ihr dachte.

»Dann können Sie jetzt gehen und tun, was Sie eben zu tun haben.« Lächelnd wedelte Frau Westen mit einer Hand durch die Luft. »Aber vorher versprechen Sie mir, ihm nicht wehzutun.«

»Wem soll ich nicht wehtun?« Verblüfft starrte Joana sie an.

»Meinem Enkel«, entgegnete Tilda und nickte nachdrücklich.

»Nein – gewiss nicht«, stotterte Joana.

Wie um alles in der Welt sollte sie *Raoul Westen* verletzen? Er war nicht nur ein bekannter und äußerst erfolgreicher Schriftsteller, sondern auch ein höchst attraktiver, selbstbewusster Mann, dem die Frauen zu Füßen lagen.

Nachdem sie sich von Raouls Großmutter verabschiedet hatte, verließ sie die Küche. Im Flur stellte sie fest, dass die rote Mappe verschwunden war. Seufzend wandte sie sich zur Treppe, um nach oben in ihr Zimmer zu gehen.

Da tauchte Sina wie aus dem Nichts auf. »Heute um Mitternacht im Keller? Raoul wird sich freuen, wenn er hört, dass du kommst.« Ihre Stimme klang harmlos, ihre Augen blitzten jedoch gefährlich.

Joanas Herz klopfte schnell und dumpf. Im Keller? Es drängte sie, Sina zu fragen, was dort unten passieren sollte. Aber sie schluckte ihre Bedenken hinunter.

Schließlich kannte sie Raouls Romane. Sie wusste, wie er tiefe Empfindungen beschrieb. Das konnte niemand, der gefühllos und kalt war. Also gab es keinen Grund zur Besorgnis, auch wenn sie zu dritt sein würden, und sie keine Ahnung hatte, wie das ablaufen sollte. Sie nickte entschlossen. »Gut, ich werde kommen.«

Ohne sich noch einmal nach Sina umzudrehen, stieg sie die Stufen hinauf.

In ihrem Zimmer wartete sie einige Minuten und schlich dann auf Zehenspitzen wieder ins Erdgeschoss hinunter und die etwas schmalere Treppe hinab, die in den Keller führte.

Hier unten hatte der Flur eine etwas niedrigere Decke als die anderen Stockwerke. Ansonsten war er breit und gut beleuchtet. Drei der vier Türen, die von diesem Korridor abgingen, ließen sich öffnen. Sie führten in kleine Räume, die als Abstellkammern genutzt wurden und mit ausrangierten Möbeln und großen Kartons vollgestellt waren. Die vierte Tür lag gegenüber von den drei anderen, was vermutlich bedeutete, dass der Raum dahinter sehr groß sein musste. Diese Tür war verschlossen, und Joana würde bis Mitternacht warten müssen, um zu erfahren, was sich dahinter verbarg.

***

Den Rest des Tages verbrachte Joana auf dem Balkon ihres Zimmers. Sie lag auf der bequemen Liege, las und holte einen Teil des versäumten Nachtschlafs nach.

Zwischendurch ging sie mehrmals nach unten, um nachzusehen, ob Raoul ihr einen neuen Computerausdruck hingelegt hatte, fand aber keine Manuskriptseiten vor. Die Tür zu seinem Arbeitszimmer stand immer noch offen, und jedes Mal, wenn sie daran vorbeiging, war der Stuhl hinter seinem Schreibtisch leer.

Das Abendessen verlief wie üblich im Dämmerlicht mit belanglosem Geplauder. Über den Tisch hinweg zwinkerte Sina ihr mehrmals demonstrativ zu. Oliver und Raoul streiften Joana gelegentlich mit Seitenblicken, während sie, appetitlos vor Aufregung, in ihrem Essen stocherte.

Als die anderen zum Nachtisch übergingen, entschuldigte sie sich und verließ als Erste den Wintergarten. In der Hoffnung, dass Sina, die meistens kein Dessert nahm, ebenfalls bald vom Tisch aufstehen würde, trödelte sie im Flur herum und betrachtete die Bilder an den Wänden, obwohl sie in der schwachen Beleuchtung kaum zu erkennen waren.

»Lass die Finger von ihr, Raoul!« Durch die angelehnte Tür zum Wintergarten hörte sie deutlich Olivers Stimme. Noch nie hatte sie ihn so barsch mit seinem Bruder sprechen gehört.

»Sei versichert, ich zwinge sie zu nichts. Sie ist sehr – zugänglich und ziemlich leicht erregbar. Hat Spaß am Sex.« Raoul lachte leise, und auch Sina kicherte vor sich hin. »Wenn du Interesse hast, solltest du es bei ihr versuchen, Oliver. Es wird Zeit, dass du unter die Lebenden zurückkehrst. Mir war von vornherein klar, du würdest doch wieder den mysteriösen Einsiedler spielen. Vielleicht macht dich ein bisschen Eifersucht ja etwas munterer, Brüderlein. Konkurrenz belebt das Geschäft.«

Wie festgewurzelt stand Joana da und lauschte dem Gespräch im Wintergarten. Wovon redeten die Brüder? Hatte Oliver ein erotisches Interesse an ihr? Wollte Raoul seinen Bruder nur eifersüchtig machen, indem er heiße Spiele mit ihr trieb?

Zorn stieg in ihr auf, und sie machte einen Schritt auf die Tür zu, um den Männern da drinnen die Meinung zu sagen. Dann wurde ihr klar, dass sie als Lauscherin dastehen würde, wenn sie jetzt wutentbrannt zurück in den Wintergarten stürmte. Die Hände geballt, blieb sie stehen.

Bei Licht betrachtet, hatte sie keinen Grund, sich zu beklagen, wenn die beiden Brüder um sie kämpften. Sie war diejenige, die sich für den einen oder den anderen entscheiden würde.

Und sie hatte sich längst für Raoul entschieden. Für eine Affäre mit Raoul – wohlgemerkt. Es ging nicht um Liebe oder eine Beziehung, es ging um Spaß und Sex. Sie wollte die aufregenden Gefühle, die er in seinen Romanen beschrieb, am eigenen Leib kennenlernen. Nicht mehr und nicht weniger.

Dabei spielte Oliver nicht die geringste Rolle. Er war freundlich zu ihr, aber manchmal plötzlich äußerst distanziert, als wollte er sich hinter einer hohen Mauer verstecken. In seiner Gegenwart fühlte sie sich meistens ein bisschen unbehaglich, weil sie einfach nicht wusste, was in ihm vorging. Nein, Oliver war auf keinen Fall derjenige der beiden Brüder, den sie begehrte!

Entschlossen wandte sie sich zur Treppe. Sie musste unbedingt ihre begrenzte Garderobe durchforsten, denn sie hatte noch keine Ahnung, was sie heute Nacht anziehen sollte, wenn sie hinunter in den Keller ging.

Nachdem sie das Gespräch im Wintergarten belauscht hatte, stand ihr Entschluss, zu dem mitternächtlichen Rendezvous zu erscheinen, endgültig fest. Sie sehnte sich nach Raoul. Falls sie Oliver tatsächlich interessierte, musste sie ihm zeigen, wem ihr Verlangen galt.

* * *

Drei Stunden später stöckelte Joana auf ihren höchsten Absätzen die Treppe hinunter. Nach mehrmaligem Umziehen hatte sie sich für ein enges, ärmelloses schwarzes Kleid mit einem hohen Kragen entschieden, dessen Rock eine Handbreit über den Knien endete. Obwohl sie sich in diesem Outfit sexy fühlte, hätte sie damit auch in die Oper gehen können.

Auf den gefliesten Stufen, die ins Kellergeschoss führten, klapperten ihre Absätze wie Pistolenschüsse. Sollten Sina und Raoul, die wahrscheinlich schon dort unten auf sie warteten, ruhig wissen, dass sie zu ihnen kam! Und dass sie kein verschüchtertes Rehlein war, sondern eine selbstbewusste Frau, die über ihr Leben und ihren Körper selbst bestimmte und nur das tun würde, wozu sie Lust hatte!

Vor der Tür, die vor ein paar Stunden noch abgeschlossen gewesen war, blieb sie stehen und hob die Hand, um anzuklopfen. Dann überlegte sie es sich anders und drückte einfach die Klinke herunter.

Was sie sah, nahm ihr für einen Moment den Atem. Wie erstarrt stand sie im Türrahmen und konnte den Blick nicht von der Szene abwenden, die sich ihren Augen bot.

8. KAPITEL

»Komm doch herein, Süße«, forderte Raoul sie mit heiserer Stimme auf. Sein verführerischer Ton jagte ihr einen Schauer über den Rücken, als würde jemand mit einem Handschuh aus rauem Samt an ihrer Wirbelsäule abwärtsstreichen. »Komm rein, und mach die Tür hinter dir zu.«

Wie in Trance tat sie einen Schritt nach vorn und drückte die Tür, die innen gepolstert war, hinter sich ins Schloss. Sollte kein Laut von dem, was hier drinnen passierte, nach außen dringen? Joanas Kehle wurde eng, und das Atmen fiel ihr schwer. Dennoch machte sie einen weiteren Schritt und dann noch einen.

»Komm ruhig näher. Vielleicht möchte Raoul, dass du ihm hilfst.« Sina stieß die Worte ein wenig gepresst hervor, aber sie machte nicht den Eindruck, als würde sie sich unbehaglich fühlen.

Im Gegenteil. Als Joana ihr ins Gesicht schaute, lächelte die junge Frau trotz der kleinen Schweißperlen, die ihre Oberlippe und ihre Stirn bedeckten.

Auch Joana wurde heiß, sobald sie sich neben Raoul an den Rand des waagrecht in Tischhöhe angebrachten Rades stellte, auf dem Sina mit gespreizten Armen und Beinen lag. Ihre Hand- und Fußgelenke waren mit schwarzen Seidenbändern an den Speichen des Holzrades festgebunden, die Spitzen ihrer langen blonden Haare hingen fast bis auf den Fliesenboden hinunter. Gleichzeitig zeigten die Nippel ihrer großen Brüste starr nach oben. Offenbar hatte sie der Natur nachhelfen lassen.

Als Joana den Kopf wandte und Raoul ansah, lächelte er.

»Schön, dass du gekommen bist.«

»Ich …« Sie wollte ihm erklären, dass sie sich auf keinen Fall fesseln lassen würde, doch kein Wort kam über ihre Lippen. Bewegungslos stand sie neben ihm. Spürte seine Nähe, die Hitze und das Verlangen, die Angst und die Erregung.

»Da.« Raoul drückte ihr die brennende Kerze in die Hand, die er vorher über Sina gehalten hatte. Jetzt erst bemerkte Joana im unruhigen Licht von Dutzenden weiterer Kerzen, die überall im Raum verteilt waren, die Wachsspuren auf Sinas Haut.

»Zeichne ihr eine Straße um den Nabel.« Raoul deutete auf Sinas flachen Bauch.

»Aber ich will ihr nicht wehtun.« Das Flämmchen der Kerze zwischen Joanas Fingern flackerte stärker, als ihre Hand zu zittern anfing.

»Nun mach schon. Ich liebe das heiße Wachs auf der Haut. Auch du solltest es probieren.« Sina hob den Kopf und sah sie mit funkelnden Augen an.

Niemals! Joana öffnete den Mund, blieb aber wieder stumm. Wie von selbst bewegte sich ihre Hand. Sie hielt die brennende Kerze über Sinas Körper und kippte sie über ihrem Bauchnabel nach unten. Der erste Tropfen fiel direkt in die kleine Vertiefung.

»Oh! Ja!« Sina bäumte sich auf und warf den Kopf in den Nacken, sodass ihre Haarspitzen nun tatsächlich den Boden berührten.

Automatisch bewegte Joana ihre Hand mit der Kerze weiter nach oben und hielt sie über die prallen Brüste, die sich heftig hoben und senkten. Weil sie immer noch bebte, zielte sie etwas mühsam auf einen der langen roten Nippel. Der Wachstropfen traf direkt daneben auf die helle Haut und rollte einige Zentimeter abwärts, wobei er eine weiße Spur hinterließ, bevor er erstarrte wie eine Träne an einem eisigen Wintertag.

Als Nächstes malte Joana mit dem heißen Wachs einen Kreis auf Sinas linke Brust, dorthin, wo sie das Herz vermutete. Wieder bäumte Sina sich auf, keuchte leise und rollte mit den Augäpfeln.

»Mach hier einen See«, forderte Raoul sie auf und deutete auf die kleine Kuhle neben Sinas rechtem Hüftknochen.

Folgsam hielt Joana die Kerze über die Vertiefung und ließ Tropfen hinabfallen. Sina rührte sich nicht, und als Raoul den rechten Zeigefinger in das flüssige Wachs tauchte, das sich oberhalb ihres Schenkels gesammelt hatte, atmete sie lang und tief aus.

Gespannt wartete Joana ab, was er wohl vorhatte. Und schnappte nach Luft, als er neben ihr in die Knie ging, die Hand mit der benetzten Fingerspitze unter ihren Rock schob und mit dem noch flüssigen Wachs eine Spur auf die Innenseite ihres Schenkels zeichnete.

»Zieh dein Höschen aus«, forderte er sie mit rauer Stimme auf.

Wieder öffnete sie den Mund, um zu widersprechen, gleichzeitig aber wollte sie fühlen, was er plante, wollte es erleben – all die Dinge, die er mit ihr tun würde.

Sie stellte die Kerze auf den Rand des Rades, zog ihr Höschen aus und ließ es einfach am Boden liegen.

»Und jetzt beug dich vor.« Er raunte ihr die Worte so leise ins Ohr, dass Sina sie wahrscheinlich nicht hören konnte, was Joana ein Gefühl der besonderen Nähe zu Raoul gab.

Mit einer raschen Geste setzte er das Rad in Bewegung. Es war an einer senkrechten Stange angebracht, um die man es drehen konnte. Sina stieß einen entzückten Schrei aus und ließ ihren Kopf noch weiter nach hinten fallen, sodass ihre Haarspitzen über den Fliesenboden wischten.

Ebenso geschickt, wie er das Rad in Schwung gebracht hatte, hielt Raoul es wieder an. Nun stand Joana genau zwischen Sinas gespreizten Beinen. Als sie geradeaus schaute, konnte sie die feuchten, rosigen Schamlippen der anderen Frau sehen, die gekräuselte Rosette und die silbrigen Tropfen, die aus ihrer Öffnung liefen. Sie wollte den Blick abwenden – und starrte trotzdem fasziniert hin.

»Beug dich vor«, wiederholte Raoul und schob ihre Schultern sanft in Richtung der breiten Holzspeichen. Sie spürte, wie ihr Kleid nach oben rutschte, und fühlte einen Luftzug auf ihren Hinterbacken. Ihr Kopf war nicht weit von Sinas Spalte entfernt, ihre Brüste unter dem dünnen Stoff ihres Kleides berührten die Speichen des Rades.

Unvermittelt lehnte Raoul sich von hinten gegen sie. Er war nackt! Seine Haut rieb sich an ihrer, sein Schwanz schob sich zwischen ihre Schenkel.

Sie zuckte zusammen, machte sich steif. Er würde sie doch nicht einfach und ohne jede Ankündigung von hinten nehmen? Doch dann spürte sie wieder seine Hände. Er streichelte und massierte sie, seine Fingerspitzen tasteten sich vor, schoben sich ein winziges Stückchen in sie hinein und waren schon wieder verschwunden, als sie nach Luft schnappte.

Schließlich drückte er ihr wieder eine Kerze in die Hand. Diese war knallrot und länger und schmaler als die erste, aber immer noch so dick wie ihr Handgelenk.

»Möchtest du sie in dir spüren?« Raouls Stimme war verführerisch dunkel.

»Was? Die Kerze?« Entsetzt wollte Joana sich aufrichten. Was tat sie hier eigentlich?

»Gib sie mir! Ich will sie!« Sina hob den Kopf und sah ihr über die großen Brüste hinweg direkt ins Gesicht. »Schieb sie mir rein!«

Joana wollte Raoul die Kerze zurückgeben, damit er Sinas dringenden Wunsch erfüllen konnte, er dachte jedoch nicht daran, sie ihr wieder abzunehmen. »Mach du es, Joana«, forderte er sie auf. »Ich sehe zu.«

»Das kann ich nicht.« Hilflos schwenkte sie die Kerze durch die Luft.

»Mach es! Oder bist du zu feige?«, forderte Sina sie heraus.

»Mit welcher Seite zuerst?« Zweifelnd betrachtete Joana den Docht. Auf dieser Seite war die Kerze schmaler, so herum würde es wahrscheinlich leichter gehen.

»Anders herum. Du musst nicht vorsichtig sein, Sina liebt das. Und sie ist daran gewöhnt.« Raoul wirkte gelassen, fast gelangweilt. Für ihn schien es tatsächlich nichts Besonderes zu sein, irgendwelche Dinge in Sina hineinzuschieben. Oder sie von jemandem hineinschieben zu lassen.

Joana atmete tief durch, zielte mit dem stumpfen Kerzenende auf die vor Feuchtigkeit glitzernde Öffnung, drückte es dagegen – und kam nicht weiter.

»Nein, es geht nicht, die Kerze ist viel zu dick.« Sie wollte sich abwenden, doch Raoul lehnte sich von hinten gegen sie. Wieder spürte sie seinen steifen Schwanz zwischen ihren

Schenkeln. Vollkommen kalt schien ihn die Szene doch nicht zu lassen. Oder war es etwa ihr blankes Hinterteil, das ihn erregte?

»Du musst stärker drücken. Und ein wenig drehen. Als wolltest du eine Schraube in Sina hineindrehen. Soll ich dir vormachen, was ich meine?«

Nickend hob sie die Kerze, um sie ihm zu geben. Er hatte jedoch nicht die Absicht, sie zu nehmen. Im nächsten Augenblick schrie sie erschrocken auf, als sich etwas Kühles gegen ihre Muschi drückte. Etwas, das viel kälter und dicker war als Raouls geschwollener Schwanz.

»Ganz ruhig weiteratmen, Süße«, befahl er und küsste ihren Nacken. »Mach das, was du fühlst, mit Sina.«

»Es passt nicht hinein, ich kann das nicht«, hauchte sie und spürte gleichzeitig, dass sie es sehr wohl konnte. Mit einer leichten Drehung glitt die glatte Oberfläche aus kühlem Wachs durch die Enge ihres Eingangs, der sich mit einem fast angenehmen Brennen dehnte und das stumpfe Ende der Kerze fest umschloss.

»So ist es gut. Das machst du wunderbar«, lobte Raoul sie und schob sie noch ein wenig weiter zur Mitte des Rades, sodass sie mit ihrem Oberkörper fast zwischen Sinas gespreizten Beinen lag. »Und jetzt lass Sina spüren, wie es ist. Drehen und schieben.«

Mit zitternder Hand setzte Joana die Kerze erneut an. Sie tat, was Raoul ihr befohlen hatte, drehte und drückte und hörte wie durch einen Nebel Sinas entzücktes Keuchen, während der rote Wachsstab Zentimeter für Zentimeter in sie hineinglitt.

»Wunderbar. So wunderbar bist du, meine Süße.« Wie herrlich erregend, diese Worte von Raoul zu hören, wenn das hier auch ganz anders war als alles, was er in seinen Romanen beschrieb … Es war eher hart als zärtlich. Aber sie konnte nicht abstreiten, dass es sie erregte.

»Ah!« Sie schrie laut auf, denn Raoul zog mit einem heftigen Ruck die Kerze wieder aus ihr heraus. Dabei wusste sie nicht, ob sie vor Schmerz schrie oder weil sie den erregenden Druck dort unten nicht verlieren wollte.

Als wollte sie ihren Verlust ausgleichen, schob sie mit einem Ruck die Kerze so tief wie möglich in Sinas triefende Öffnung. Die Frau auf dem Rad stöhnte laut und bäumte sich auf, sodass sie nur noch mit den Fußsohlen und den Schultern auf den breiten Speichen ruhte.

»Du bist besser, als ich dachte.« Raouls Stimme klang erstaunt. »Jetzt lösch alle Lichter. Sina soll uns leuchten.«

Langsam ging Joana durch den Raum und pustete sämtliche Kerzen aus, bis nur noch die in dem hohen Leuchter direkt neben dem Rad brannte.

»Die blase ich später aus. Zuerst musst du Sinas Fußfesseln lösen«, verlangte Raoul.

Die Schleifen in den schwarzen Seidenbändern ließen sich mit einem kurzen, kräftigen Zug öffnen.

Sobald ihre Beine frei waren, zog Sina die Knie an die Brust, sodass ihr Rücken nur noch bis zur Taille auf dem Rad ruhte und die Kerze fast senkrecht in die Luft zeigte. Dann streckte Sina ihre rechte Hand in Raouls Richtung, und er schob ihr wortlos ein langes, brennendes Streichholz zwischen die Finger.

Joana hielt die Luft an, während Sina die Kerze anzündete, die zwischen ihren Schenkeln hervorschaute. Das machte sie anscheinend nicht zum ersten Mal, denn obwohl sie den Docht nicht sehen konnte, gelang es ihr auf Anhieb.

Gleichzeitig pustete Raoul die Kerze in dem Halter neben dem Rad aus.

»Sina wird für uns die Kerze halten«, erklärte er und drehte das Rad so, dass der flackernde Schein auf eine Sprossenwand fiel, wie Joana sie aus dem Sportunterricht in der Schule kannte.

»Glaubst du, dafür ist sie sportlich genug?«, fragte Sina und lachte leise. »Meinst du, sie schafft es kopfüber? Das will ich sehen!«

»Wir werden es herausfinden«, erwiderte Raoul, nahm Joanas Hand und zog sie vor die Sprossenwand.

»Kopfüber?« Obwohl Joana nur ahnte, worum es ging, ärgerte sie sich über Sinas Spott. Als Kind hatte sie sich stundenlang an den Kniekehlen vom Klettergerüst baumeln lassen. Behände stieg sie einen guten Meter die Wand hoch, klemmte sich mit den Knien an eine der Sprossen und ließ ihren Oberkörper hinabhängen. Ihre Fingerspitzen berühren knapp den Boden.

»Damit es bequem ist, müsstest du noch ein bisschen höher steigen«, erklärte Raoul ihr sanft.

»Und du müsstest Raoul sehr viel Vergnügen bereiten«, ließ Sina sich vom Rad her vernehmen.

Jetzt begriff Joana, worum es ging. Wenn sie noch einige Sprossen nach oben kletterte, würde ihre Scham direkt vor Raouls Gesicht sein und ihr Kopf auf der Höhe seiner Hüfte hängen.

»Nein, meine Süße, wir machen es anders.« Raoul schob Joanas Schultern nach oben und half ihr, die Beine vom Klettergerüst zu lösen. Als sie wieder auf dem Boden stand, hielt er plötzlich die beiden schwarzen Seidenbänder in der Hand, die sie vor wenigen Minuten von Sinas Fußgelenken entfernt hatte.

»Vertraust du mir?« Seine Stimme klang so verführerisch, dass es sie heiß überlief. Ohne nachzudenken, nickte sie.

***

Oliver trat durch die Hintertür ins Haus und löschte wie immer zuerst die Flurbeleuchtung, sodass nur noch die Notlämpchen in Kniehöhe brannten. Es war ein Uhr nachts, doch da im Erdgeschoss noch Licht gebrannt hatte, nahm er an, die Hausbewohner würden noch nicht alle schlafen. Er unterdrückte einen Seufzer und schlug die Richtung zur Küche ein. Wie beabsichtigt, wollte er sich etwas zu essen holen.

Im Gästebungalow gab es eine kleine Küche, doch meistens vergaß er, Frau Leischaft einen Einkaufszettel hinzulegen, sodass ihm nichts anderes übrig blieb, als in die Villa herüberzukommen, wenn er zwischen den Mahlzeiten Hunger bekam.

Als er an der Treppe zum Keller vorbeikam, meinte er, von unten einen spitzen Schrei zu hören. Wahrscheinlich vergnügte Raoul sich in seinem »Fitnessraum«, wie er das Zimmer dort unten nannte, mit Sina. Da der Raum nicht komplett schallgedämmt war, hörte man die beiden manchmal recht deutlich.

Jetzt drang ein lang gezogenes Stöhnen aus dem Keller nach oben. Oliver blieb abrupt stehen. Die Frauenstimme klang nicht nach Sinas grellen, schrillen Liebestönen. Das eben hatte sich tiefer und wärmer angehört. Fast wie ein Gurren.

Joana! Hatte Raoul sie nach unten gelockt? Wieso konnte sein Bruder nicht die Finger von ihr lassen, wenn er ihn darum bat? Wieso musste Raoul jede Frau verführen, die in seiner Nähe auftauchte? Es war schrecklich und unmoralisch, dass er seinen Ruf als Autor dazu ausnutzte. Aber vielleicht wären die Frauen ihm so oder so reihenweise zum Opfer gefallen.

Ob Joana ahnte, dass sie nur eine Affäre für Raoul Westen war, die er nach wenigen Tagen oder Wochen beenden würde? Möglicherweise wollte sie es nicht anders. Und vielleicht fehlte ihr trotz der Sehnsucht in ihren Augen der Mut, sich wirklich auf einen Mann einzulassen. Das verstand er nur zu gut.

Doch wenn Joana sich entgegen aller Vorsätze in Raoul verliebte, der so attraktiv war und so charmant sein konnte, würde sie hart auf dem Boden der Tatsachen landen.

Nur Sina schaffte es irgendwie, interessant für Raoul zu bleiben. Ob sie auch dort unten war? Oliver konnte sich nicht vorstellen, Joana würde Sex zu dritt normal finden. Andererseits wunderte er sich, weil sie sich von Raoul einwickeln ließ.

Oder ließ sie sich von Reichtum und gutem Aussehen betören und würde alles für einen Mann tun, der beides zu bieten hatte? Daran zweifelte Oliver. Allerdings glaubte er den Grund zu kennen, aus dem Joana sich zu Raoul hingezogen fühlte – ihren Irrtum.

Er ertappte sich dabei, dass er schon die halbe Treppe in den Keller zurückgelegt hatte. Doch das überraschte ihn nicht, denn er musste wissen, was dort unten geschah. Vielleicht war Joana gar nicht freiwillig in den Keller gegangen. Als ihn dieser Gedanke durchzuckte, rief er sich sofort zur Ordnung. Raoul mochte ein Frauenheld sein, ein Mann, der die Bewunderung seiner Verehrerinnen schamlos ausnutzte. Aber niemals würde er eine Frau gewaltsam nehmen. Obwohl er Spiele liebte, bei denen eine sanfte Form von Gewalt eine wichtige Rolle spielte.

Wenn Joana nun die Regeln dieser speziellen Erotik nicht verstanden hatte … Wenn sie nicht wusste, wie sie aus einem einmal begonnenen Spiel wieder aussteigen konnte …

Sie ist eine erwachsene Frau. Weder naiv noch unwissend. Sie liest erotische Romane. Vielleicht gefällt ihr gerade die subtile Gewalt, die Raoul ihr zu bieten hat. Vielleicht machen seine Spiele sie mehr an als die Szenen, die in den Raoul-Westen-Romanen geschildert werden …

Vor der Tür zu Raouls »Fitnessraum« blieb er stehen und lauschte angespannt. Von drinnen war kein Ton zu hören. Was nicht bedeutete, dass in dem Zimmer tatsächlich alles still war, denn das dicke Polster an der Innenseite der Tür schluckte leisere Geräusche.

Nachdem er eine Weile mit angehaltenem Atem vor der Tür gewartet hatte, wollte er sich soeben abwenden, als er einen lang gezogenen Seufzer hörte. Er zuckte zusammen. Hatte das nicht so geklungen, als hätte Joana Schmerzen?

Entschlossen drückte er die Klinke hinunter und öffnete die Tür so weit, dass er den Kopf durch den Spalt schieben konnte.

Im Zimmer brannte nur eine einzige Kerze. Als er im flackernden Licht erkannte, wo die Kerze steckte, schnappte er erstaunt nach Luft. Doch im Grunde war ihm egal, was Sina trieb. Er wusste, dass sie freiwillig bei Raouls Spielen mitmachte. Und falls sie keinen Spaß daran hatte, tat sie es, weil sie mehr von seinem Bruder wollte als Sex.

Was Joana betraf … Beim Gedanken an sie musste er schlucken. In manchen Momenten wirkte sie unschuldig und verletzlich. Dann wieder warf sie Raoul Blicke zu, die an Sinas verführerischen Augenaufschlag erinnerten. Jetzt hörte er ihren raschen, keuchenden Atem und ihr leises Stöhnen.

Vor der Sprossenwand erkannte er zwei ineinander verknäulte Körper, die sich heftig bewegten. Vor allem bewegte sich Raoul, während Joana sich mit beiden Händen hoch über ihrem Kopf an einer Sprosse festhielt und die Beine um seine Taille geschlungen hatte. Über Raouls golden schimmernde Haare hinweg starrte sie ins flackernde Kerzenlicht. Ihr Mund war halb geöffnet, und bei jedem Ruck von Raouls Hüften glitt ein leises Stöhnen über ihre Lippen.

Funkelte etwa eine Träne in ihrem Augenwinkel? Machte sie bei etwas mit, das sie nicht wollte? Instinktiv tat Oliver einen Schritt nach vorn, doch im selben Moment legte Joana den Kopf in den Nacken und stieß einen hellen Schrei aus – einen Ton, der ganz sicher kein Schmerzenslaut war. Fast tat es ihm weh, wie lustvoll ihre Stimme klang, wie leidenschaftlich, während sie ihren Blick auf einen fernen Punkt an der Decke des Raumes heftete.

Nun warf auch Raoul den Kopf nach hinten und stöhnte laut. Die Töne aus seiner Kehle schienen Joana zurück in die Gegenwart zu holen. Sie suchte Raouls Blick, doch er erweckte den Eindruck, er würde sie gar nicht wahrnehmen. Ohne sich darum zu kümmern, dass ihre Beine immer noch fest um seine Taille geschlungen waren und sein Schwanz tief in ihr steckte, machte er einen Schritt nach hinten.

Seine Bewegung kam so unerwartet, dass Joanas Füße mit einem dumpfen Ton auf den Holzboden sanken. Fragend schaute sie Raoul an, doch er kümmerte sich nicht um sie. Stattdessen wandte er sich lachend zu Sina und erkundigte sich, ob die Beleuchtung ausreichend gewesen sei.

»O ja, alles konnte ich deutlich sehen.« Sina kicherte vor sich hin, was die Kerzenflamme noch heftiger zucken ließ.

Hingegen stand Joana immer noch wie gelähmt da, an die Sprossenwand gelehnt. Sie hätte sich ohnehin nicht von dort entfernen können, weil ihre Handgelenke mit schwarzen Bändern über ihrem Kopf an eine Sprosse gefesselt waren. Plötzlich schien sie Olivers Blick zu bemerken. Sie wandte den Oberkörper zur Tür und schaute ihn an. Einfach so, ohne erkennbares Erstaunen.

Trotz des schwachen Lichts konnte er das Glühen ihrer Wangen erkennen. Zum Glück trug sie ein kurzes schwarzes Kleid und war nicht vollkommen entblößt. Obwohl Raoul in ihrer Nähe stand, wirkte sie merkwürdig verlassen.

Entschlossen stieß Oliver sich vom Türrahmen ab, war mit wenigen Schritten bei ihr und löste ihre Fesseln, packte sie beim Handgelenk und zog sie mit sich auf den Gang hinaus.

Erst als sie beide vor der Tür standen, entriss sie ihm ihren Arm. »Was soll das?«, fauchte sie, während sie mit beiden Händen ihren Rock glättete.

Er war froh, dass er auch hier unten die Deckenleuchten ausgeschaltet hatte. Nur die kleinen Notlämpchen brannten, und da er ihr Gesicht als verschwommenen weißen Fleck sah, konnte sie ihn sicher auch nicht genau erkennen.

»Auf diese Spiele solltest du dich nicht einlassen. Das tut dir nicht gut.« Noch während er die Worte aussprach, wurde ihm klar, wie anmaßend er wirken musste. Eine Frau wie Joana ließ sich nicht wie ein kleines Mädchen behandeln.

»Was gut für mich ist, entscheide ich selbst! Und wieso ist es hier schon wieder so dunkel?« Sie drehte sich um und tastete an der Wand nach dem Lichtschalter.

Als über ihm die Deckenstrahler aufflammten, war er bereits auf der Treppe.

»Wo rennst du hin?«, rief sie hinter ihm her. »Ich will wissen, wieso du dich in meine Angelegenheiten einmischst! In Raouls und meine Angelegenheiten.«

Oben auf der Treppe, wohin das Licht von unten nicht reichte, drehte er sich um. »Tut mir leid. Ich hatte nur das Gefühl, du würdest dich da drinnen nicht wohlfühlen. Vergiss es. Es geht mich tatsächlich nichts an, was du tust. Ich hätte nicht ins Zimmer kommen dürfen. Entschuldige bitte.«

»Mach es einfach nie wieder. Es ist peinlich.« Plötzlich klang ihre Stimme gepresst.

Er hörte, wie sie ihm auf ihren hohen Absätzen den Gang entlang zur Treppe folgte. Fast hätte er sich umgedreht, um sie zu mustern. Er wollte wissen, ob sie so traurig aussah, wie es ihm erschien. Doch ein weiteres Mal siegte die Angst, und er floh vor ihr in die Dunkelheit des Hauses.

9. KAPITEL

»Fünf Tage?« Die Mitteilung, dass Raoul noch am selben Tag auf Lesereise gehen würde, überraschte Joana so sehr, dass sie sich an ihrem Frühstücksmüsli verschluckte. Sie brauchte zwei oder drei Minuten, um ihren Husten zu unterdrücken, während sie sich gleichzeitig mit der Serviette die tränenden Augen abtupfte. Dann konnte sie endlich fragen: »Und unsere Arbeit? Ich dachte, der Termin drängt.«

Gelassen zuckte Raoul die Achseln. »Die Lesungen sind schon seit Monaten geplant. Sie finden in einem Umkreis von hundertfünfzig bis zweihundert Kilometern statt. Aber es lohnt sich nicht, dass ich zwischendurch zum Schlafen nach Hause komme. Ich werde an den jeweiligen Lesungsorten im Hotel übernachten.«

Fünf Tage! Joana kam sich schon jetzt völlig verlassen vor. »Wirst du auf der Reise weiterschreiben?«, erkundigte sie sich mit einer Stimme, die in ihren eigenen Ohren unglücklich und kleinmütig klang. Wenn sie wirklich miteinander am Text arbeiten würden, was sie immer noch nicht taten, hätte er sie mitnehmen können. So machte es wahrscheinlich nicht viel Sinn.

Würde Sina ihn begleiten und mit ihm in den Hotels übernachten? Heiße Eifersucht stieg in Joana auf.

Da Raoul auf ihre Frage nicht antwortete, mischte Oliver sich ein, der wie üblich mit dem Rücken zum verhängten

Fenster saß. »Joana hat recht. Mit dem Abgabetermin im Nacken wirst du ohnehin die Finger nicht von der Tastatur lassen können. Du könntest mir die neuen Seiten schicken, und ich drucke sie für Joana aus. Dann kann sie in der Zwischenzeit weiterarbeiten.«

Weder Oliver noch Raoul waren mit einem Wort auf die Ereignisse der vergangenen Nacht eingegangen, worüber sie froh war. Ob die Brüder darüber gesprochen hatten, wusste sie nicht. Und sie wollte es auch gar nicht wissen.

»Ich kann die Texte auch auf dem Monitor lesen und kommentieren, wenn du sie direkt an mich schickst.« Erstaunt wie immer, wenn es um Olivers Rolle bei Raouls Arbeit ging, schaute Joana zwischen den zwei Männern hin und her.

»Nicht nötig, das kriegen wir schon hin.« Raouls Aussage wirkte ebenso vage, wie Olivers Gesicht als heller Fleck einen halben Meter über der Tischplatte aussah.

Da Joana nicht zu bestimmen hatte, wie die Arbeit ablaufen sollte, schwieg sie. Und Raoul machte ohnehin nicht den Eindruck, er könnte seinen Roman nur mit ihrer Hilfe beenden.

***

Joana stand auf dem Treppenabsatz, schaute durch das Fenster, aus dem man direkt auf die kiesbestreute Auffahrt hinunterblicken konnte, und hoffte, man würde sie von draußen hinter der spiegelnden Scheibe nicht erkennen.

Vor der Haustür stand eine große schwarze Limousine, neben der ein Chauffeur in Uniform wartete. Bisher hatte Joana den Wagen samt Fahrer nur einmal gesehen, als Oliver sich damit hatte in die Stadt fahren lassen. Mit hochgeklapptem Mantelkragen und tief in die Stirn gezogenem Hut war er vom Gästebungalow aus zum Auto geeilt und sofort auf den Rücksitz hinter die getönten Scheiben geflohen. An jenem Tag hatte er nicht am Mittagessen teilgenommen. Sina hatte etwas von einem Arzttermin erwähnt.

Nun würde Raoul sich mit dem Jaguar zu seinem ersten Lesungstermin fahren lassen. Er hatte sich bereits von ihr verabschiedet und ihr nicht einmal gesagt, in welchem Ort die Lesung stattfand und wo er übernachten würde. Und sie hatte nicht danach gefragt. Ohnehin war sie damit beschäftigt gewesen, ebenso gleichgültig zu wirken wie er. Sie hatte vor, im Internet festzustellen, wo er während der nächsten Tage sein würde. Zu gern wäre sie zu einer der Lesungen gefahren, doch auch darum wagte sie ihn nicht zu bitten.

Als die Haustür sich öffnete und unter ihr Raouls dichter Haarschopf golden in der Sonne aufleuchtete, hielt sie instinktiv die Luft an. Krampfhaft umklammerte sie mit beiden Händen das Fensterbrett. Es war albern, sich so verletzt und verlassen zu fühlen, nur weil der Mann, mit dem sie ein einziges Mal wilden Sex erlebt hatte, für einige Tage verreiste.

Die Erinnerungen an den Sex mit Raoul verwirrten Joana. Ob die Stunden mit ihm wunderbar oder verstörend gewesen waren, konnte sie nicht entscheiden. Aber sie wusste, dass sie ihn wieder in sich spüren musste, um es herauszufinden.

Unten blieb Raoul neben dem schwarzen Jaguar stehen und redete freundlich mit dem Chauffeur, der ihm seinen kleinen Koffer abgenommen hatte.

Plötzlich erschien Sina auf der Eingangstreppe. Sie lief die Stufen hinunter, fiel Raoul um den Hals, ohne sich darum zu kümmern, dass er sich gerade unterhielt, und küsste ihn lange und ausgiebig auf den Mund.

Raoul war es, der den Kuss beendete, indem er Sinas Arme

von seinem Nacken löste. Aber er lachte fröhlich und berührte sekundenlang den üppigen Busen, den Sina in einem eng anliegenden, tief ausgeschnittenen Sommerkleid präsentierte.

Joana wich vom Fenster zurück. Es war sinnlos, eifersüchtig auf Sina zu sein. Schließlich strebte sie keine Beziehung mit Raoul an. Sie wollte nur wunderbare Stunden mit ihm genießen. Und wenn ihre Zeit in seinem Haus vorbei war, würde sie in ihr altes Leben zurückkehren. Um ein paar Erfahrungen reicher, aber innerlich unverletzt.

Wütend auf sich selbst, weil sie Raoul heimlich durch das Fenster beobachtet hatte, eilte sie in ihr Zimmer.

Sie griff nach der roten Mappe, die sie nach dem Frühstück nach oben mitgenommen hatte, und seufzte tief auf. In den Wörtern und Sätzen, die Raoul schrieb, fand sie Ruhe und Trost und eine Nähe, die sie nicht verletzen konnte.

Joana ließ sich auf ihr Bett fallen und vertiefte sich in Raouls neuen Text. Er mochte inzwischen woanders sein, doch sie hatte das vielleicht Beste, was er ihr von sich geben konnte. Sie begann zu lesen.

***

Es war eine helle Vollmondnacht. Die Insel badete in silbernem Licht, der Wind flüsterte geheimnisvoll in den Palmen, und das Meer murmelte leise wie im Traum.

»Komm mit, Liliana.« Alexander strich ihr sanft über die Schulter, um sie zu wecken, doch sie hatte nicht geschlafen, sondern still neben ihm gelegen und in die Nacht gelauscht.

Nun hob sie den Kopf und schaute ihn im Mondlicht an. Seit sie von ihrem Treffen mit Yago zurückgekehrt war, hatte er sie zum ersten Mal wieder berührt. »Wohin?«, flüsterte sie, obwohl sie sicher war, dass niemand außer ihm ihre Stimme hören konnte. Yago schlief viel zu weit entfernt.

Wortlos nahm er ihre Hand und zog sie von dem gemeinsamen Lager hoch.

Ihr Herz schlug unruhig, als sie neben ihm am Strand entlang auf die Felsengruppe im Süden zuging. Der Sand unter ihren nackten Füßen war kühl, der Wind streichelte durch das dünne Shirt sanft ihre Haut.

Bei den großen, rauen Steinen war das Wasser flacher und wärmer als an anderen Stellen. Während sie bis zu den Fußknöcheln im Meer standen, wandte Alexander sich zu ihr und zog ihr das Shirt über den Kopf. Sekunden später stand auch er im silbernen Licht nackt vor ihr.

»Komm«, wiederholte er.

Sie legte ihre Hand in seine und spürte den festen Druck seiner Finger. Dicht nebeneinander gingen sie weiter ins Meer, und als das Wasser ihnen bis zu den Hüften reichte, schwammen sie. Vor Lilianas Augen funkelten die Mondstrahlen auf den Wellen wie Tausende von Kerzenflammen, und sie glaubte in einem Lichtermeer zu baden.

Neben ihr teilte Alexander mit kräftigen Zügen das Wasser, und die Wogen, die er dabei verursachte, streichelten Lilianas Haut.

Er schwamm mit ihr um die Felsengruppe herum und glitt durch die schmale Öffnung zwischen zwei der hohen Steine. Von dort streckte er Liliana die Hand entgegen und zog sie ebenfalls in den Zwischenraum. Hier war sie noch nie gewesen, und sie sah sich verwundert um.

Ringsum ragten hohe Felswände empor, in deren Mitte das Wasser ruhig wie ein Waldsee dalag. Der Mond spiegelte sich darin wie eine große Goldmünze. Auf dem stillen Wasser schwam-

men zahllose weiße Blüten, die in der dunkelblauen Nacht wie große Schneekristalle schimmerten.

Sie wandte den Kopf zur Seite und suchte Alexanders Blick. Lächelnd griff er nach ihrer Hand und zog sie in die Mitte der glatten Wasserfläche. Erst jetzt erkannte sie die Lianen, die, locker miteinander verflochten und wie eine Hängematte an mehreren Felsen befestigt, auf der Wasseroberfläche schwebten.

»Wann hast du das alles gemacht?«, erkundigte sie sich erstaunt.

»Als du fort warst.«

Sie wusste, er meinte ihren Besuch bei Yago. Was dort geschehen war, hatte sie ihm gestanden, wenn auch nicht in allen Einzelheiten. Sie hatte versucht, ihm zu erklären, der Sex mit Yago habe nichts mit ihrer Liebe zu ihm, Alexander, zu tun – und es würde sich nicht wiederholen. Das hier war sein Versuch, ihr zu zeigen, wie anders es mit ihm sein würde. Ihr Herz schlug höher, als sie den Mann, den sie liebte, im Mondschein betrachtete.

»Leg dich hinein«, bat Alexander leise. Er zog die Ranken der improvisierten Hängematte auseinander, sodass sie im Wasser ein dunkelgrünes Netz bildeten, und Liliana ließ sich mit der Brust voran vorsichtig auf das Geflecht gleiten. Sie spürte Alexanders Hände an ihren Hüften, wie er sie sanft festhielt und auf das schwimmende Bett schob.

»Jetzt dreh dich um.« Wieder half er ihr, und wieder war es ganz einfach. Jetzt lag sie auf dem Rücken im Wasser und ließ sich schaukeln wie in einer Wiege.

Die Berührung zwischen ihren Schenkeln war federleicht. Überrascht hob sie den Kopf und sah, dass Alexander begonnen hatte, Blüten auf ihrem Körper zu verteilen. Seidenglatte, kühle

Blätter schmiegten sich an ihre Haut und streichelten sie in demselben ruhigen Rhythmus, in dem Alexander sich im Wasser bewegte.

Als sie Alexanders Lippen spürte, durchfuhr sie brennende Hitze, und sie konnte den leisen, fast klagenden Ton nicht zurückhalten, der sich aus ihrer Kehle rang.

Alexander saugte an ihren Zehen, ließ seine Zungenspitze in den empfindlichen Zwischenräumen und auf ihren Fußballen tanzen, knabberte an ihren Knöcheln, liebkoste mit Lippen und Zähnen ihre Waden, malte mit der Zunge Spiralen in ihre Kniekehlen, tupfte Ketten aus brennend heißen Küssen auf die Innenseiten ihrer Schenkel. Sein Mund glitt an ihrem Körper aufwärts, fand die Stelle, an der sie trotz des kühlen Wassers lichterloh zu brennen schien, umschloss ihre geschwollene Perle mit weichen Lippen und saugte daran. Wieder und wieder, erst sanft, dann immer kräftiger.

Ganz weit riss Liliana die Augen auf, hielt sich mit ihren Blicken an der runden Scheibe des Mondes fest, hatte das Gefühl, ihm entgegenzufliegen …

Als Alexander unvermittelt die Lippen von ihrer Klitoris löste, schrie sie enttäuscht auf, doch gleich darauf schob er seine Zunge warm und fest in sie hinein. Wieder musste sie schreien, dieses Mal vor Lust. Sie ließ sich vom Wasser schaukeln und von Alexander liebkosen. Und war dem Mond wieder so nah …

»Ich will dich. Ich will dich so sehr, Liliana. Denn ich liebe dich.« Er hob den Kopf, und nun lag seine Hand auf ihrem Venushügel, glitten seine Fingerspitzen durch ihre Spalte, reizten und streichelten sie, während er seinen Körper über sie schob und ihr ins Ohr flüsterte, wie heiß er sich nach ihr sehnte.

Ganz von selbst schlangen ihre Beine sich um seine Hüften, legten sich ihre Arme über seinen Rücken, öffnete sie sich ihm. »Ja«, wisperte sie. »Ja, ich liebe dich auch. Komm zu mir.«

Begleitet von einem Schwall kühlem Wasser, glitt er hart wie Stahl in sie hinein. Sie fühlte ihn kühl und heiß, fest und sanft, und er berührte sie tief in ihrem Schoß und ihrer Seele.

Gemeinsam schaukelten sie auf dem Wasser, und der Mond am nachtblauen Himmel schien mit jedem Mal, wenn Alexander sich in ihr versenkte, näher zu kommen.

Plötzlich drehte Alexander sich mit ihr in seinen Armen um, hielt sie fest umklammert und rollte sich von den verschlungenen Ranken ins Wasser. Arm in Arm fielen sie in die samtige, dunkle Tiefe. Liliana legte den Kopf in den Nacken und sah nun den Mond wie durch einen Spiegel. Es gab nur noch Alexander und sie und die stumme, zärtliche Tiefe, die sie umfing wie mit tausend Armen.

An dieser Stelle war das Meer nicht allzu tief. Sie sanken bis auf den Grund aus weichem Sand und zartem Seegras. Dort presste Alexander seinen Mund auf ihren, zog sich gleichzeitig aus ihrem Schoß zurück und stieß sofort wieder mit aller Kraft zu. Es durchfuhr sie wie ein Speer aus Feuer und Leidenschaft, und sie löste sich in ihrer Lust auf. Sie schwebte oben im silbernen Licht des Mondes und unten in der stummen dunkelblauen Dämmerung, war im Himmel und am Meeresgrund, war bei sich und bei ihm. Und sie spürte, was es hieß zu lieben. So sehr liebte sie diesen Mann.

***

Joana ließ das letzte Blatt sinken, schloss die Augen und lauschte in sich hinein. Da waren die Gefühle – das erregende Kribbeln und die zärtliche Sehnsucht, die sie schon immer bei der Lektüre von Raouls Romanen gespürt hatte.

Und sie wusste, dass sie weiter suchen würde, um diesen sanften und doch leidenschaftlichen Liebhaber hinter dem Raoul zu finden, den sie bisher kennengelernt hatte.

Der Tag verging, ohne dass Joana einen der anderen Hausbewohner sah. Als sie sich mittags in der Küche etwas zu essen holte, begegnete sie Frau Leischaft, und im Wohnzimmer saugte die Putzfrau Staub. Beide nickten ihr freundlich zu und fuhren mit ihrer Arbeit fort.

Nachmittags war es so still, dass Joana vermutete, Sina müsse ausgegangen sein. Oliver hielt sich ja ohnehin den ganzen Tag im Gästebungalow auf.

Als es Zeit für das Abendessen war, tauschte sie ihre Shorts gegen ein schlichtes ärmelloses Kleid mit sommerlichem Blumendruck. Sie bürstete gerade ihre Haare im Bad, als es an der Haustür klingelte. Normalerweise war es Sinas Aufgabe, etwaige Besucher einzulassen – eine der wenigen Pflichten, die sie in diesem Haus tatsächlich verrichtete. Bisher hatte es sich nach Joanas Beobachtung bei den Leuten, die klingelten, meistens um Lieferanten gehandelt. Gäste kamen selten bis nie.

Lauschend legte Joana die Bürste beiseite. Als es erneut läutete, machte sie sich selbst auf den Weg zur Haustür. Davor stand der livrierte Chauffeur, der Raoul vormittags abgeholt hatte. Mit klopfendem Herzen betrachtete sie die schwarze Limousine in der Auffahrt.

»Ist etwas passiert? Bringen Sie Herrn Westen zurück?« Sie wusste nicht, ob sie sich freuen oder erschrecken sollte. Eigentlich hätte Raoul um diese Zeit seine Lesung abhalten müssen.

Lächelnd schüttelte der Fahrer den Kopf und streckte ihr einen schmalen Umschlag aus weißem Büttenpapier entgegen. »Ich warte im Wagen, bis Sie fertig sind.«

Überrascht griff sie nach dem Kuvert. Der Chauffeur nickte ihr zu und schlenderte zurück zum Wagen. Um sich aus ihrer Erstarrung zu lösen, brauchte sie einige Sekunden, Dann schloss sie die Tür und ging zur Treppe, setzte sich auf die unterste Stufe und öffnete den edlen Umschlag.

Er enthielt einen Briefbogen von der gleichen schweren Qualität, der mit einer geschwungenen Schrift bedruckt war. Mit angehaltenem Atem überflog sie die wenigen Sätze.

Dinner in the Dark
Liebe Joana, ich erwarte dich voll Ungeduld zu einem köstlichen Mahl der Sinne. Bitte mach mir die Freude. Serviert wird um 21.00 Uhr.

Ein Mahl der Sinne! Im Dunkeln? Sie wusste nicht genau, wie sie sich das vorstellen sollte, doch allein die Mühe, die Raoul sich machte, sorgte dafür, dass ihre Haut am ganzen Körper zu kribbeln begann. Anscheinend dauerte es auch ihm zu lange, bis sie einander nach seiner Lesereise wiedersehen würden. Auch er wollte sie spüren und berühren. Denn dass es bei seiner Einladung allein ums Essen ging, war nicht anzunehmen.

Sie warf einen Blick auf ihre Armbanduhr und stellte fest, dass sie bis neun Uhr nur noch knapp zwei Stunden Zeit hatte. Da Raouls Lesung um neunzehn Uhr begann, wie sie der Ankündigung auf der Homepage der Buchhandlung entnommen hatte, würde er sie in einem Hotel am selben Ort erwarten. Denn er würde definitiv nicht genug Zeit finden, um woanders hinzufahren. Was für sie bedeutete, dass sie eine knappe Stunde Fahrt vor sich hatte. Folglich blieb ihr eine Stunde, um sich fertigzumachen.

Sie musste duschen und sich die Haare waschen. Vor allem hatte sie keine Ahnung, was sie anziehen sollte. Sie wollte für Raoul schön sein, vor allem verführerisch. Ihr schwarzes Minikleid kannte er schon. Außerdem war es für ein Dinner nicht elegant genug.

Sina! War es sehr schlimm, wenn sie die Frau fragte, ob sie ihr für das Rendezvous mit Raoul ein passendes Kleid leihen konnte? Schließlich hatte Sina ihr erzählt, dass sie eine offene Beziehung mit ihm führte. Wobei Raoul wahrscheinlich das Wort »Beziehung« gar nicht in den Mund genommen hätte, so gut kannte Joana ihn mittlerweile schon.

Davon abgesehen, hätte Sina an ihrer Stelle keine Sekunde gezögert, ihr unter die Nase zu reiben, sie hätte ein Rendezvous mit Raoul, dessen war Joana sich sicher.

Vor der Tür zu Sinas Zimmer zögerte sie noch einmal kurz, dann klopfte sie energisch an. Drinnen rührte sich nichts, auch nicht nach dem zweiten Klopfen.

Entschlossen drückte sie die Klinke herunter. »Sina?«, rief sie durch den Türspalt. Weil sie keine Antwort hörte, vermutete sie, das Zimmer wäre leer und Sina würde sich nicht im Haus aufhalten. Ohne noch länger zu überlegen, trat sie ein.

Sina zählte definitiv nicht zu den Frauen, die ihre Kleider nach Farben sortiert in Plastikhüllen aufbewahrten. Fast sämtliche Türen des großen Schranks standen offen, und als hätten die zahlreichen Kleider nicht genügend Platz darin, lagen sie überall im Zimmer herum. Auf den Sesseln, auf dem Bett, sogar auf dem Boden. Wenn Joana sich für den Abend eines auslieh und es später zurückbrachte, würde Sina es wahrscheinlich nicht einmal merken.

Unglaublich, diese Menge an Kleidern … Auf den ersten Blick wirkten sie fast alle teuer. Offensichtlich handelte es sich um Geschenke von Raoul. Was seltsamerweise Joanas Gewissen beruhigte, obwohl sie sich unerlaubt ein Kleid ausleihen würde.

Sie brauchte höchstens zwei Minuten, bis sie im Schrank etwas Geeignetes entdeckte – ein langes cremefarbenes Kleid aus fließendem Stoff, dessen Säume mit winzigen Perlen und funkelnden Glassteinchen besetzt waren. Es war vorne hochgeschlossen, hatte hinten jedoch einen Ausschnitt, der bis zur Taille reichte.

»Perfekt«, murmelte sie vor sich hin. Zwar würde sie wegen des Rückenausschnitts keinen Push-up tragen können, sondern unter dem dünnen Stoff nackt sein müssen. Aber beim Schnitt dieses Kleides spielte die Größe des Busens, der sich unter dem gerafften Oberteil verbarg, keine entscheidende Rolle. Ein eng geschnittenes Kleid würde ihr wegen Sinas üppigem Busen ohnehin nicht passen. Entschlossen trug sie das Kleid in ihr Zimmer.

In der knappen Stunde, die ihr noch blieb, bekam sie sogar noch ein ansehnliches Abend-Make-up mit Smokey Eyes und verführerisch schimmerndem Mund hin und schaffte es, ihre frisch gewaschenen Haare locker hochzustecken.

Da die Nächte immer noch warm waren, brauchte sie nichts zum Überziehen, obwohl sie unter dem Kleid nur einen winzigen Slip trug.

Als sie fertig war, drehte sie sich vor dem Spiegel hin und her. Unter dem dünnen Stoff waren ihre Nippel zu erkennen, aber das ließ sich nicht ändern, und Raoul würde es gefallen. Ihre silbernen Riemchensandaletten passten perfekt zu dem Kleid. Hastig griff sie nach ihrer weißen Clutch, eilte die Treppe hinunter und durch die Haustür nach draußen.

Der Chauffeur hatte sie kommen sehen und hielt ihr den hinteren Wagenschlag auf.

»Wie heißen Sie?«, erkundigte sie sich bei dem freundlichen älteren Mann.

»Volker«, erwiderte er und nickte knapp.

»Ich bin Joana, und ich freue mich, dass Sie mich heute Abend fahren.« Es war das erste Mal in ihrem Leben, dass sie von einem livrierten Chauffeur abgeholt wurde.

»Sie sehen reizend aus, Joana«, erwiderte er, als hätte er ihre Unsicherheit gespürt. »Sicher werden Sie Herrn Westen bezaubern.«

»Danke«, flüsterte sie und sank in die weiche Polsterung des Rücksitzes.

Zwischen dem Fahrersitz und der Rückbank befand sich eine Glasscheibe, sodass sie schweigen konnte, ohne befürchten zu müssen, sie würde unfreundlich wirken. In ihrem Kopf irrten zahllose Gedankenfetzen herum, die sich nicht fassen ließen. Einige von ihnen flatterten wie bunte Schmetterlinge, andere kreisten wie schwarze Raben.

Als sich nach viel zu kurzer Zeit die Tür neben ihr öffnete, schrak sie zusammen. Ihr war nicht einmal aufgefallen, dass der Wagen angehalten hatte.

»Wir sind da«, verkündete Volker und streckte ihr die Hand entgegen, um ihr beim Aussteigen zu helfen. »Es ist einundzwanzig Uhr fünf.«

Zu ihrem eigenen Erstaunen trugen ihre Beine sie. Sekundenlang blieb sie neben dem Wagen stehen und schaute sich um. Wie sie feststellte, befand sie sich direkt vor dem Eingang eines Luxushotels, der von zwei livrierten Portiers flankiert wurde.

Von den breiten Glastüren trennten Joana nur wenige

Meter. Erst nachdem sie die Hälfte des Weges zurückgelegt hatte, wurde ihr bewusst, dass sie sich nicht bei Volker bedankt hatte. Doch als sie sich umdrehte, sah sie den großen schwarzen Wagen bereits lautlos davongleiten. Also wandte sie sich wieder um, nickte dem Portier zu, der ihr die Tür aufhielt, und schwebte in die Halle. Plötzlich hatte sie tatsächlich das Gefühl zu schweben.

Ihre hochhackigen Sandaletten bewegten sich wie von selbst über den polieren Marmorboden zum Empfangstresen am anderen Ende des riesigen Raumes. Auf halber Streckte wurde sie unvermittelt von der Seite her angesprochen.

»Frau Joana Liebermann?«

Sie fuhr herum und starrte den jungen Mann im dunklen Anzug an, der ihren Blick unerschrocken erwiderte. Er trug ein Namensschild mit der Aufschrift »Herr Brock, Assistant Manager«. Woher kannte er sie?

»Joana Liebermann?«, wiederholte der ausgesprochen gut aussehende Mann fragend, als sie ihn immer noch stumm ansah.

Endlich gelang es ihr zu nicken.

»Herzlich willkommen in unserem Haus«, sprudelte Herr Brock hervor, als hätte sie auf eine Abspieltaste gedrückt. »Herr Westen hat mich beauftragt, Sie zu ihm zu führen. Er erwartet Sie in unserer Fürstensuite.«

»Fürstensuite«, murmelte Joana vor sich hin, während sie dem Hotelangestellten zum Fahrstuhl folgte.

Fast lautlos glitt die verspiegelte Kabine aufwärts, und Joana konnte sich nicht verkneifen zu fragen: »Wie haben Sie mich erkannt?«

»Herr Westen hat Sie mir beschrieben. Ich wusste sofort, wer Sie sind, als Sie die Halle betraten.«

»Aha«, hauchte Joana und spürte ihren Herzschlag bis in die Kehle. Rasch legte sie die Hand an ihren Hals, damit Brock nicht sah, wie aufgeregt sie war.

Was hatte Raoul ihm gesagt? *Sie ist eine mittelgroße, mittelschlanke, mittelhübsche Frau mit langen braunen Haaren?*

»Wie hat er mich denn beschrieben?«, erkundigte sie sich neugierig.

Herr Brock verzog den Mund zu einem breiten Lächeln. »Er sagte, Sie seien zauberhaft. Und damit hatte er absolut recht.«

Joana spürte, dass sie knallrot wurde. Im selben Augenblick fiel ihr etwas ein. Darauf hätte sie schon früher kommen müssen. Wenn Raoul das Kleid für Sina gekauft hatte, das sie sich ohne deren Wissen ausgeliehen hatte, würde er es erkennen! Er würde wissen, dass es nicht ihr eigenes war, wenn er auch nicht unbedingt ahnte, dass sie es heimlich aus Sinas Schrank genommen hatte. Wie peinlich! Aber vielleicht bemerkte er gar nichts. Die meisten Männer hatten kein besonders gutes Auge für Kleider. Und so beschloss Joana, nicht mehr über diese Frage nachzudenken, da sie ohnehin nichts mehr ändern konnte.

Mit einem sanften Ruck hielt der Aufzug, und die Türen glitten auseinander. Brock überließ ihr den Vortritt, und sie setzte ihre Füße auf einen Teppich, der ihr das Gefühl vermittelte, bis zu den Knöcheln darin zu versinken.

Der Hotelangestellte führte sie zu einer breiten Flügeltür. Dort klopfte er kurz an, zückte dann eine Keycard und steckte sie ins Türschloss. Freundlich lächelte er ihr zu. »Wie schade, dass Herr Westen Sie vorerst nicht sehen wird.«

Bevor Joana ihn fragen konnte, was er mit dieser Bemerkung meinte, hatte er einen Flügel der Tür so weit geöffnet, dass sie gerade eben hindurchpasste. Er legte ihr eine Hand auf die Schulter und schob sie mit sanftem Nachdruck ins Zimmer. Kaum stand sie drinnen, hörte sie, wie sich hinter ihr die Tür wieder schloss.

Undurchdringliche Finsternis hüllte Joana ein.

»Hallo?«, rief sie fragend in die Dunkelheit und tastete eine Wand ab, in der Hoffnung, einen Lichtschalter zu finden.

Als sich eine warme Hand auf ihren Arm legte, schrie sie erschrocken auf.

10. KAPITEL

»Pst!«, murmelte Raoul beruhigend, und sofort verwandelte ihr Schreck sich in Erregung. Seine tiefe Stimme und sein heißer Atem, der zärtlich über ihre Ohrmuschel strich, sandten einen wohligen Schauer durch ihren Körper

Mit leichtem Druck ließ er seine Fingerspitzen an ihrem Arm aufwärts zu ihrer nackten Schulter gleiten, malte geheimnisvolle Zeichen auf ihre Haut und strich dann unendlich zart über die empfindsame Seite ihres Halses, bevor er vorsichtig ihre Ohrmuschel nachzeichnete. Sie stand wie gelähmt da und fühlte verblüfft, wie diese kaum spürbaren Berührungen den verborgenen Ort zwischen ihren Schenkeln erhitzten.

Wenn er mich jetzt küsst oder wenn er meine Brüste liebkost, dann komme ich. Die Vorstellungen, was er alles mit ihr tun könnte, huschten wie ein Kaleidoskop aus verschwommenen Bildern und verwirrenden Gefühlen durch ihren Kopf.

Doch Raoul nahm einfach nur ihre Hand und führte sie in die undurchdringliche Dunkelheit des Zimmers, die sich wie schwerer schwarzer Samt um sie legte. Dabei ging er erstaunlich sicher dahin.

Sie folgte ihm ohne Zögern. Offenbar war das Zimmer sehr groß, und er bewegte sich verblüffend zielstrebig darin. Endlich blieb er stehen, legte ihr die Hände auf die Schultern und drehte sie mit sanfter Gewalt herum, sodass sie die Kante eines Stuhls in ihren Kniekehlen spürte.

Sie nahm Platz und hörte, wie neben ihr Stuhlbeine über den glatten Boden gezogen wurden. Auch Raoul schien sich zu setzen. Vorsichtig tastete sie über den Tisch. Ihre Fingerspitzen berührten Bestecke und Gläser. Teller gab es noch nicht.

»Wie aufregend«, flüsterte sie.

»Pst«, mahnte er und griff so sicher nach ihrer Hand, als könnte er sie sehen. Mit seinen ein wenig rauen Fingerspitzen strich er sacht über ihren Handrücken, und diese harmlose Zärtlichkeit entzündete sofort ein neues Feuer zwischen ihren Schenkeln.

Sie versuchte sich mit dem Gedanken abzulenken, dass ihre Sorge wegen des Kleids unnötig gewesen war. Im Dunkeln konnte er schließlich nicht sehen, was sie anhatte. Allerdings hätte sie unter diesen Umständen das Kleid gar nicht aus Sinas Zimmer stibitzen müssen.

Als ein Lichtschimmer über den Tisch fiel, entzog sie Raoul instinktiv ihre Hand, als würden sie etwas Verbotenes tun. Irgendwo hatte jemand eine Tür geöffnet und war lautlos eingetreten.

Kam Sina ins Zimmer? Würden sie zu dritt essen? Die romantische Vorstellung eines Dinners zu zweit war vielleicht reines Wunschdenken gewesen. Bei diesem Gedanken legte sich die Enttäuschung wie ein bitterer Geschmack auf ihre Zunge.

Sie wollte Raoul nicht besitzen, aber sie wollte ihn in den gemeinsamen Stunden für sich allein haben.

»Guten Abend. Mein Name ist Rob.« Die Männerstimme, direkt neben ihr, ließ sie zusammenzucken. Hatte Raoul einen zweiten Mann eingeladen?

Eingehüllt in Dunkelheit, saß sie ganz still da und spürte nur sich selbst, nachdem sie Raoul ihre Hand entzogen hatte.

»Jetzt werde ich Ihnen das Dinner servieren. Da ich blind

bin, habe ich einen gewissen Vorteil Ihnen gegenüber, aber ich werde versuchen, Ihnen zu helfen. Zunächst die Vorspeise. Wenn Sie vom Tellerrand ausgehend ganz nach außen tasten, finden Sie das dafür gedachte Besteck. Viele Gäste genießen es aber auch, mit den Fingern zu essen. Fingerschüsseln finden Sie in der Tischmitte. Vorsicht bitte, ich stelle nun Ihre Teller vor Ihnen ab.«

Joana atmete tief durch und lehnte sich auf ihrem Stuhl zurück. Wieso war sie nur so unsicher und misstrauisch? Warum hatte sie sofort gedacht, Raoul hätte eine dritte Person zum Sex herbestellt? Es war doch klar, dass jemand das Essen bringen musste.

»Zur Vorspeise serviere ich Ihnen einen trockenen Riesling aus dem Rheingau.«

Joana hörte das leise Plopp, mit dem der Korken aus dem Flaschenhals gezogen wurde, dann plätscherte es in zwei Gläsern. Wenn sie den blinden Rob auch nicht sah, spürte sie doch seine innere Ruhe. Und sie spürte Raouls Nähe. Als sie ihre Hand vorsichtig wieder auf den Tisch legte, berührte sie seine Fingerspitzen und genoss das elektrisierende Kribbeln, das an ihrem Arm entlanglief wie eine Ameisenarmee mit Tausenden von Füßchen.

»Ich wünsche Ihnen einen guten Appetit. Wenn Sie etwas wünschen oder ich Ihnen den nächsten Gang servieren soll, läuten Sie bitte.« Kaum hörbare Schritte entfernten sich, erneut fiel kurz schwaches Licht ins Zimmer, dann waren sie wieder allein.

»Keine Ahnung, ob ich im Dunkeln essen kann …« Joana kicherte nervös. »Wo ist denn bloß die Serviette?« Vielleicht gelang es ihr, Sinas Kleid so damit zu bedecken, dass es nichts abbekam, wenn sie kleckerte.

Es raschelte leise, als Raoul eine Serviette in die Richtung ihrer Hand schob. Offenbar hatte er vor, stumm zu bleiben, was zweifellos die erotische Spannung im Dunkeln noch erhöhte.

»Danke«, flüsterte sie dennoch.

Sie breitete die Serviette aus schwerem Damast auf ihrem Schoß aus und beschloss, mit den Fingern zu essen, falls die Speisen sich dafür eigneten. Vorsichtig tastete sie über den Teller und stieß zunächst auf etwas Kühles. Das waren Blätter, wohl Salat, in mundgerechte Stückchen gezupft. Danach spürte sie saftige Häppchen von Obst oder Gemüse und dann lauwarme Stücke von irgendetwas, das sie nicht erkannte.

Als etwas Warmes ihren Mundwinkel berührte, schrak sie nicht einmal zusammen. Es war seine Fingerspitze. Zunächst war da nur ein Gleiten, dann schmeckte sie das Olivenöl auf seiner Haut und schließlich drängte sich etwas Rundes, Kühles, Pralles an ihre Lippen. Zögernd öffnete sie den Mund, und Raoul ließ die Frucht hineingleiten.

Joana rollte die kleine, kühle Kugel auf ihrer Zunge und biss zu. Herb-süßer Saft spritzte aus der kleinen Tomate. Sie schluckte und hatte das Gefühl, noch nie etwas so Köstliches gegessen zu haben. Ebenso ging es ihr mit dem Stückchen lauwarmem Hähnchenfleisch, dem Ziegenkäse und der gepfefferten Erdbeere, mit denen Raoul sie anschließend fütterte.

Dann fühlte sie den zarten Rand des Weinglases an ihrem Mund. Der kühle Wein benetzte ihre Lippen, sie schluckte und genoss die kühle Säure, die sanfte Süße.

Prüfend tastete sie über den Teller, der vor ihr stand, und fand eine halbierte Erdbeere. Als sie suchend die Hand hob, streiften ihre Fingerspitzen Raouls Wange. Rau rieb sich seine

Haut an ihren Fingerkuppen, sie fand seine Lippen, schob mit der anderen Hand die Erdbeere dazwischen – und erbebte, als er sanft an ihren Fingern saugte.

Alle Härchen an ihrem Körper richteten sich auf, während er sanft an ihren Fingerspitzen knabberte. Sie nahm seinen Duft nach Leder und Zitrone wahr, und eine Welle der Sehnsucht überrollte sie.

Eigentlich hätte es Verlangen sein sollen, wie es im Mittelpunkt einer leidenschaftlichen Affäre stand, in der nur das Hier und Jetzt zählte. Tatsächlich begehrte sie ihn über alle Maßen. Doch vor allem wollte sie ihm nahe sein – wenn auch nur für ein paar Stunden.

»Bitte«, flüsterte sie, denn sie konnte nicht länger schweigen. »Bitte, schlaf mit mir.«

***

Als er ihre Worte hörte, verschlug es ihm den Atem. Sie wollte ihn! Und aus irgendeinem seltsamen Grund glaubte er, dass sie ihn meinte. Nur ihn, und nicht irgendeinen Mann, der es geschafft hatte, in einem dunklen Zimmer ihr Begehren zu wecken. Ob sie ihn auch – oder sogar vor allem – begehrte, weil sie seine Romane gelesen und darin genau die Sehnsucht nachempfunden hatte, die jetzt in ihrer Stimme mitschwang, wusste er nicht. Doch das war egal, denn wenn sie die Einsamkeit spürte, die seine Texte ausdrückten, dann erkannte sie auch einen Teil von ihm. Wie er sonst noch war, was er dachte und fühlte, wollte er ihr nur zu gern zeigen.

Langsam stand er auf, hielt ihre Hand fest und spürte ihr Zittern. Er wusste, dass sie Angst hatte. Angst vor jener Nähe, die sie sich so sehr wünschte. Sie bebte aber auch vor Verlangen, vor Leidenschaft und Sehnsucht.

Zärtlich zog er sie in seine Arme und suchte ihren Mund. Weich öffnete sie ihm ihre Lippen, empfing seine tastende Zunge, stöhnte ganz leise, als er einen betörenden Tanz mit ihrer Zungenspitze begann.

In diesen Kuss legte er alles, was er erhoffte und wovor er sich dennoch fürchtete. Er wusste nicht, ob sein Mut über diese eine Nacht hinausreichen würde, doch dieser Augenblick würde ihm für immer bleiben. Zu seinem Erstaunen fühlte er, wie unter der Zärtlichkeit ihrer Lippen und ihrer Zunge der Schmerz von ihm abfiel und sein Leid sich in der Dunkelheit der Nacht verlor.

Nach einer kleinen Ewigkeit löste er sich von ihr und führte sie durch die samtige Schwärze ins benachbarte Schlafzimmer. Vor Joanas Ankunft hatte er geübt, sich in der verdunkelten Suite zurechtzufinden. Er wusste auch, wo er die Lichtschalter erreichen könnte. Neben einem davon blieb er stehen. Er hob die Hand – und ließ sie doch wieder sinken.

Trotz aller Hoffnung wusste er nicht, was geschehen würde, wenn das Licht aufflammte und sie ihm ins Gesicht sah. Wahrscheinlich würde sie sich umdrehen und davonlaufen, bevor er eine Gelegenheit erhielt, ihr alles zu erklären. Dann blieb ihm nicht einmal mehr diese Nacht. Schließlich ließ er den Arm sinken und ging weiter.

Das riesige Bett inmitten des luxuriösen Schlafzimmers war selbst im Dunkeln kaum zu verfehlen. Sanft schob er Joana in die richtige Richtung, schlang die Arme um sie und ließ sich mit ihr auf die weiche Matratze fallen. Durch den Stoff seiner leichten Sommerhose und des Seidenhemds fühlte er die Wärme ihrer Haut. Er ließ seine Hand an ihrem Körper abwärtsgleiten. Unter seinen Fingern knisterte der dünne Stoff ihres Kleids. Der Saum des langen Rocks war bis zum Knie hochgerutscht, und als er ihr nacktes Bein berührte, durchzuckte ihn das Begehren wie ein drängendes Feuer.

Dennoch wollte er sich Zeit lassen, wollte die Sekunden genießen, bevor er ihr so nahekam, dass die Leidenschaft ihm seinen letzten klaren Gedanken rauben würde.

»Bitte«, flüsterte sie. »Bitte, fass mich an.«

»Pst«, hauchte er wieder, obwohl er das Flehen in ihrer Stimme liebte. Langsam streifte er ihren Rock nach oben, bis er sich um ihre Taille kräuselte. Dann legte er die Hände um ihre beiden Knöchel und strich mit festem Griff aufwärts, bis seine Fingerspitzen die kühle Seide ihres Höschens berührten. Spontan beugte er sich vor und schmiegte sein Gesicht an die Innenseiten ihrer Schenkel. Sie sollte ihn fühlen. Sollte das spüren, was die Dunkelheit vor ihr verbarg.

»Oh«, stöhnte sie, als er den Mund gegen den Schritt ihres Slips presste. Er ließ seine Zunge über den dünnen Stoff gleiten, tanzte darauf, leckte und saugte, während sie sich keuchend unter ihm wand.

Schließlich schob er die nasse Seide zur Seite und schmeckte Joana endlich. Die Berührung ihrer nassen Spalte und der zuckenden Öffnung sorgte dafür, dass ihm heißes Blut in den Unterleib strömte. Sofort richtete sich sein Schwanz auf, von einer Sekunde zur anderen wurde ihm die Hose zu eng.

Mit sanftem Druck ließ er seinen Daumen um ihre Klitoris kreisen, die unter seiner Fingerkuppe wie eine harte Perle rollte.

»Ja«, wisperte sie. »Ja!«

Er zog seine Hand zurück, streifte ihr Höschen nach unten und öffnete seinen Reißverschluss. Offenbar hatte sie das sirrende Geräusch gehört, mit dem die Metallzähne auseinanderglitten. Sie öffnete die Schenkel für ihn und hieß ihn in ihren Armen willkommen, als er sich über sie schob.

Sie war feucht für ihn, und er glitt in sie hinein, so leicht und selbstverständlich, als wäre dieser Ort für ihn bestimmt.

Sobald Joana ihn tief in sich spürte, seufzte sie laut auf. Es klang, als würde in diesem Moment eine schwere Last von ihr abfallen. Das warme, feuchte Fleisch, in dem er sich vergraben hatte, krampfte sich um seinen harten, pochenden Schaft, löste sich und hielt ihn in der nächsten Sekunde wieder fest. Nun zog sie die Beine hoch, schlang sie um seine Taille und klammerte sich an seine Schultern, als hätte sie keinen anderen Halt mehr auf der Welt. Ihr Atem streichelte seinen Hals, und er spürte sie so nah, so innig, wie noch keine Frau vor ihr. Auch nicht Conny, mit der es so besonders gewesen war, bevor er ihr wahres Gesicht erkannt hatte …

Einen winzigen Moment lang holte die Erinnerung ihn ein, und die Vergangenheit schob sich vor die Gegenwart. Doch dann hörte er Joanas schwere, beschleunigte Atemzüge, und er schob sich mit sanfter Entschlossenheit noch ein kleines Stück tiefer in sie hinein. Dorthin, wo er das ersehnte Vergessen fand.

Sie öffnete sich ihm weit, nahm ihn auf, wurde weich und nachgiebig unter ihm. Stöhnte leise, erbebte, hielt ihn fest an sich gepresst. Zu gern hätte er ihr in diesem Moment in die Augen gesehen, dann wäre sein Glück vollkommen gewesen.

Als er sich zurückzog und wieder zustieß, kam sie ihm entgegen, nahm seinen Rhythmus auf, atmete im gleichen Takt. Plötzlich erstarrte sie mitten in der Bewegung, keuchte laut, schrie auf und begann dann heftig zu zucken.

»Raoul«, rief sie und bohrte ihm ihre Fingernägel in die Schultern. »Raoul, Raoul.« Wieder und wieder kam der Name über ihre Lippen, bis er sie mit seinem Mund verschloss, ihre Stimme erstickte und ihren heißen Atem trank.

Sie kann mich nicht sehen, aber sie meint mich. Sie fühlt mich in sich, sie hält mich in ihren Armen, sie hat gelesen, wie ich denke. Sie ...

Der Orgasmus trug ihn fort wie mit riesigen Schwingen. Als würde er in unermessliche Höhen geschleudert, während um ihn herum die Dunkelheit in allen nur vorstellbaren Farben funkelte. Weit zurück ließ er die Gewichte, die ihn all die Zeit zu Boden gedrückt hatten. Er fühlte sich frei, die Schmerzen waren verschwunden, und er schwebte, verströmte sich in Joana, hielt sie fest, flüsterte ihren Namen und wünschte sich mehr als alles auf der Welt, sie würde seinen aussprechen.

11. KAPITEL

Joana tauchte aus einem tiefen, traumlosen Schlaf auf. Die Augen geschlossen, erkundete sie ihre Gefühle. Sie lag weich und bequem, spürte die leichte Decke, die ihren nackten Körper einhüllte, und roch den Duft von Leder und Zitrone.

Vorsichtig schob sie eine Hand zur Seite und tastete nach Raoul, doch da war nur das leere Kissen. Verschlafen blinzelte sie durch die Wimpern. Im Zimmer war es bis auf eine kleine Lampe, die ganz hinten in der Ecke brannte, immer noch dunkel. Kein Tageslicht, obwohl der elektrische Wecker auf dem Nachttisch fast neun Uhr morgens zeigte. Nach den leidenschaftlichen Zärtlichkeiten der Nacht musste sie mindestens sechs Stunden pausenlos geschlafen haben.

Sie streckte sich und schlug die Decke zurück, sprang aus dem Bett und lief barfuß ins Nebenzimmer. Hier fiel helles Sonnenlicht durch die hohen Fenster auf den kleinen Esstisch und die riesige Sitzgarnitur. Auch hier wartete Raoul nicht auf sie.

Im Eingangsbereich befand sich eine weitere Tür, die wahrscheinlich ins Bad führte. Als sie anklopfte, rührte sich dahinter nichts.

Sie drückte die Klinke herunter und betrat das große, luxuriöse Bad. Hier traf sie Raoul ebenfalls nicht an. Langsam ging sie über den Marmorboden und blieb vor dem Waschtisch stehen. Als sie ihr Spiegelbild betrachtete, stieg ein seltsames Gefühl in ihr auf. Sie brauchte eine Weile, bis sie erkannte, dass es Wut war, was in ihren Augen funkelte. Wie konnte Raoul einfach ohne ein Wort verschwinden? Wenn er so dringend wegmusste, hätte er sie wecken sollen, um sich von ihr zu verabschieden. Noch immer spürte sie seine Küsse auf den Lippen, seine Hände auf ihrem Körper, und in ihren Zorn mischte sich Sehnsucht.

Doch sie verbot sich das Grübeln und beschloss, erst einmal zu duschen. Als sie zehn Minuten später, eingehüllt in den flauschigen Hotelbademantel, wieder das Wohnzimmer der Suite betrat, bemerkte sie, dass der kleine Tisch vor dem Fenster gedeckt war. Dort wartete ein reichhaltiges Frühstück mit Rührei und Schinken auf Warmhalteplatten, Obst, Brötchen, Wurst, Käse, Marmelade und Joghurt. Beim Anblick der Köstlichkeiten lief ihr das Wasser im Mund zusammen. Schließlich hatte sie am Vorabend nicht sonderlich viel gegessen.

Sie sank auf den Stuhl, groß sich Tee ein und fiel hungrig über das Essen her. Während sie das Rührei hinunterschlang und nebenbei ein Brötchen belegte, verrauchte ihre Wut und wich einer leisen Traurigkeit. Denn es *war* traurig, nach einer leidenschaftlichen, zärtlichen Liebesnacht allein frühstücken zu müssen, selbst wenn es nur um eine Affäre ging und nicht um eine Beziehung.

Auf einem Beistelltischchen zirpte diskret das Telefon. Sie schluckte das Rührei hinunter und griff nach dem Hörer.

»Guten Morgen, Frau Liebermann. Hier ist die Rezeption. Ihr Fahrer ist da. Er lässt Ihnen ausrichten, dass er Ihnen zur Verfügung steht, wann immer Sie es wünschen.«

»Vielen Dank. Sagen Sie ihm, ich bin in zehn Minuten unten.«

Immerhin hatte Raoul dafür gesorgt, dass sie wieder nach Hause gebracht wurde. Im Vorbeigehen schnappte sie sich eine Banane von dem Obstteller auf dem Frühstückstisch und eilte ins Schlafzimmer, um sich anzuziehen.

Erschrocken sah sie, dass Sinas Kleid zerknüllt am Boden lag. Auch mit Zupfen und Ziehen ließ sich die empfindliche Seide nicht wieder glätten. Ihr Höschen fand sie erst nach minutenlanger Suche unter einem der zahlreichen Kissen im Bett. Erst nachdem sie Slip, Kleid und Sandaletten angezogen hatte, entdeckte sie die Nachricht, die Raoul auf dem Nachttisch für sie hinterlassen hatte.

Danke für die wunderbaren Stunden, Joana. Es war ein Traum, mein *Traum.*

Den Zettel in der Hand, stand sie reglos neben dem Bett. Die Worte verschwammen vor ihren Augen. Hastig biss sie auf ihre Unterlippe und versuchte, die Tränen zurückzudrängen. Wenn sie schon am hellen Vormittag in einem zerknitterten Abendkleid mit vom Duschen noch feuchten Haaren hinunter in die Halle des Luxushotels gehen musste, wollte sie nicht auch noch vollkommen verheult aussehen.

Nachdem sie den Zettel zusammengefaltet hatte, steckte sie ihn in ihre Clutch. Aber sobald der Schnappverschluss des Täschchens klickte, wurde ihr bewusst, dass irgendetwas an Raouls Nachricht seltsam war. Sie holte sie wieder hervor.

Warum hatte er nicht wenigstens seinen Namen unter die zwei Sätze gesetzt? Und wieso waren die Worte in säuberlichen Druckbuchstaben geschrieben? Es kam ihr so vor, als hätte er keine Beweise hinterlassen wollen.

Kopfschüttelnd stopfte sie den Zettel zurück in die kleine

Tasche, nahm die Banane und eilte aus dem Zimmer. Sie wollte Volker nicht unnötig waren lassen.

»Hätten Sie sich ruhig Zeit zum Frühstücken genommen. Warten gehört zu meinem Job, und ich habe erst heute Abend wieder einen Termin«, erklärte Volker, als sie mit der angebissenen Banane in der Hand neben die schwarze Limousine trat, die seitlich vom Hoteleingang parkte. Der Chauffeur hatte in der Morgensonne an der Kühlerhaube gelehnt und eine Zeitung gelesen.

»Vielen Dank, ich habe gefrühstückt«, erwiderte sie und ließ sich auf den Rücksitz fallen.

So schnell wie möglich wollte sie hinter den getönten Scheiben verschwinden. Die Gäste in der Hotelhalle hatten sie merkwürdig angesehen, als sie in ihrem zerknitterten Abendkleid an ihnen vorbeigehetzt war. Natürlich war Volker viel zu professionell, um sich etwas anmerken zu lassen. Außerdem wusste er ohnehin, dass sie die Nacht mit seinem Chef verbracht hatte.

Während hinter den getönten Scheiben Häuser und Bäume an ihr vorbeihuschten, begann es tief in ihrem Inneren zu summen, als wäre dort ein Hummelschwarm unterwegs. Ihre Haut prickelte, und in ihrem Kopf hallte unentwegt ein einziges Wort wider. *Raoul, Raoul, Raoul.* Es war ihre eigene Stimme, die seinen Namen keuchte, flüsterte und schrie, wie sie es in der vergangenen Nacht getan hatte, als sie ihn in der samtschwarzen Dunkelheit gefühlt und geschmeckt hatte. Ganz tief war er in ihr gewesen. So sanft, so wild und so leidenschaftlich.

Als der Wagen hielt und Volker ihr die Tür öffnete, kletterte sie aus der Limousine, bedankte sich und stolperte auf ihren hohen Absätzen zur Tür. Mit zitternder Hand holte sie den Hausschlüssel aus ihrem Täschchen, drehte ihn im Schloss herum und trat in den kühlen, wie üblich verdunkelten Flur. Erleichtert ließ sie sich von innen gegen die Haustür sinken. Am liebsten würde sie sich sofort in ihrem Zimmer verkriechen. Vorher musste sie aber Sinas Kleid bügeln und zurück in den Schrank hängen. Auf keinen Fall wollte sie Oliver über den Weg laufen – und Sina schon gar nicht.

»Guten Morgen, Joana. Offenbar hattest du eine lange Nacht. Ich hoffe, es hat sich gelohnt.«

Als sie die muntere Stimme hörte, zuckte Joana erschrocken zusammen. Sie wandte sich um und blickte Sina entgegen, die gelassen den Flur entlangschlenderte, schließlich zwei Schritte von ihr entfernt stehen blieb und sie wortlos von Kopf bis Fuß musterte.

Joana schob das Kinn vor. Mit beiden Händen strich sie den zerknitterten Rock des Abendkleids glatt. »Ich hatte nichts Passendes anzuziehen«, murmelte sie verlegen.

Zu ihrem Erstaunen verzog Sina den Mund zu einem breiten Grinsen. »Du hättest mich zwar fragen müssen, aber ich war ja nicht da. Derjenige, der mir dieses Kleid gekauft hat – du weißt schon, wer –, schenkt mir ganz sicher ein neues, wenn dieses verdorben ist.«

»Ich bringe es zur Reinigung und lasse es bügeln«, erklärte Joana hastig.

»Schon gut, du kannst es behalten und damit machen, was du willst.« Lässig winkte Sina ab, drehte sich um und steuerte die Terrasse an.

Sprachlos sah Joana ihr nach und wusste nicht recht, ob sie erleichtert oder empört sein sollte.

Es gelang Sina doch tatsächlich, die Situation so umzuwandeln, dass Joana sich nicht nur wegen des Kleides miserabel fühlte, sondern ein weiteres Mal überlegte, was ihre Nacht mit Raoul bedeuten mochte.

Sie wandte sich zur Treppe und zuckte zusammen, als im Dämmerlicht eine große, breitschultrige Gestalt um die Ecke des Flurs bog.

»Ach, du bist es, Oliver«, stellte sie mit einer Stimme fest, die gelassen klingen sollte, was aber nicht gelang, weil ihr nur zu bewusst war, in welchem Aufzug sie ihm mitten am Vormittag begegnete.

»Ja.« Er stand einfach nur da und schaute sie an. Unverwandt ruhte sein Blick auf ihr, während sie nervös an ihrem Kleid zupfte.

»Eigentlich wollte ich gerade …« Aus irgendeinem Grund wusste sie plötzlich nicht mehr, was sie geplant hatte. Dieser Mann machte sie schrecklich nervös, denn sie hatte niemals auch nur die geringste Ahnung, was gerade in seinem Kopf vorging.

»Ich habe frischen Tee gekocht. Möchtest du eine Tasse?« Oliver zeigte zur Küche.

Im Hotel hatte sie in der Eile nur wenige Schlucke Tee getrunken. Plötzlich sehnte sie sich so sehr nach einer großen Tasse starkem schwarzem Tee, dass ihre Kehle ganz trocken wurde. Unschlüssig blickte sie an sich hinunter, und ihr fiel wieder ein, weshalb sie so dringend in ihr Zimmer gehen sollte. »Ich muss mich erst umziehen.«

»Die Vorhänge in der Küche sind geschlossen, ich kann ohnehin nicht sehen, was du anhast.« Seltsamerweise begleitete Oliver seine Worte mit einem leisen, fast zärtlichen Lachen.

Überhaupt war er heute anders als sonst. Während ihrer ersten Tage in der Villa hatte er sie nie von sich aus angesprochen. Wahrscheinlich gehörte er zu den Menschen, die etwas länger brauchten, um mit Fremden warm zu werden. Sie beschloss, die Gelegenheit zu einem Gespräch mit ihm zu nutzen. Vielleicht konnte sie durch ihn noch mehr über seinen Bruder herausfinden. Über Raouls bisheriges Liebesleben, seine Beziehung zu Sina …

Als sie an den Holztisch in der Küche trat, standen bereits große Tassen darauf, wie sie im schwachen Licht erkannte, das durch die dicken Vorhänge sickerte. Sie setzte sich und berührte eine der Keramiktassen. Sie war heiß, Oliver hatte sie schon gefüllt, als wäre er sicher gewesen, dass Joana ihm in die Küche folgen würde. Vorsichtig nippte sie an ihrem Tee, der stark und nur leicht gesüßt war – genauso, wie sie ihn mochte.

»Wenn du mehr Zucker brauchst, nimm einfach noch einen Löffel.« Oliver saß ihr gegenüber und schien sie aufmerksam zu beobachten.

»Der Tee ist perfekt«, murmelte sie und richtete den Blick zum Fenster, um nicht ständig den vagen hellen Fleck auf der anderen Seite des Tisches verblüfft anzustarren. Wieso fühlte sie sich in seiner Gegenwart immer irgendwie durchschaut, erkannt? So als könnte er im Dunkeln sehen, sie aber nicht.

»Weiß du, was das Besondere an dir ist?«, brach er das Schweigen.

»Nein«, flüsterte sie. »Ich fürchte, ich bin nicht besonders.«

»Doch«, widersprach er und machte eine lange Pause. »Wenn man dich ein bisschen besser kennt, fühlt man es«, sagte er schließlich. »Es ist sehr intensiv. Traurigkeit, Einsamkeit, Sehnsucht, aber auch Hoffnung, Kraft und eine große Sensibilität.«

»Du meine Güte!«, entfuhr es ihr. »Wenn du so ein Sammelsurium von Emotionen nennst, landest du sicher den einen oder anderen Zufallstreffer.« Sie lachte nervös und viel zu schrill.

»Und all das versuchst du hinter einer unsichtbaren hohen Mauer zu verstecken. Manchmal wirst du dabei sogar ein bisschen ruppig.« Oliver legte den Kopf schief, und sie spürte im Dämmerlicht seinen intensiven Blick.

»Ruppig?« So hatte sie noch niemand genannt. Die meisten Leute fanden sie zurückhaltend, vielleicht auch still, aber niemals *ruppig.*

»Du stellst die Stacheln auf. Wie ein Igel, der keinen anderen Ausweg mehr weiß. Wer hat dich so sehr verletzt, dass du niemanden mehr an dich heranlassen willst?«

Sie hörte, wie er seine Tasse auf der Tischplatte hin und her schob, während er auf eine Antwort wartete.

»Unsinn, ich bin nicht …«, begann Joana zu widersprechen und biss sich auf die Unterlippe.

Plötzlich hatte sie das Gefühl, bei Oliver nur mit der Wahrheit weiterzukommen. Weil er sie durchschaute, trotz der Dunkelheit oder vielleicht gerade deshalb. Er schien Dinge zu erkennen, die sie nicht einmal selbst sehen wollte.

»Ja«, gestand sie schließlich. »Ich habe Angst, wieder verletzt zu werden, wenn ich jemanden zu nahe an mich heranlasse. Markus war mein Freund. Wir kannten uns seit über zwei Jahren und haben ein Jahr zusammengelebt. Dann ist er von heute auf morgen verschwunden. Ohne ein einziges Wort. Als ich aus der Uni nach Hause kam, waren seine Sachen weg. Nie wieder hat er sich gemeldet. Ich weiß bis heute nicht, warum er …«

»An dir lag es nicht«, behauptete Oliver, der plötzlich ihre Hand in seiner hielt. Wie hatte er sie so zielsicher auf ihrer

Seite der Tischplatte gefunden? Wahrscheinlich war er einfach geübt darin, sich im Dämmerlicht zurechtzufinden.

Sie saß ganz still da, fühlte seine Wärme und wunderte sich über das Gefühl der Vertrautheit und das leichte Kribbeln, das über ihren Arm lief. Als hätte er sie schon oft berührt, und sie würde ihn erkennen.

»Weil du ihn nicht kanntest, kannst du nicht wissen, warum er gegangen ist«, versuchte sie, logisch auf seine Feststellung zu reagieren. »Ich habe mir den Kopf zermartert, was ich getan – womit ich ihn zu seiner Flucht veranlasst habe. Und du behauptest, es läge nicht an mir. Das ist lächerlich! Schließlich hat er mich abserviert. Niemanden sonst. Mich! Das hat natürlich mit mir zu tun! Es missfiel ihm, mit mir zusammen zu sein. Nicht mal mehr ein einziges Wort wollte er mit mir wechseln!«

»Ist dir schon mal der Gedanke gekommen, dass er einfach zu feige war? Dass er keine Lust hatte, sich mit dir auseinanderzusetzen oder vielleicht sogar mit dir gemeinsam eure Beziehung zu retten?« Beruhigend strich er mit seinen rauen Fingerspitzen über ihren Handrücken.

»Zu feige?«, wiederholte sie und nickte langsam. »Ja, feige war er wohl auch. Vielleicht wollte er mich aber nicht noch mehr verletzen, indem er mir sagte, weshalb er Schluss mit mir machte.«

»Was glaubst du denn, was er dir ersparen wollte? Was sollte an dir so schrecklich sein?« Oliver, der bis jetzt so ernst gewesen war, wirkte fast erheitert.

»Wahrscheinlich fand er mich langweilig. Oder dumm. Hässlich. Was weiß ich, was ihn an mir gestört hat! Vielleicht fand er mich zu – ruppig.« Sie versuchte zu lachen, doch das misslang ihr gründlich.

»Du bist das Gegenteil von alldem – und wenn er das nicht bemerkt hat, war *er* der Dumme.« Offenbar spürte Oliver, dass sie ihm ihre Hand entziehen wollte, denn er verstärkte den Druck auf ihre Finger.

»Du hast selbst gesagt, dass ich ruppig bin«, beharrte Joana.

»Nein, ich habe gesagt, dass du *manchmal* ruppig wirst, um dich davor zu schützen, noch einmal verletzt zu werden«, korrigierte er sie sanft. »Schätzungsweise warst du früher nicht so. Und falls doch, hätte jemand, der dich liebt, das ganz sicher ausgehalten. In diesen Momenten bist du … Man möchte dich dann …« Er stockte und wusste offenbar nicht weiter. Was wollte er ihr sagen?

»Aber weshalb …«, begann sie.

»Weil er offenbar ein Riesentrottel war. Er hat dich nicht geliebt. Und er war zu feige, mit dir zu reden.« Oliver schnaubte verächtlich.

»Mittlerweile schaffe ich es manchmal, wütend auf ihn zu sein«, gestand Joana und staunte selbst, als sie über ihre sich langsam wandelnden Gefühle nachdachte.

»Das ist gut«, lobte Oliver und ließ sie zögernd los, als sie erneut versuchte, ihm ihre Hand zu entziehen.

Obwohl sie das selbst gewünscht hatte, fehlte ihr sofort der beruhigende Druck seiner Finger. Sie griff nach ihrer Teetasse und hielt sich daran fest.

»Und du?«, wechselte sie das Thema. »Hattest du schon immer das Problem mit – dem Licht?« In der Dämmerung, die den Raum erfüllte, beobachtete sie, wie er die Hand hob und sich über das Gesicht strich.

»Nicht von Geburt an«, flüsterte er und fügte etwas lauter hinzu: »Seit meiner Jugend.«

»Das tut mir sehr leid.« Bei der Vorstellung, dass dieser

ruhige, ernste Mann niemals hinaus in die Sonne gehen konnte und seine Tage fast nur in der Dunkelheit verbrachte, krampfte sich vor Mitgefühl ihr Magen zusammen.

»Wie hältst du das nur aus?« Kaum hatte sie die Worte ausgesprochen, biss sie sich auf die Unterlippe. Was für eine dumme Frage! Schließlich blieb ihm nichts anderes übrig, als mit seiner Krankheit zu leben, die er sich ganz gewiss nicht ausgesucht hatte.

Natürlich gab er ihr keine Antwort, sondern murmelte nur etwas Unverständliches vor sich hin.

Aus einem Impuls heraus suchte sie auf der Tischplatte nach seiner Hand, fand sie und hielt sie fest.

»Es ist nicht nötig, dass du mich bemitleidest.« Von einem Moment auf den anderen erschien Oliver ihr steif und abweisend. Er erwiderte den Druck ihrer Finger nicht.

»Diese Art von Mitleid ist es nicht«, beteuerte Joana erschrocken und zog hastig ihre Hand zurück. »Natürlich tut es mir leid, was du jeden Tag ertragen musst, aber ich sehe dich nicht als jemanden, der … Ich betrachte dich nicht vorrangig als einen Kranken …« Sie verstummte. Niemand wollte als Opfer dastehen, das auf Hilfe und Mitgefühl angewiesen war. Andererseits war es schwierig, einem Mann auf Augenhöhe zu begegnen, dessen Gesicht sie noch nie deutlich gesehen hatte, der sich tagein, tagaus im Dunkeln verstecken musste.

»Irgendwie ist es schwierig, Äußerlichkeiten einfach zu ignorieren, nicht wahr?« Seine ernste Stimme und seine Worte sandten ein leichtes Schaudern über ihren Rücken.

Er hatte recht, auch wenn sie ihm gleich widersprechen würde. Vielen Menschen gefiel die Vorstellung, dass ihnen Äußerlichkeiten gleichgültig waren. Aber in bestimmten

Situationen war es nicht leicht, das Offensichtliche einfach zu missachten und nur den Menschen hinter der Fassade zu sehen. Raoul zum Beispiel war ein derart attraktiver Mann, dass sie sich seines fantastischen Aussehens ständig bewusst war. Selbst im Dunkeln. Plötzlich musste sie leise lachen.

»Nun ja, Oliver, da ich dich noch nie bei Licht gesehen habe, spielt dein Äußeres für mich tatsächlich nicht die geringste Rolle. Es gefällt mir, mit dir zu reden. Und das hat ganz sicher nichts mit deiner Krankheit zu tun.« Sie nickte heftig, um ihre Worte zu unterstreichen, und wusste, dass er sie trotz der schwachen Beleuchtung sehen konnte.

Auf der anderen Seite des Tisches blieb es still.

»Gibt es Fotos von dir?«, erkundigte sie sich schließlich und bedauerte ihre Frage sofort. »Ich würde gern deine Augen sehen«, fügte sie hastig hinzu. »Manchmal verraten die Augen viel über einen Menschen. Die Art, wie jemand die Welt betrachtet, sagt eine Menge über ihn aus.«

»Mag sein.« Sie konnte hören, dass Oliver unruhig auf seinem Stuhl herumrutschte.

»Ich sollte dann endlich mal nach oben gehen, mich duschen und umziehen.« Zögernd stand sie auf. Sie hatte das Gefühl, die Flucht zu ergreifen, weil sie nichts mehr zu sagen wusste. Aus irgendeinem Grund glaubte sie, die Unterhaltung wäre noch nicht beendet, wenn sie auch keine Ahnung hatte, wohin ihr Gespräch mit Oliver hätte führen sollen.

Gegenüber scharrten ebenfalls die Stuhlbeine über den Fußboden, und das helle Oval von Olivers Gesicht schwebte nun fast zwei Meter über dem Boden. »Wir sehen uns«, sagte er beruhigend, als hätte er ihre Gedanken gelesen. Nach einem kurzen Auflachen fügte er hinzu: »Nun ja, jedenfalls hören wir uns.«

Erleichtert stimmte Joana in sein Lachen ein. »Dann auf Wiederhören.« Es war schön, mit Oliver zu scherzen.

Erst als sie fünf Minuten später unter der Dusche stand, fiel ihr ein, dass sie mit Raoul zusammen noch nie gelacht hatte.

12. KAPITEL

Joana war erstaunt, als sie am nächsten Morgen wieder die rote Mappe auf dem Schränkchen vorfand. Wenn die Ausdrucke, die sie derzeit bekam, auch nicht sehr umfangreich waren, wunderte sie sich trotzdem, wie Raoul es auf seiner Lesereise abends noch schaffte, mehrere Seiten zu schreiben und sie seinem Bruder zu schicken. Offenbar druckte Oliver sie mitten in der Nacht oder am frühen Morgen für sie aus.

Warum Raoul ihr die Texte nicht direkt auf ihren Laptop mailte, verstand sie immer noch nicht. In der Arbeitsecke in ihrem Zimmer gab es sogar einen Drucker, mit dem sie die Seiten hätte selbst ausdrucken können, um ihre Anmerkungen an den Rand zu schreiben. Wenn er ihr die Manuskriptteile schickte, könnte sie ihm ihre Kommentare auch per E-Mail zukommen lassen. Raoul war mit der neuesten Technik ausgestattet, er kommunizierte per Smartphone und Pad – warum bestand er darauf, dass sie von ihm nur Ausdrucke erhielt?

Da er nie mit ihr über ihre Hinweise sprach, wusste sie nicht einmal, ob er sie überhaupt las. Auch wenn es ihr schwerfiel, hatte sie beschlossen, sich darüber keine Gedanken mehr zu machen. Sie tat das, wofür sie bezahlt wurde, und zwar genau auf die Weise, wie derjenige, der sie bezahlte, es wünschte.

Im Wintergarten war der Frühstückstisch gedeckt, und ausnahmsweise waren die Jalousien nicht heruntergelassen.

Vielleicht hatten die anderen Hausbewohner schon gefrühstückt oder jedenfalls Oliver.

Joana ließ sich auf ihrem gewohnten Platz nieder, legte die rote Mappe neben ihren Teller und schenkte sich Tee und ein Glas Orangensaft ein. Sie hatte keinen Appetit. Insgeheim hoffte sie, dass Oliver doch noch auftauchte. Es würde sie ablenken, sich mit ihm zu unterhalten. Wenn sie allein war, musste sie ständig an Raoul und an die wunderbare gemeinsame Nacht denken.

Dann fragte sie sich, warum er sich nicht meldete – und rief sich im nächsten Moment zur Ordnung. Bei einer Affäre meldete man sich nicht. Oder vielleicht doch? Zum Beispiel hätte er anrufen können, um ein neues Treffen zu vereinbaren! Oder er hätte ihr wieder eine Nachricht mit einer neuen Einladung schicken können. Hatte ihm die Nacht im Hotel nicht gefallen? Wünschte er sich nicht ebenso sehnlich wie sie eine Wiederholung dieser leidenschaftlichen Stunden?

Gedankenverloren sah sie sich im Zimmer um, und ihr Blick schweifte zu der niedrigen Anrichte. Darauf entdeckte sie einige gerahmte Fotos, die ihr bisher nicht aufgefallen waren. Vielleicht hatten sie während der vergangenen Tage nicht dort gestanden. Oder sie waren ihr entgangen, weil sie meistens im Halbdunkel hier gesessen hatte. Neugierig erhob sie sich von ihrem Stuhl, um die Bilder zu betrachten.

Es handelte sich um Familienfotos, auf denen offensichtlich die Westens zu sehen waren. Sie erkannte Tilda Westen als Frau in mittleren Jahren mit einem jungen Paar, bei dem es sich wahrscheinlich um die Eltern von Oliver und Raoul Westen handelte. Einige Schnappschüsse zeigten Babys. Wahrscheinlich waren das frühe Aufnahmen der Westen-Brüder.

Ziemlich weit vorn stand eine gerahmte Fotografie, die sie kannte – Raouls offizielles Autorenfoto, das in kleinerem Format die Rückseite all seiner Romane zierte. Sie nahm das Bild in die Hand. Verträumt zeichnete sie mit der Spitze ihres Zeigefingers die Linie seiner Lippen nach.

Ein anderes Bild zeigte einen sehr viel jüngeren Raoul. Er schaute direkt in die Kamera und nahm sie mit seinem Blick gefangen. Zum Zeitpunkt der Aufnahme mochte er sechzehn oder siebzehn Jahre alt gewesen sein. Er wirkte unternehmungslustig, lebhaft und intelligent. So als würde er sich im nächsten Moment vom Fotografen abwenden, eines jener Mädchen, die ihn zweifellos schon damals in Scharen angehimmelt hatten, bei der Hand nehmen und mit ihr losstürmen. Zum Tanzen, zum Schwimmen oder für ein Wochenende nach Paris.

Joana ertappte sich bei dem Wunsch, noch einmal sechzehn zu sein und ihn in diesem Alter ganz unbeschwert kennenzulernen.

Als plötzlich mit einem leisen Surren die Außenjalousien nach unten glitten und sich über ihr raschelnd die Sonnensegel über die Oberlichter schoben, drehte sie sich erstaunt um.

»Guten Morgen!« Eine vertraute hochgewachsene Silhouette stand in der offenen Tür. Offenbar konnte Oliver die Verdunklung mittels einer Fernbedienung auslösen.

»Oliver!«, rief sie überrascht, als sie plötzlich begriff, wen das Foto zeigte, das sie noch immer in der Hand hielt.

Die Brüder hatten sich als junge Männer offenbar sehr ähnlich gesehen. Auch etwas an der Art, wie Oliver seinen Kopf hielt, verriet ihr, dass sie *sein* Foto betrachtet hatte. Hastig stellte sie den Bilderrahmen zurück zu den anderen.

Es war nicht verwunderlich, dass sie diese Aufnahme für ein Jugendbild von Raoul gehalten hatte, obwohl die Haarfarbe nicht stimmte und die Augen des Jungen auf dem Foto nicht dunkelbraun waren, sondern in einem geheimnisvollen Ton zwischen grün und blau schimmerten.

Der sehr junge Mann, den sie auf dem Foto sah, schien nur wenig mit dem ernsten, ruhigen Oliver gemeinsam zu haben, den sie zwar niemals deutlich sah, aber hörte und erlebte.

»Guten Morgen!«, begrüßte sie ihn und kehrte zum Tisch zurück. »Ich habe gerade eure Familienbilder betrachtet. Das durfte ich doch?«

Er ließ sich auf seinen üblichen Platz sinken und entfaltete seine Serviette. »Wenn es verboten wäre, sie anzusehen, würden wir sie verstecken. Außerdem wolltest du doch so gern meine Augen sehen, wenn ich mich recht erinnere.«

»Ja.« Befangen setzte sie sich wieder auf ihren Platz. »Du warst ein sehr attraktiver junger Mann.« Nur wenige Sekunden später wurde ihr klar, was sie da gesagt hatte, und sie lachte verlegen. »Ich meine … Sicher siehst du immer noch gut aus. Ich weiß nur nicht …«

Er machte eine so energische Handbewegung, dass sie sich trotz des Dämmerlichts erschrocken auf die Lippen biss und schwieg.

»Spar dir die Verrenkungen. Bitte!« Das klang bitter – und böse, als hätte sie etwas Furchtbares getan.

Das konnte sie nicht auf sich sitzen lassen. »Ich finde, du bist etwas zu empfindlich, Oliver. Gestern hast du mir erzählt, ich solle es nicht persönlich nehmen, dass mein Freund, mit dem ich zwei Jahre zusammen gewesen bin, mich ohne ein Wort verlassen hat. Und heute bist du verletzt, weil ich gesagt habe, dass du als junger Mann sehr attraktiv warst.

Wie du heute aussiehst, weiß ich nicht. Es tut mir leid, dass du kein Licht verträgst. Aber dafür kann ich nichts. Ich weigere mich ja gar nicht, dich anzusehen. Es geht nur einfach nicht.« Sie packte die rote Mappe und sprang auf. »Entschuldige mich bitte, ich muss arbeiten.«

»Joana!«

Während sie aus dem Zimmer lief, hörte sie, dass er ihren Namen rief. Doch sie kümmerte sich nicht darum. Oliver war von Anfang an seltsam gewesen. Was sie in Anbetracht seiner Krankheit natürlich verstand. Dennoch hatte sie nicht vor, sich von seinen Launen den Tag verderben zu lassen. Sie hatte das Gespräch am Vorabend angenehm gefunden. Aber offenbar war so etwas nur gelegentlich mit ihm möglich. Was kein Problem für sie war. Seinetwegen hielt sie sich nicht in diesem Haus auf, sondern wegen seines Bruders.

Sie nahm immer zwei Stufen auf einmal, als sie die Treppe zu ihrem Zimmer hinauflief. Dort setzte sie sich sofort an den Schreibtisch, um den Manuskriptausdruck zu lesen. Sie musste sich ablenken. Von ihrer Sehnsucht nach Raoul und ihrem Ärger über Oliver.

***

Zwei Wochen waren seit ihrer Rettung von der Insel vergangen. Vierzehn Tage, die Liliana zum Teil in einer teuren Privatklinik verbracht hatte. Die Kosten dafür übernahm die Fluggesellschaft – offenbar, um einen Teil der Wiedergutmachung für den Absturz mit der Boeing zu leisten.

Nun war Liliana endlich in ihre eigene Wohnung zurückgekehrt. Hier stellte sie zweierlei fest: Erstens war sie froh, endlich allein zu sein, zweitens lastete die Sehnsucht wie ein schweres Gewicht auf ihrer Brust. Die Sehnsucht nach dem Mann, der ihr gezeigt hatte, was Leidenschaft war und was Liebe bedeutete.

Tagsüber ging sie zur Arbeit, die Abende verbrachte sie allein vor dem Fernseher. Sie hatte weder Lust noch Kraft, sich mit ihren Freunden zu treffen, denn die würden sie nach ihrer Zeit auf der Insel fragen. Und genau diese Wochen musste sie vergessen, wenn sie wieder ihr altes Leben führen wollte. Was dort geschehen war, hatte nichts mit dem Alltag zu tun, in den sie nun zurückgekehrt war.

Er *hatte sie wahrscheinlich schon längst vergessen. Sonst hätte er sich bei ihr gemeldet. Seit sie nach ihrer Rettung in zwei verschiedene Krankenhäuser gebracht und dort gründlich untersucht worden waren, hatte sie nichts von ihm gehört.*

Es wäre ein Leichtes für sie gewesen, über die Fluggesellschaft seine Adresse herauszufinden. Doch das wollte sie nicht. Sie würde ihm nicht nachlaufen.

Unendlich langsam verstrichen die Tage, und Lilianas Sehnsucht verwandelte sich langsam in eine sanfte Traurigkeit. In den Nächten träumte sie oft von der Insel. Meistens lief sie barfuß am Strand entlang und sah in der Ferne einen hochgewachsenen Mann entschwinden, dessen dunkle Haare im Sonnenlicht schimmerten.

Aus diesem Traum schreckte sie eines Nachts gegen Mitternacht hoch. Ihr Herz klopfte laut und schnell, doch erst als es ein zweites Mal an ihrer Wohnungstür klingelte, begriff sie, wovon sie erwacht war.

Im Dunkeln lief sie zur Wohnungstür. Sie ignorierte, dass sie sich das Schienbein an dem kleinen Garderobenschränkchen anschlug, und verschwendete auch keinen Gedanken an das Risiko, mitten in der Nacht die Tür zu öffnen, ohne zu wissen, wer davor stand. Sie wusste, wer es war!

Genau in dem Augenblick, in dem sie ihre Wohnungstür aufriss, erlosch das Licht im Treppenhaus. Blindlings warf sie sich in seine Arme. Er fing sie auf, und als sie ihn spürte, glitt ein langer, tiefer Seufzer über ihre Lippen. Er roch immer noch nach Sonne und Meer, nach Zuhause. Wenn sie ihn auch nicht sehen konnte – hinter ihren geschlossenen Lidern erschien sein Bild. Darauf wölbte sich der blaue Himmel über ihm, und seine Augen strahlten vor Liebe und Glück.

»Alexander«, flüsterte sie. »Endlich!«

Er legte einen Finger auf ihre Lippen, betrat die Wohnung und schloss die Tür hinter sich. Schweigend nahm sie seine Hand und führte ihn durch den dunklen Flur in ihr Schlafzimmer. Die Jalousie war geschlossen, sodass man nicht einmal die Umrisse der Möbel erkannte. Doch sie wusste genau, wo ihr Bett stand, zog ihn hinunter auf die Matratze und schmiegte sich in seine Arme.

Mit fliegenden Händen streiften sie einander die Kleidung von den drängenden Körpern, und das Rascheln der Stoffe klang in der Dunkelheit wie ein zärtliches Flüstern.

Sein Gewicht war ihr noch ebenso vertraut wie sein Duft und wie die Härchen auf seiner Brust, die sich an ihrem empfindlichen Busen rieben. Ihre Nippel richteten sich auf. An den Innenseiten ihrer Schenkel lief ein Feuer entlang. Sie schlang die Beine um seine Hüften, öffnete sich ihm, empfing ihn mit all der Liebe, die sie während der vergangenen Wochen für ihn aufgespart hatte.

Tief tauchte er in sie hinein, und sie meinte, ihn überall zu spüren. In ihrem Bauch, ihrem Herzen, ihrem Kopf, in ihrem Blut und auf jedem Fleckchen ihrer Haut. Sie fühlte ihn so intensiv wie nie zuvor. Als würde er die Erinnerungen an die Insel auslöschen und einen neuen wunderbaren Anfang machen.

»Alexander!« Dieses Mal flüsterte sie seinen Namen nicht, sondern rief ihn laut in die Dunkelheit.

»Liliana!«, antwortete er, während er sich sanft und gleichmäßig in ihr bewegte.

Ganz langsam trug er sie auf den Gipfel. Mit seinem ganzen Körper und mit seiner Liebe trug er sie empor.

Und als sie den höchsten Punkt erreichte, als um sie herum Lichter in allen Farben funkelten, da stürzte sie nicht in den Abgrund, sondern flog noch höher und immer höher hinauf.

Irgendwann hörte sie wie aus weiter Ferne Alexander keuchen, während er ihren vor Lust zuckenden Körper festhielt. Sie spürte, wie ihn ein heftiger Schauer durchlief, dann noch einer und noch einer, bis er sich heftig atmend auf die Seite rollte, mit ihr in seinen Armen.

Lange lagen sie stumm nebeneinander, während die Erregung nachließ, bis Liliana sie nur noch als ruhige Wärme an einem verborgenen Punkt in ihrem Unterleib spürte.

»Woher wusstest du, dass ich es bin?«, flüsterte Alexander nach langem Schweigen und streichelte zärtlich ihre Schulter.

Sie lachte leise und verbarg ihr Gesicht an seiner Brust.

»Ich habe auf dich gewartet. Warum hast du so lange gebraucht, bis du endlich zu mir gekommen bist?«

»Weil ich mir nicht sicher war, ob du mich willst oder nicht vielleicht doch Yago. Hast du auf mich gewartet, nicht auf ihn? Wirklich?«

Sie runzelte die Stirn. Wie sollte sie ihm eine Antwort geben, für die es keine Worte gab, sondern nur Empfindungen? »Mit Yago hatte ich Sex. Nicht mehr und nicht weniger. Mit dir ist es Liebe. Dich spüre ich hier.« In der Dunkelheit suchte sie seine Hand und legte sie auf ihre Brust. »Wenn du nicht da bist, glaube ich, jemand hätte mir das Herz herausgerissen. Aber wenn ich dich in meiner Nähe weiß, habe ich das Gefühl, du wärst meine zweite Hälfte, die mich perfekt ergänzt. Deshalb habe ich mir so sehr gewünscht, du würdest zu mir kommen. Und als du vor meiner Tür standest, wusste ich, dass du es bist.«

***

Aufatmend schob Joana die Blätter des Ausdrucks zusammen. Dann griff sie nach ihrem Filzstift und schrieb mit großen Buchstaben unter den Text: *Ich hoffe, dass möglichst viele Leserinnen schon einmal diese ganz besondere Nähe im Dunkeln erlebt haben – und ich bin sicher, dass alle, die etwas Ähnliches noch nicht kennen, dennoch den einzigartigen Zauber spüren.*

Während der folgenden Tage erhielt sie keine Ausdrucke mehr. Der Roman war fertig, und mit der Überarbeitung würde Raoul wahrscheinlich erst nach seiner Rückkehr von der Lesereise beginnen.

Wenn sie an das Ende seines Romans dachte, hatte sie das Gefühl, auf watteweichen Wolken zu schweben. Die Szene in seinem letzten Kapitel erinnerte sie so stark an die zärtliche Nacht in der verdunkelten Hotelsuite, dass es kein Zufall sein konnte. Und die Gefühle, die Raoul beschrieb, fassten genau das in Worte, was auch sie in jenen Stunden empfunden hatte. Wäre sie in der Lage gewesen, solche Szenen zu schildern, hätte sie die Sehnsucht, die sie spürte, seit sie am Morgen nach jener Nacht allein erwacht war, ebenso ausgedrückt.

In den Nächten während seiner Abwesenheit wälzte sie sich unruhig im Bett herum, sah ihn im Traum, fühlte ihn und wachte mehr als einmal mit der Hand zwischen ihren Schenkeln auf.

Unendlich langsam verstrichen die Tage. Sie hatte nichts zu

tun und konnte die Stunden am Pool oder auf ihrem Balkon nicht genießen. Von Sina und Oliver sah sie wenig, und sie aß meistens allein. Manchmal fragte sie sich, ob die beiden ihr aus dem Weg gingen. Das traute sie Oliver zu, was Sina betraf, wusste sie es nicht. Sie sagte sich, es sei gleichgültig. Und wartete auf Raouls Rückkehr.

Joana brühte gerade in der Küche einen Tee auf, als sie ein Motorengeräusch vor dem Haus hörte. Lauschend hob sie den Kopf. Sie war schon seit dem Frühstück unruhig, weil sie wusste, dass Raoul am Vorabend seine letzte Lesung abgehalten hatte und wahrscheinlich im Laufe des Tages in die Villa zurückkehren würde.

Mit klopfendem Herzen ließ sie sich am Tisch nieder und starrte zur Tür. Nervös nippte sie an ihrem Tee, verbrannte sich die Lippen und schob die Tasse weg. Sie wollte keinen Tee mehr, sie wollte Raoul.

Wie eine Ewigkeit erschien es ihr, bis sie endlich hörte, dass die Haustür geöffnet wurde und wieder ins Schloss fiel. Dann hallten seine energischen Schritte von den Terrakottafliesen wider. Offenbar steuerte er die Küche an, obwohl er natürlich nicht ahnen konnte, dass sie darin saß.

Als die Schritte sich schließlich doch in die Richtung der Treppe entfernten, lehnte sie sich enttäuscht auf ihrem Stuhl zurück. Wollte Raoul zunächst in sein Schlafzimmer gehen? Oder vermutete er sie in ihrem Zimmer im ersten Stockwerk?

Sie sprang auf, goss den Inhalt der Teetasse ins Spülbecken und stellte sie in die Geschirrspülmaschine. Dann eilte sie leichtfüßig die Stufen hinauf und lief zu ihrem Zimmer. Mit einem strahlenden Lächeln auf den Lippen riss sie die Tür auf – und sah sofort, dass er nicht da war. Entschlossen machte sie kehrt und lief den Flur entlang zu Raouls Schlafzimmer.

Vor seiner Tür blieb sie unschlüssig stehen, hob die Hand zum Anklopfen, ließ es doch lieber sein und kehrte in ihr eigenes Zimmer zurück. Dort ging sie unruhig auf und ab, horchte ab und zu hinaus in den Flur und setzte danach ihre Wanderung über den Parkettboden fort.

Schließlich blieb sie am Fenster stehen und schaute hinunter auf den Pool und zum Gästebungalow. Sie kniff die Augen zusammen und meinte, hinter einem der Fenster des Gartenhäuschens Olivers Silhouette zu erkennen. Wie so oft saß er an seinem Schreibtisch und arbeitete.

Was er dort tat, hatte sie immer noch nicht herausgefunden. Sein dunkler Schatten schien ihr Mut machen. Trotz der schweren Krankheit kam er irgendwie mit seinem Leben zurecht. Er stand morgens auf und setzte sich zur Arbeit an seinen Schreibtisch, er erschien – zumindest manchmal – zu den gemeinsamen Mahlzeiten, redete freundlich mit den anderen Hausbewohnern, und nachts schwamm er oft im Pool. Und bei alldem wirkte er nie mutlos, wenn er auch meistens etwas seltsam war. Aber sie fand nicht einmal den Mut, den Mann zu begrüßen, mit dem sie vor wenigen Tagen eine leidenschaftliche Nacht verbracht hatte. Sie atmete tief durch und marschierte erneut hinaus auf den Flur, bis zu Raouls Tür.

Dieses Mal klopfte sie ohne Zögern an. Als er nicht antwortete, drückte sie einfach die Klinke hinunter.

Er war nicht da. Nur sein Koffer stand noch unausgepackt mitten im Zimmer. Und auf dem Bett lagen die Sachen, die er offenbar getragen hatte. Die teuren Markenjeans, eines seiner schwarzen Leinenhemden, schwarze Boxershorts … Erst als sie den glatten Stoff unter ihren Fingerspitzen spürte, wurde Joana klar, was sie da tat. Wie ein verliebter Teenager hielt sie seine Unterwäsche in der Hand und zitterte, weil sie noch etwas von der Wärme seines Körpers in der Baumwolle spürte.

Hastig warf sie die Shorts auf die Bettdecke zurück und wandte sich zum Bad, aus dem sie die Dusche rauschen hörte. Die Tür schwang geräuschlos auf, als Joana ihr einen kleinen Schubs gab. Plötzlich musste sie an ihren ersten Tag in der Villa Westen denken. Daran, wie sie durch die andere Tür vom Flur aus in dieses große Bad getreten war. Wie sie an jenem Tag Raoul mit Sina beobachtet und sich gewünscht hatte, die Frau zu sein, in die er so leidenschaftlich hineinstieß, während er sie keuchend aufforderte zu kommen.

Inzwischen hatte sie ihn in sich gespürt. Hatte sein Begehren und seine Hitze gefühlt. Und trotzdem war sie immer noch so unsicher ihm gegenüber. Wozu sie keinen Grund hatte. Sie wusste, dass er sie begehrte. Und mehr als Sex wollte sie schließlich nicht von ihm.

Sie machte ein paar Schritte in den großen Raum und entdeckte hinter der Milchglasscheibe der Dusche die Umrisse seines gebräunten, muskulösen Körpers. Und da schien ihr jemand einen Stoß vor die Brust zu versetzen. Bewegungslos stand sie da und beobachtete, wie er die Arme hob und sich die Haare wusch.

Ihr wurde heiß und wieder kalt, und in diesem Moment, in dem sie seinen prachtvollen Körper betrachtete, begriff sie endlich, dass sie mehr von ihm wollte als Sex. Sie wollte mehr als diesen Körper. Sie wollte ihn. Für sich allein. Mit Haut und Haaren. Mit seinen Gefühlen und Gedanken.

Seit der gemeinsamen Nacht im Hotel war sie bis über beide Ohren in ihn verliebt, das musste sie sich endlich eingestehen.

Aber sie wusste nicht, was er fühlte. Er hatte sie allein in dem großen Bett zurückgelassen und sich seitdem nicht mehr bei ihr gemeldet. Außerdem gab es Sina. Die behauptete, dass sie eine Beziehung mit Raoul führte.

Joana setzte sich gegenüber der Duschkabine auf den Rand der Badewanne und wartete mit klopfendem Herzen. Wenn sie sich nicht weiter mit ihren Gefühlen herumquälen wollte, musste sie Raoul fragen, wie er zu ihr stand.

Während sie sah, wie er eine Hand zwischen seine Schenkel schob und sich dort mit kräftigen Bewegungen wusch, wich ihre Angst jener Erregung, die sie fast ständig in seiner Gegenwart spürte. Sie stand auf, stellte sich vor die Dusche und legte ihre Hand gegen das Glas, an die Stelle, wo sich wenige Zentimeter entfernt sein Penis befand.

»Bist du das, Baby?« Sein leises Lachen wurde vom Rauschen der Dusche untermalt.

»Ich bin's, Joana«, erwiderte sie vorsichtshalber, um Verwechslungen vorzubeugen.

»Hattest du Sehnsucht nach mir?« Wieder lachte er. Ein wenig zu selbstgefällig vielleicht, aber er war eben an die Anziehungskraft gewöhnt, die er auf die Frauen ausübte. »Komm doch herein.« Er öffnete die Glastür einen Spaltbreit.

»Besser nicht. Ich muss mit dir sprechen.«

»Nicht jetzt, Süße. Ich war fünf Tage unterwegs und hatte genau so lange keinen Sex. Davon abgesehen bin ich hundemüde. Diese Lesungen und vor allem die Signierstunden sind mörderisch. Immer dieselben Fragen, und zu allem muss ich lächeln. Ich weiß gar nicht, ob ich erst Sex möchte oder erst schlafen.«

»Zählt Sex im Dunkeln nicht?«, erkundigte Joana sich erstaunt, während ihr Herz mit ein paar dumpfen Schlägen gegen die Rippen hämmerte.

»Meinetwegen kannst du auch das Licht ausmachen. Aber beeil dich. Wenn ich noch lange unter der Dusche bleibe, werde ich ganz schrumpelig.«

Mit zusammengekniffenen Augen starrte sie seine Silhouette hinter dem Milchglas an. Was war los mit ihm? Hatte er die Absicht, so zu tun, als hätte es die Nacht im Hotel nicht gegeben?

»Ich gehe nicht da rein«, erklärte sie entschieden.

»Wie du willst. Dann schick mir eben Sina, wenn du keine Lust hast.«

Es war, als hätte er ihr ein Messer mitten ins Herz gebohrt. Höchstens fünf Minuten waren vergangen, seit sie sich ihre Liebe zu ihm gestanden hatte. Gegen ihren Willen war sie erneut verletzlich geworden. Und Raoul hatte keine Zeit verloren und ihr einen Schmerz zugefügt, den sie so rasch nicht würde überwinden können, das wusste sie.

Mit einem heftigen Ruck riss sie die Glastür auf. Das warme Wasser spritzte ihr ins Gesicht und durchnässte ihre Bluse, doch das interessierte sie nicht. Plötzlich war sie nur noch wütend.

Als Raoul sich zu ihr umdrehte und sie anlächelte, erwiderte sie zornig seinen Blick. Er begriff nichts, sondern lächelte unverdrossen weiter.

»Hast du es dir doch anders überlegt? Na komm. Mach schnell.« Stolz deutete er auf seinen Schwanz, der sich bereits aufzurichten begann.

»Was bildest du dir eigentlich ein?«, fauchte sie ihn an. »Glaubst du, wir Frauen stehen alle geduldig Schlange, bis wir dran sind, von dir beglückt zu werden? Auf Sina mag das zutreffen. Aber ich habe keine Lust, einen Mann mit unzähligen Frauen zu teilen. Ich dachte, nach unserer Nacht im

Hotel hätte sich etwas geändert. Doch du bist immer noch genauso – genauso …« Sie stockte und wusste nicht weiter. Im Grunde war auch alles gesagt. Abrupt drehte sie sich um und stürmte aus dem Bad.

Während sie Raouls Schlafzimmer durchquerte, hörte sie, dass er ihr etwas nachrief. Darum kümmerte sie sich nicht.

Erst als sie aus den Augenwinkeln eine Bewegung sah, hielt sie inne.

Sina stand neben dem Bett und hielt Raouls Hemd in den Händen, als wollte sie es gerade wegräumen. Ihre weit aufgerissenen Augen wirkten in ihrem blassen Gesicht unnatürlich groß. Wortlos starrten die beiden Frauen einander an. Nur ein paar Sekunden lang. Dann drehte Joana sich um und eilte aus dem Zimmer. Sie wollte nur weg von hier.

13. KAPITEL

Joana wusste nicht, wie lange sie auf ihrem Bett gelegen und zur Zimmerdecke hinaufgestarrt hatte, als es an ihre Tür klopfte.

»Nein!«, rief sie und zog sich ein Kissen über den Kopf. In diesem Haus gab es niemanden, mit dem sie reden wollte. Sie brachte nicht einmal die Kraft auf, Katja anzurufen und ihr zu erzählen, was sich ereignet hatte. Dazu war sie immer noch viel zu wütend. Weniger auf Raoul als auf sich selber.

Wie hatte sie nur so dumm sein und ihre Grundsätze vergessen können? Hatte sie gar nichts dazugelernt?

Und neben ihrer Wut tobte der Schmerz in ihrer Brust. Denn wenn sie auch selbst schuld an ihrem Kummer war, änderte das nichts daran, dass Raoul ihre Gefühle absolut nicht erwiderte. Für ihn war sie ein Spielzeug. Eine von vielen Frauen, in denen er mühelos Verlangen weckte, um sich mit ihnen zu amüsieren und sie dann fallen zu lassen.

»Nein!«, schrie sie, so laut sie konnte, als es erneut klopfte. Wenn Raoul es wagte, ihr Zimmer zu betreten, würde sie ihn ohrfeigen. Oder ihn – noch besser – zwischen die Beine treten. Denn er würde nicht ihretwegen hereinkommen, sondern um herauszufinden, ob er sie noch einmal zu einem seiner erotischen Spielchen überreden könnte.

»Ich muss mit dir sprechen, Joana.« Es war definitiv nicht

Raoul, der die Tür einen Spaltbreit öffnete und den Kopf hindurchsteckte.

Was wollte Oliver von ihr?

»Jetzt nicht. Ich kann nicht.« Blindlings tastete sie nach einem zweiten Kissen, um es über ihren Kopf zu legen.

Sie wollte nicht, dass er ihr verheultes Gesicht sah.

Weil sich die Matratze senkte, merkte sie, dass Oliver trotz ihres Protestes das Zimmer betreten und sich neben sie aufs Bett gesetzt hatte. Sie rührte sich nicht. Vielleicht ging er ja wieder, wenn sie sich tot stellte.

Auch als sie seine warme Hand auf ihrer Schulter spürte, bewegte sie sich nicht. Sie reagierte nicht einmal, als er sie sachte zu streicheln begann.

»Tut mir so leid, was passiert ist.« Seine Stimme klang gepresst. »Sicher wäre es gut, wenn du mich anschauen würdest. Damit du verstehst …«

»Geh weg, ich kann jetzt nicht mit dir reden«, murmelte sie in ihre Kissen und kniff die Augen ganz fest zusammen. »Ich will dich nicht sehen – ich will überhaupt niemanden sehen.«

»Hör zu, Joana. Ich glaube, du weißt nicht, was wirklich geschehen ist …«

»Und *ich* glaube nicht, dass es *dich* etwas angeht, weshalb ich mich, verdammt noch mal, so elend fühle. Mit *niemandem* will ich reden!« Die letzten Worte schrie sie unter den beiden Kissen, und als sie spürte, dass Oliver sie ihr wegzuziehen versuchte, zuckte ihre Hand hoch.

Sie wollte sich an ein Kissen krallen, erwischte jedoch seinen Handrücken und spürte, wie ihre Fingernägel sich in seine Haut bohrten.

Mit einem unterdrückten Schmerzenslaut befreite er seine

Hand, zog sie weg und stand gleichzeitig vom Bett auf. »Dann vielleicht später.«

»Eher nicht«, fauchte sie mit halb erstickter Stimme. »Ich will nicht darüber reden. Heute nicht und morgen nicht und übermorgen auch nicht. Und schon gar nicht mit dir, Oliver. Weil es dich nichts angeht. Kapier das doch!«

Als sie hörte, wie die Tür hinter ihm ins Schloss fiel, warf sie die Kissen zur Seite und atmete erleichtert auf.

Was stimmte denn nicht mit Oliver? Er war doch sonst immer so zurückhaltend gewesen und hatte sich in nichts eingemischt. Wieso hatte er sich überhaupt in ihr Zimmer gewagt? Trotz des strahlenden Sonnenscheins draußen? Und die Vorhänge waren nicht einmal richtig geschlossen. Hatte er das nicht bemerkt?

Nach einem tiefen Seufzer nahm sie ein Papiertaschentuch aus der Box auf ihrem Nachttisch und wischte ihre tränennassen Wangen ab, putzte sich die Nase und drehte sich auf die Seite.

Plötzlich war sie furchtbar erschöpft, wie nach einer langen, ziellosen Wanderung. Ihre Lider schlossen sich ganz von allein, und Sekunden später war sie in einen bleischweren Schlaf gefallen.

* * *

Als sie wieder erwachte, fiel nur noch schwaches Licht durch den Spalt zwischen den Vorhängen ins Zimmer. Es dauerte nicht lange, bis ihr einfiel, was geschehen war. Bewegungslos lag sie da und horchte in sich hinein. Zu ihrem Erstaunen war da zwar noch ein leise bohrender Schmerz, eine wunde Stelle, von der sie wusste, dass sie viel Zeit brauchen würde, um zu heilen.

Aber der überwältigende Kummer, der vor dem Einschlafen den Eindruck erweckt hatte, die ganze Welt müsste ein unerträglich düsterer Ort sein, war verschwunden. Stattdessen spürte sie – Hunger.

Wie ihr ein Blick auf die Uhr zeigte, war der Zeitpunkt, zu dem üblicherweise unten zu Abend gegessen wurde, längst verstrichen. Also musste sie nicht befürchten, Raoul oder sonst jemanden in der Küche anzutreffen, wenn sie sich etwas zu essen holte.

Nachdem sie festgestellt hatte, dass sich niemand im Flur aufhielt, huschte sie zur Treppe und die Stufen hinunter ins Erdgeschoss. Hier brannten auf dem Gang wie üblich nur die kleinen Notlämpchen. In der Küche war es dunkel. Joana knipste die Deckenlampe an.

Im Kühlschrank fand sie den Rest eines Ragouts, den sie in einen kleinen Topf umfüllte, um ihn aufzuwärmen. Dazu würde sie Nudeln kochen. Ihr lief schon das Wasser im Mund zusammen, denn sie hatte seit dem Frühstück nichts gegessen.

Als sie Schritte im Flur hörte, blieb sie reglos stehen. Der Kochlöffel erstarrte in ihrer Hand. Offenbar hatte jemand über die Terrasse das Haus betreten. Oliver? Oder war es Raoul, der noch im Pool geschwommen hatte? Sina?

Die Person dort draußen blieb einen Augenblick lang stehen, wohl weil das Licht durch die nicht ganz geschlossene Küchentür in den dämmerigen Gang fiel. Dann näherten sich die Schritte der Küche. Warum hatte sie die Tür nicht richtig geschlossen? Noch immer wollte Joana niemanden sehen und mit niemandem reden.

Als sie hörte, wie die Tür hinter ihr aufgestoßen wurde, tat sie so, als hätte sie nichts bemerkt, und rührte wieder eifrig im Ragout.

»Joana! Gut, dass ich Sie hier treffe. Ich wollte schon nach oben in Ihr Zimmer gehen, um mit Ihnen zu reden.«

Erstaunt wandte Joana sich um. »Frau Westen!«

Die Großmutter der Brüder trug ein maßgeschneidertes Kostüm und schwarze Pumps mit erstaunlich hohen Absätzen. Unter ihrem Arm klemmte eine zu den Schuhen passende Clutch. Insgesamt sah sie für eine Frau von sicher fast achtzig Jahren höchst elegant aus.

»Gerade war ich bei Oliver und habe von dem Drama gehört.« Die funkelnden Augen, die sie mit einem tiefschwarzen Lidstrich betont hatte, betrachteten Joana aufmerksam. Dann verzog Tilda Westen die mit Lipgloss dezent betonten Lippen zu einem aufmunternden Lächeln.

Ernst und unsicher erwiderte Joana den Blick der alten Dame. »Ich weiß nicht, was Sie meinen. Mit Oliver gibt es kein Drama – und auch sonst nicht.«

»Nun, glücklich sehen Sie jedenfalls nicht gerade aus. Kommen Sie, wir trinken gemeinsam eine Tasse Tee und unterhalten uns.«

Mit einer energischen Geste griff Frau Westen nach dem elektrischen Wasserkocher und füllte ihn. In diesem Haus schien es ein Ritual zu sein, Tee zu trinken, wenn man miteinander reden wollte. Jedenfalls brühten alle Tee auf, die mit Joana ein Gespräch führen wollten.

»Es geht mir leider nicht gut. Wahrscheinlich habe ich mir irgendein Virus geholt. Es ist sicher besser, wenn wir nicht gemeinsam am Tisch sitzen. Sie könnten sich anstecken.«

»Papperlapapp!« Frau Westen schaltete den Wasserkocher ein und machte eine wegwerfende Handbewegung. »Mit Liebeskummer kann man sich nicht anstecken.«

»Mit Oliver hat es nichts zu tun«, beteuerte Joana erneut.

»Und mit Raoul habe ich geredet. Es ist alles – in Ordnung.«

Wortlos hängte Tilda Westen Teebeutel in zwei Steinguttassen. Wenig später saßen sie einander am Tisch gegenüber.

Der Tee dampfte in den Tassen, und vor Joana stand der Teller mit Ragout und Nudeln, obwohl sie plötzlich nicht mehr den geringsten Hunger verspürte.

»In welchen meiner beiden Enkel sind Sie denn nun verliebt?«, erkundigte Tilda sich in einem Ton, als würde sie über das Wetter reden.

»In keinen«, murmelte Joana und spürte, dass sie knallrot wurde. »Oliver kenne ich kaum. Und Raoul eigentlich auch nicht.« Sie stocherte in ihren Nudeln.

»Du hast Oliver nie bei Licht gesehen, aber ich glaube, du kennst ihn ziemlich gut«, widersprach Tilda, die ohne weitere Umstände zum vertraulichen Du überwechselte.

»Nur einmal habe mich länger mit ihm unterhalten, und er war auch sehr freundlich zu mir. Doch ich weiß nicht, was er den ganzen Tag im Gartenhaus macht. Durchs Fenster sehe ich ihn fast den ganzen Tag an seinem Schreibtisch sitzen, aber …«

Tildas lautes Gelächter unterbrach sie. »Also weißt du nicht, was er an seinem Schreibtisch macht?«, prustete die alte Frau.

»Sollte ich? Das hat er mir nicht gesagt.« Joana schob ihren Teller weg. Sie würde definitiv keinen Bissen hinunterbringen.

»Schätzchen, du kennst doch wohl seine Romane! Du kennst sie und liebst sie. Weil er im Café hörte, wie du deiner Freundin etwas über seine Bücher vorgeschwärmt und erwähnt hast, du würdest bei seinem Verlag arbeiten, bat er seinen Verleger, dich als Lektorin in sein Haus zu schicken. Was natürlich nur am Rande mit deiner Vorliebe für seine Romane zusammenhängt. Er gibt es nicht zu, aber der Hauptgrund ist natürlich, dass er dich von Anfang an bezaubernd fand.« Nachdrücklich nickte Tilda und schaute Joana über den Tisch hinweg an. »Das kann ich verstehen. Ihr beide passt gut zusammen.«

»Oliver? Wieso Oliver?«, flüsterte Joana. Ihr Kopf war vollkommen leer. Sie begriff nicht, was Tilda Westen ihr zu erklären versuchte. Oder sie wollte es nicht verstehen. »Raoul Westen ist der Autor. Sein Name steht auf allen Romanen, und sein Foto ist auf die Rückseite des Buchumschlags gedruckt …«

Noch während sie die Worte atemlos hervorstieß, wurde ihr klar, dass Tilda Westen ihr soeben die Erklärung für all die merkwürdigen Ereignisse geliefert hatte: die rote Mappe, die wie aus dem Nichts auftauchte und verschwand. Die Tatsache, dass Raoul niemals mit ihr über die Texte sprach. Die vielen Stunden, die Oliver im Gästebungalow am Schreibtisch verbrachte und angeblich für Raoul recherchierte.

»Aber Raoul war doch gerade auf Lesereise.« Sie kniff die Augen zusammen und musterte die Großmutter der Brüder misstrauisch. Hier stimmte irgendwas nicht. Aber es musste eine andere Erklärung geben. »Er signiert die Bücher. Es wäre doch Betrug, wenn …«

»Das ist eine Abmachung in beiderseitigem Einvernehmen.« Tilda nickte bedächtig.

»Aber wieso?« Doch da fiel es ihr selber ein. »Es ist wegen Olivers Krankheit, nicht wahr? Er kann sich ja nicht im Licht aufhalten. Und weil die Bücher sich besser verkaufen, wenn der Autor in der Öffentlichkeit auftritt, übernimmt Raoul diese Aufgabe. Deshalb wird auch immer ein so großes Geheimnis darum gemacht, wenn Raoul Westen in den Verlag kommt. Das ist dann Oliver, nicht wahr?«

Wieder nickte Tilda. Stumm hob sie ihre Tasse zum Mund, nippte an ihrem Tee und wartete offenbar auf weitere Erkenntnisse.

Die Stirn gerunzelt, dachte Joana nach. Sie erinnerte sich an den Morgen, an dem sie ins Büro ihres Chefs gerufen worden war und er ihr von Raoul Westens Jobangebot erzählt hatte. An jenem Tag hatte Raoul Westen, eigentlich aber wohl Oliver, den Verlag besucht. Und kurz davor hatte sie sich mit Katja zum Frühstück in dem kleinen Café getroffen. Sie hatte von Raoul Westens bevorstehendem Besuch im Verlag erzählt – und von seinen Romanen geschwärmt.

Die Erkenntnis kam so plötzlich, und alles war so offenkundig, dass sie nicht begriff, wieso sie nicht vorher darauf gekommen war: Oliver war der Mann mit dem Hut gewesen, dessen Tee die alte Frau umgekippt und der sich ihr gegenüber so freundlich und fürsorglich verhalten hatte! Er hatte Joanas Gespräch mit Katja gehört.

Als Joana aus dem Café gegangen war, hatte sie seinen Blick gespürt. Und seinen Duft wahrgenommen. Den Duft nach Zitrone und Leder, der hier in der Villa auch manchmal in der Luft hing.

Ein heißer Schauer durchlief sie. Ihr stockte der Atem, und sie umklammerte mit beiden Händen ihre schon lauwarme Teetasse. Sie hatte mit Raoul geschlafen und sich gewundert, weil es so anders war, als er es in seinen Büchern beschrieb! Dabei stammten die Romane gar nicht von ihm. Oliver war derjenige, der sie hierhergeholt hatte. Und in seinen Romanen hatte er all die Szenen geschildert, die sie in träumerische Stimmung versetzten.

»Warum hat Oliver nicht mit mir geredet?«, klagte sie. »Immerhin wollte er mit mir zusammenarbeiten. Aber das hat er gar nicht wirklich getan. Hat er befürchtet, ich würde ihn verraten? In der Öffentlichkeit und an die Medien? Er hätte mir alles erklären und mich etwas unterschreiben lassen können – oder mir vertrauen«, fügte sie flüsternd hinzu.

»Oliver ist nicht krank. Nicht so, wie du denkst.« Tilda blickte Joana ernst in die Augen.

»Aber er kann doch kein Licht vertragen. Nicht einmal helles Lampenlicht. Ich habe im Internet darüber gelesen, und ...«

»Es liegt nicht daran, dass er kein Licht verträgt, wenn es hier immer dunkel ist, sobald er auftaucht«, unterbrach Tilda sie. »Es liegt an dir.«

»An mir?« Verständnislos starrte Joana sie an.

»Du sollst ihn nicht sehen. Vor Fremden zeigt er sich nicht. Deshalb verlässt er das Haus niemals ohne seinen großen Hut. Und er möchte erst recht nicht, dass eine Frau, die ihm gefällt, sein Gesicht sieht. Obwohl dieses Verhalten meiner Meinung nach zu absolut nichts führt. Denn wenn er sich dir nicht zeigt, wird er dich vielleicht nicht erschrecken, so wie er es befürchtet. Er wird dich aber auch nicht wirklich kennenlernen, genauso wenig wie du ihn.«

»Aber warum ... », fing Joana an, doch die ältere Frau fiel ihr ins Wort.

»Als Oliver und Raoul noch Kinder waren – damals war Oliver sechzehn und Raoul elf Jahre alt –, spielte Raoul im damaligen Haus der Familie in seinem Zimmer mit Feuer. Die Haushälterin, die ein Auge auf die beiden Jungen haben sollte, war in der Küche beschäftigt, die Eltern nicht zu Hause. Als Oliver nebenan seinen Bruder schreien hörte, stand

Raouls Zimmer bereits lichterloh in Flammen. Oliver lief durch das Feuer zu seinem kleinen Bruder, warf ihm die Bettdecke über den Kopf und schleppte ihn aus dem Haus. Unter der Decke blieb Raoul völlig unverletzt. Aber Oliver …«

Joana hielt den Atem an und wartete schweigend auf den Rest der Geschichte. Dabei wirbelten Gedanken durch ihren Kopf und Gefühle durch ihren Körper. Oliver und Raoul. Oliver, der Schriftsteller, den sie schon lange bewunderte; Raoul, der äußerst attraktive Mann, mit dem sie Sex genossen hatte, den sie aber eigentlich gar nicht kannte. Weil er die romantischen Geschichten, die sie so sehr berührten, gar nicht verfasst hatte.

Seufzend fuhr Tilda Westen fort: »Oliver hatte schreckliche Brandwunden, vor allem im Gesicht und am Oberkörper. Er lag monatelang im Krankenhaus und litt unter schlimmen Schmerzen. Seitdem hat er unzählige Operationen hinter sich gebracht. Ihm wurde Haut verpflanzt, sodass sein Gesicht nicht mehr aussieht, als würde es aus rohem Fleisch bestehen. Auch jetzt zeigen sich noch Narben, die er selbst als viel auffälliger empfindet, als sie es tatsächlich sind.«

Olivers Großmutter machte eine Pause und schaute eine Zeit lang durchs Fenster in die Nacht hinaus.

Schließlich erzählte sie mit leiser Stimme weiter: »Als Oliver nach über einem Jahr in die Schule zurückkehrte, haben die anderen Kinder ihn nicht etwa gehänselt. Das hatten ihnen die Lehrer streng verboten. Nein, sie gingen ihm einfach aus dem Weg, sahen ihn nicht an. Er, der vorher ein so hübscher, beliebter Junge gewesen war, wurde zum Außenseiter. Das hätte er wahrscheinlich verkraftet. Als er sein Studium anfing, änderte sich die Situation. Studenten sind älter und reifer, einige schauten immer noch weg, aber viele sahen ihm ins Gesicht. Mittlerweile hatte er weitere Operationen hinter sich, die Narben waren noch unauffälliger geworden. Er gewann neue Freunde, und sein Selbstbewusstsein kehrte zurück. Doch dann …« Wieder seufzte Tilda.

»Was passierte dann?« Joana nahm einen Schluck von ihrem inzwischen kalten Tee. »Schrieb er seinen ersten Roman? Wollte der Verlag sein Foto nicht auf die Rückseite drucken?«

»Zu schreiben begann er erst später«, erwiderte Tilda kopfschüttelnd. »Vorher verliebte er sich.«

»Und sie wollte ihn nicht? Wegen seiner Brandwunden?«

»O nein. Sie wollte ihn. Immerhin stammt Oliver aus einer steinreichen Familie. Damals waren seine Eltern schon bei einem Verkehrsunfall ums Leben gekommen, Oliver und sein Bruder waren für ihr junges Alter sehr wohlhabend. Das Mädchen, in das Oliver sich verliebt hatte, genoss die Geschenke, die er ihr machte, die Annehmlichkeiten und Reisen, die er ihr bieten konnte. Er war glücklich mit ihr, wollte sie heiraten und eine Familie mit ihr gründen. Bis er eines Tages zufällig ein Telefongespräch hörte, das sie mit einer Freundin führte. Sie erzählte dieser Frau, sie würde sich vor Oliver ekeln, sie hasse es, ihn anzufassen und ihn zu küssen. Für sie sei es eine Strafe, mit ihm zu schlafen. Doch diesen Preis müsse sie eben zahlen. Immerhin habe sie ein schönes Leben mit ihm, und wenn sie erst einmal verheiratet seien, würde ihr die Hälfte seines Geldes gehören.«

Erschrocken presste Joana eine Hand auf ihren Mund. Dann flüsterte sie mit heiserer Stimme: »Das zu hören muss schrecklich für Oliver gewesen sein.«

»Er war am Boden zerstört«, bestätigte Tilda. »Damals zog er sich vollkommen zurück. Er richtete sich den Gästebungalow her, ging tagelang nicht unter Menschen und begann zu schreiben. Schon sein erster Roman wurde ein großer Erfolg. Seitdem ist es, als würde er seine Träume aufschreiben. Als könnte er sein Leben nur noch auf Papier leben. Und weil er sich nicht in der Öffentlichkeit zeigen wollte, fragte er seinen Bruder, ob er diese Werke unter dem Namen Raoul Westen veröffentlichen dürfe. Die beiden einigten sich darauf, dass Raoul seinen Bruder bei Interviews, Lesungen und Signierstunden vertreten sollte. Und Raoul gefällt es, im Mittelpunkt zu stehen. Er nutzt es wohl auch aus, dass er von den Frauen angehimmelt wird.«

Wieder machte Tilda eine Pause und starrte eine Weile vor sich hin.

»Vielleicht ist er auch auf diesen Handel eingegangen, weil er sich die Schuld an Olivers Problemen gibt. Obwohl er natürlich damals noch ein kleiner Junge war. Es ist eine ziemlich komplizierte Situation zwischen den beiden. Sie sind völlig verschieden. Und doch hängen sie so sehr aneinander.«

Joana runzelte die Stirn. An dieser Geschichte war irgendetwas seltsam. Da stimmte was nicht. »Aber ich … Wieso hat Oliver mich in sein Haus geholt und sich mir dann doch nicht gezeigt?«

»Verstehst du das nicht, mein Kind? Er hatte Angst. Große Angst vor deinem ersten Blick in sein Gesicht. Vor der Zurückweisung. Er wollte sich dir zeigen, dann hat er es von Tag zu Tag verschoben. Heute war er dazu entschlossen. Er kam in dein Zimmer, um mit dir zu reden. Aber du hast dich geweigert, ihn anzusehen.«

»Niemanden wollte ich sehen. Und von niemandem gesehen werden.« Sie hatte nicht ahnen können, dass Oliver ihr zum ersten Mal einen Blick in sein Gesicht gewähren wollte.

Im Nachhinein bereute sie die Zurückweisung. Nun, daran war nichts mehr zu ändern. Oder vielleicht doch. Ihr Blick wanderte durchs Fenster hinaus in den dunklen Garten.

Dass der Mann, dem sie immer nur im Dämmerlicht begegnet war, offenbar etwas für sie empfand, fand sie ein wenig unheimlich. Aber sie beschloss die Situation zu klären. Auch für sich selbst.

Natürlich würde sie nicht ohne Weiteres seine Gefühle erwidern können. Aber sie mussten einander richtig kennenlernen. Und vielleicht endlich gemeinsam an seinen Texten arbeiten.

»Ich werde mit ihm reden«, kündigte sie an, stand auf und reichte Olivers Großmutter die Hand. »Vielen Dank, dass Sie mir alles erzählt haben, Frau Westen.«

»Ich danke dir, weil du mir zugehört hast.« Die alte Frau lächelte. »Bitte geh vorsichtig mit ihm um. Ich fürchte, er hat immer noch nicht die Verletzung überwunden, die Conny ihm zugefügt hat. Du bist die erste Frau seit damals, die ihm etwas zu bedeuten scheint.«

»Natürlich werde ich mir Mühe geben.« Joana stand schon in der Tür. Auf seltsame Weise zog es sie zu dem einsamen Mann im Gartenhaus.

Eilig durchquerte sie das große Wohnzimmer, stieß die Glastür zur Terrasse auf und strebte mit raschen Schritten zu dem kleinen Haus neben dem Swimmingpool.

Zum ersten Mal waren die Fenster abends nicht verhängt. Helles Licht fiel in den Garten und malte goldene Rechtecke ins Gras.

14. KAPITEL

Oliver saß an seinem Schreibtisch und schaute hinaus in den nächtlichen Garten. Die Lampen rings um den Swimmingpool wirkten wie kleine Monde im Samtschwarz des Abends, und das blaue Wasser im von unten beleuchteten Becken glich einem fernen, schimmernden Planeten im All.

Durchscheinend spiegelte die Fensterscheibe sein Gesicht wider. Ein wenig verschwommen vor den Lichtern in der Dunkelheit, aber doch deutlich genug. Er starrte sich in die Augen und wandte nicht wie sonst nach wenigen Sekunden den Blick ab.

Hinter ihm war das Zimmer hell erleuchtet, und er musste sich zusammennehmen, um nicht wie sonst seit Joanas Einzug in die Villa die Vorhänge zu schließen. Wenn sie ihn von ihrem Fenster aus sah, war es gut. Wenn sie zu ihm kam, was er hoffte und wovor er sich gleichzeitig fürchtete, war es umso besser.

Er kannte seine Großmutter gut genug und wusste um ihre Gewohnheit, sich einzumischen, wenn sie fand, dass die Dinge »einen Schubs in die richtige Richtung brauchten«, wie sie es auszudrücken pflegte. Falls Joana ihr nicht zufällig über den Weg lief, würde Tilda notfalls nach oben in das Zimmer der jungen Frau gehen, um ihr zu erzählen, was vor vielen Jahren geschehen war. Das hatte er selbst tun wollen, doch sie war nicht bereit gewesen, ihm zuzuhören.

Jetzt huschte ein schmaler Schatten mit einem wehenden Schleier aus langen dunklen Haaren an den Poollampen vorbei, und Oliver richtete sich kerzengerade auf. Das Blut rauschte so laut in seinen Ohren, als wäre er plötzlich unter Wasser, in den Tiefen des Ozeans.

Reglos wartete er, bis es klopfte. Mit gepresster Stimme forderte er sie zum Eintreten auf.

Hinter ihm wurde die Tür geöffnet, doch er drehte sich nicht um, sondern starrte weiter das Spiegelbild in der dunklen Fensterscheibe an, in der alles verschwommen war und deshalb ein bisschen erträglicher.

Sie trat ein und kam zögernd auf ihn zu. Einen Schritt von ihm entfernt blieb sie stehen und sah ihn im Spiegel der Scheibe an. Ihre Blicke fanden sich, und erstaunlicherweise wandte sie sich nicht ab.

»So ist kaum etwas zu sehen«, sagte sie nach langem Schweigen.

Mit einem Ruck drehte er seinen Schreibtischstuhl herum. Nun konnte er die kleinen Silberflecken ihrer Iris sehen. Ihr heller Blick zeigte keine Abwehr und keinen Ekel, während sie ihn unverwandt anschaute.

»Gewiss, man bemerkt es«, erklärte sie schließlich. »Aber ich finde es nicht schlimm. Wirklich nicht.«

Er räusperte sich. »Danke.«

Obwohl es ihn verblüffte, glaubte er ihr und hielt ihre Worte nicht für jenes mitleidige Geplapper, das er hasste. Und auch nicht für eine Lüge, wie Conny sie gebraucht hätte.

Inzwischen hatte er gelernt, genau hinzusehen, wenn der Blick eines Fremden ihn traf, auch wenn er sich selten in Situationen begab, in denen das geschah. Mittlerweile war er sich sicher, Abscheu zu erkennen, selbst wenn sein Gegenüber sich bemühte, sie zu verbergen. In Joanas Augen las er keinen Ekel, sie versuchte nicht, ihn ausdruckslos anzusehen, wie manche Menschen es taten, wenn sie ihre Gefühle tarnen wollten.

Um ihre vollen Lippen zuckte die Andeutung eines Lächelns. »Du musst dich nicht bei mir bedanken, denn ich beschreibe nur, was ich sehe und wie ich es empfinde.«

Offenbar wartete sie auf eine Antwort, doch er schwieg. Auf seiner Zunge brannte die Wahrheit, die er ihr schuldete und von der auch seine Großmutter nichts ahnte.

»Dass du Herrn Klein ausdrücklich gebeten hast, ich möge das Lektorat deines neuen Romans übernehmen, wusste ich nicht.« Sie faltete ihre Hände vor der Taille und löste sie sofort wieder voneinander.

Oliver stand auf und ging an ihr vorbei zu der kleinen Bar in der Ecke des Zimmers, wo er sich einen Whisky einschenkte. Obwohl er sich so sehr nach Joanas Nähe sehnte, fühlte er sich sicherer, wenn die Länge des Raumes ihn von ihr trennte.

»Möchtest du auch etwas trinken?«, erkundigte er sich. »Whisky, Cognac, Wein?«

»Ein Mineralwasser, wenn du eins hast.« Sie kam auf ihn zu, um das Glas entgegenzunehmen, und wieder wurde er unruhig, weil sie ihn jetzt viel zu deutlich sehen konnte.

Unauffällig wich er einen Schritt zurück und nahm einen Schluck von seinem Whisky.

»Du zahlst mir eine Menge Geld für meine Arbeit, und ich habe ein schlechtes Gewissen, weil ich nicht sonderlich viel dafür getan habe«, gestand sie, nachdem sie an ihrem Wasser genippt hatte. »Allerdings ist das nicht meine Schuld, ich hätte sehr gern …«

Er unterbrach sie mit einem kurzen Auflachen, das bitter

klang. »Es war ein bisschen schwierig für mich, wirklich mit dir zusammenzuarbeiten, ohne dir mein Gesicht zu zeigen.«

»Genau.« Sie lachte ebenfalls, und der leise, perlende Ton erreichte, dass sein Herz, das bis zu diesem Moment wie eine zusammengeballte Faust in seiner Brust gelegen hatte, sich ein wenig öffnete.

Vielleicht hatte seine Großmutter ja recht, und es wurde doch noch alles gut. Obwohl sie das Schlimmste nicht ahnte. Und auch Joana schien noch immer nicht erkannt zu haben, was wirklich zwischen ihm und ihr geschehen war.

»Da gibt es noch etwas, das ich dir verraten muss«, stieß er hervor, bevor er es sich wieder anders überlegen konnte.

»Ja?« Sie legte den Kopf schief, schaute ihn abwartend an und sah einfach bezaubernd aus.

Automatisch machte er einen Schritt auf sie zu. Alles in ihm drängte danach, sie in die Arme zu nehmen, um sie zu fühlen, zu riechen und zu schmecken. Doch das durfte er nicht. Vorher musste er ihr die Wahrheit sagen. Und hinterher würde sie es vielleicht nicht mehr wollen. Sicher nicht.

»Es wäre schön gewesen, wenn du mir vertraut und mir erzählt hättest, dass dein Bruder und du für die Öffentlichkeit die Rollen tauscht«, bemerkte sie in ruhigem Ton, als er immer noch zögerte.

Er nickte. Dann hätte Raoul die Situation nicht ausnutzen können. »Ich kannte dich noch nicht. Schätzungsweise ist diese Information eine Menge wert, wenn man sie der Presse verkauft.«

»Nie würde ich …« Entschieden schüttelte sie den Kopf. »Nachdem ich es jetzt weiß – was wolltest du mir denn noch sagen?«, erinnerte sie ihn, als er schon wieder schwieg.

»Zuallererst musst du wissen, dass ich dich …« Er stockte

und wusste nicht, wie er es formulieren sollte. Auf keinen Fall wollte er sie mit seinen Gefühlen überfahren, sie erschrecken oder sie gar in die Flucht schlagen. Vermutlich würde sie ohnehin gehen, wenn sie die ganze Wahrheit erfuhr.

***

Nur einen Schritt von Oliver entfernt, stand Joana bewegungslos da und sah in sein Gesicht, dessen Züge er so lange vor ihr verborgen hatte. Sie betrachtete das energische Kinn, den auf eine anziehend maskuline Weise sinnlichen Mund, die kräftige, gerade Nase und die Augen, die im hellen Lampenlicht zwischen blau und grün schimmerten. Sein Blick wirkte fragend und doch entschlossen.

»Als ich dich in dem Café sah, deine Stimme hörte und deine Unterhaltung mit deiner Freundin …« Er machte eine Pause, dann fuhr er in entschiedenem Ton fort: »Ich wollte dich kennenlernen. Und aus den bekannten Gründen bin ich kein Mann, der in der Öffentlichkeit eine Frau anspricht.«

»Das hättest du tun sollen. Dann wäre vieles einfacher gewesen.« Es juckte sie in den Fingerspitzen, die geröteten Stellen an seinen Wangen und seinem Hals zu berühren und die Narben nachzuzeichnen. Besonders die leicht geschwungene neben seinem linken Mundwinkel, die einem hingemalten Lächeln glich, während ihr sein Mund so ernst erschien.

»Vielleicht. Möglicherweise wärst du aber auch angeekelt gewesen. Oder du hättest dich nur mit mir eingelassen, weil ich ein bekannter Autor bin.« Forschend hing sein Blick an ihrem Gesicht.

»Nun ja, genau genommen bist nicht *du* der bekannte Autor. Dein Bruder ist berühmt. Ich denke, das dürfte die meisten Frauen mehr interessieren als die Tatsache, dass du es bist, der tagein, tagaus am Schreibtisch sitzt und die Romane verfasst, die unter Raouls Namen veröffentlicht werden.« Sie zuckte mit den Schultern und klemmte sich die Hände unter die Oberarme, um sie nicht nach ihm auszustrecken.

Jetzt verzog er den Mund zu einem Lächeln, in dem die kleine Narbe unterging. »Wahrscheinlich hast du recht.«

»Ein bisschen feige bist du schon«, warf sie ihm vor. »Wenn du nicht nach ein paar schlechten Erfahrungen allen Menschen ausgewichen wärst, hättest du längst festgestellt, dass es solche und solche gibt. Und alle, die jemanden wegen ein paar kleiner Narben ablehnen, sind unwichtig.«

»Aber es tut unglaublich weh, wenn man von einem Menschen *abgelehnt* wird, den man liebt und dem man vertraut hat.« Das Wort »abgelehnt« kam in einem so bitteren Ton über seine Lippen, dass sie bestürzt den Atem anhielt.

»Ja, das ist ganz bestimmt so.« Sie machte einen kleinen Schritt nach vorn, bis sie so dicht vor ihm stand, dass ihre Kleider sich fast berührten und sie seine Wärme spüren konnte. »Doch wenn man nie wieder jemandem vertraut, weil eine einzige Person einem wehgetan hat, verleiht man ihr eine viel zu große Macht.«

Plötzlich verstand sie, was sie selbst zwei unendliche, schmerzliche Jahre lang falsch gemacht hatte: Sie hatte zugelassen, dass ihr die Verletzungen, die Markus verschuldete, den Mut zur Liebe nahmen. Wie dumm und feige war das gewesen … Oliver glich einem Spiegel, in dem sie ihre eigenen Fehler erkannte.

Jetzt machten ihre Hände sich selbstständig, umfassten sein Gesicht, streichelten die rauen Stellen, liebkosten die Narben, die äußerlich sichtbaren Zeichen für die Wunden seiner Seele. Ihr eigenes Gesicht zeigte keine Narben, doch ihre Seele war fast ebenso schmerzlich verletzt wie seine. Gemeinsam konnten sie genesen, das wusste sie in diesem Moment.

Heiß presste sein Mund sich auf ihren, sie öffnete ihm die Lippen und versank in seinem Kuss. Seine Leidenschaft überrollte sie, weckte Sehnsucht und Verlangen in ihr. Bei diesen Emotionen ging es nicht nur um die Befriedigung ihres Körpers. Sie schmiegte sich an ihn, spürte die Härte in seiner Hose, drängte sich dagegen und genoss das Feuer, das er so leicht in ihr entzünden konnte.

Abrupt löste er sich von ihr. »Ich muss dir etwas sagen, Joana. Wirklich, es ist dringend.«

»Pst.« Behutsam streichelte sie seine Wange. Welche Worte konnten angesichts der Gefühle, die seine Zärtlichkeit und seine Leidenschaft in ihr auslösten, noch eine Rolle spielen? Entschlossen drückte sie erneut die Lippen auf seinen Mund und atmete tief den Duft seiner Haut nach Zitrone und Leder ein.

Dies war der Moment, in dem sie es begriff. Das Puzzleteilchen, das ihr die ganze Zeit gefehlt hatte, fiel an seinen Platz. Denn ihre Fingerspitzen auf seinem Gesicht erinnerten sich, dass sie die rauen Stellen und die dünnen Narben schon früher gespürt hatte. In einer samtdunklen Nacht, die erfüllt gewesen war vom Duft nach Zitrone und Leder. Sie war schon früher auf diese Weise geküsst, umarmt und begehrt worden …

Mit einem leisen Aufschrei entwand sie sich ihm und starrte ihm entsetzt in die Augen. Sofort wich er zurück und wandte sich dem Schalter der Deckenlampe zu, als wollte er das Licht löschen, damit sie ihn nicht mehr sehen konnte.

»Lass das Licht an! Um die paar Narben geht es nicht«, fauchte sie und spürte, wie sich die Wut in ihrem Magen zusammenballte. »Du bist der Mann im Hotel gewesen! Die ganze Nacht haben wir im Dunkeln verbracht, damit ich dachte, ich wäre mit Raoul zusammen. Wie konntest du nur!«

»Ich habe nie behauptet, ich sei Raoul.« Abrupt verschwanden die Verletzlichkeit und jedes andere Gefühl aus seinen türkisfarbenen Augen. Es war, als würde er sie plötzlich völlig ausdruckslos durch dickes Glas betrachten. Durch undurchdringliches Panzerglas.

Damit schürte er ihren Zorn. Welches Recht hatte Oliver, sie zu verletzen und sich dann hinter eine unsichtbare hohe Mauer zurückzuziehen, um die Konsequenzen nicht spüren zu müssen?

»Ach ja?« Sie kniff die Lider zusammen und sah ihm starr ins Gesicht. »Deshalb hast du gewartet, bis Raoul nicht im Haus war? Weil du es ja nie darauf angelegt hast, mich glauben zu machen, die Aufforderung zu jenem Rendezvous würde von ihm stammen, nicht wahr? Und deshalb hast du die Einladung zum Dinner nicht unterschrieben? Weil du mir ja niemals vormachen wolltest, ich wäre mit deinem Bruder verabredet.«

»Nun, immerhin ...« Er zögerte.

»Was – immerhin?« Entrüstet stemmte sie ihre Hände in die Hüften.

»Immerhin scheinst du weder besonders wählerisch zu sein, noch großen Wert darauf zu legen, die Männer, mit denen du Sex hast, gut zu kennen. Mit Raoul warst du schon nach zwei Tagen im *Fitnesskeller.* Zusammen mit Sina.« Mit ausdruckslosem Blick beobachtete er, wie sie unter seinen Worten zusammenzuckte. »Wie konnte ich da ahnen, dass es dir so wichtig ist, welcher Mann dich zu einer heißen Nacht einlädt?«

Sie spürte, wie ihr Tränen in die Augen stiegen, und bot ihre ganze Willenskraft auf, um sie zurückzudrängen. »Wenn das deine Meinung ist, hättest du erst recht nicht so tun müssen, als wärst du Raoul«, stieß sie mit heiserer Stimme hervor.

»Schau mich gefälligst richtig an, dann wirst du verstehen, warum ich es getan habe!«, schleuderte er ihr entgegen.

»Ich schaue dich an!«, schrie sie zurück und starrte ihm ins Gesicht, ohne auch nur mit der Wimper zu zucken. »Und ich sehe ein paar raue, rote Flecken. Nichts, was mir vor Ekel den Magen umdrehen würde, verdammt noch mal! Und schon gar keinen Grund, mir vorzumachen, du wärst Raoul, um dann in einem finsteren Hotelzimmer mit mir zu schlafen.«

»Er gibt vor, er wäre ich, nicht umgekehrt«, murmelte er und löschte nun doch die Deckenlampe, sodass das Zimmer nur noch von einer kleinen Wandleuchte in der Ecke erhellt wurde.

»Weil du es so willst. Weil du dich feige hinter deinem Bruder versteckst. So wie du es auch bei mir getan hast.« Sie ballte die Fäuste so fest zusammen, dass ihre Nägel sich schmerzhaft in die Handflächen bohrten.

Wie erbitterte Feinde standen Oliver und Joana einander gegenüber. Beide benutzten Worte wie Boxhiebe und nahmen die Schläge des Gegners aufrecht hin, denn sie waren geübt darin, ihre Verletzungen nicht zu zeigen.

Und doch, ging es ihr durch den Kopf, war das der Mann, mit dem sie eine leidenschaftliche Nacht verbracht und dessen Kuss noch vor wenigen Minuten ihr Begehren und ihre Sehnsucht nach mehr als nur Sex erneut geweckt hatte.

»Pah! Als würdest du dich nicht verstecken! Du hast mindestens so viel Angst vor Liebe und Nähe wie ich«, klagte er sie an und traf sie mit seiner Beschuldigung so zielsicher mitten ins Herz, dass sie unwillkürlich zusammenfuhr.

Verblüfft, wie leicht es ihm gelungen war, sie zu durchschauen und den Finger in die Wunde zu bohren, starrte sie ihn an. Doch alles hatte er nicht verstanden. Weil er sie so raffiniert hinters Licht geführt und vorgegeben hatte, ein anderer zu sein, würde sie ihm nie wieder vertrauen.

Dennoch hatte sie durch sein Schicksal gelernt, ihre Erfahrungen nicht auf alle Menschen, auf alle Männer, zu übertragen. Sie wollte nicht so sein wie er und sich ihr Leben lang vor Gefühlen verstecken. Immerhin das verdankte sie ihm.

»Nun ...«, begann sie und machte eine lange Pause, bevor sie zum letzten, alles entscheidenden Schlag ausholte. »*Ich* war bereit, mich noch einmal wirklich auf jemanden einzulassen, wenn ich auch glaubte, es ginge um einen anderen Mann. Die ganze Zeit dachte ich, Raoul hätte die Romane geschrieben, die mich so sehr berühren, und er wäre derjenige gewesen, mit dem ich die wunderbare Nacht verbracht habe. Nun stellt sich heraus, dass du es bist, für den ich so viel empfand. Du wirst verstehen, dass ich einem Mann, der mich willentlich hintergangen hat, nicht vertrauen kann. Dieses Wagnis werde ich nicht eingehen, ausgerechnet an dich zu glauben. Aber eins weiß ich jetzt – ich kann und will wieder einen Mann lieben und ihm vertrauen. Und wenn der Richtige kommt, werde ich es tun.« Herausfordernd sah sie ihm direkt in die Augen.

Er erwiderte ihren Blick ohne jedes Wimpernzucken. Und hätte sie nicht so genau hingeschaut, wäre ihr das schmerzliche Blinzeln entgangen. Das suchte er hinter dem dicken Glas zu verbergen, das sich scheinbar vor seine Pupillen gelegt hatte. Wie sehr auch er litt, es bereitete ihr eine gewisse Genugtuung, wenn er sich auch genauso wie sie bemühte, seine Qual zu verbergen.

Eine kleine Ewigkeit lang standen sie reglos da und schauten einander an. Das sanfte Blau, das sich in seiner Iris mit funkelndem Grün mischte, nahm Joana gefangen. Dagegen wehrte sie sich, weil sie es nur zu genau wusste: Was auch immer zwischen ihnen hätte anfangen können, war für immer verloren. Trotzdem vermochte sie sich nicht abzuwenden, musste ihn unentwegt ansehen. Vielleicht, um sich von einem Traum zu verabschieden, den sie mit ihm nicht erleben würde.

***

Unverwandt sah sie ihn an. Im hellen Grau ihrer Augen tanzten kleine silberne Punkte, wie Lichter im Nebel. Gab es doch noch Hoffnung? Plötzlich waren all die Empfindungen der vergangenen Tage wieder da. Das Gefühl, aus einem langen Schlaf zu erwachen, als er sie in dem kleinen Café zum ersten Mal gesehen hatte. All die Momente, in denen er ihr im verdunkelten Haus nahe gewesen war und sich danach gesehnt hatte, sie zu berühren. Einfach die Hand auszustrecken und ihr mit den Fingerspitzen über den nackten Arm zu streichen, über die Wangen und den zarten Hals. Und schließlich die Leidenschaft der gemeinsamen Nacht.

Wie eine hohe, alles verschlingende Welle schlugen die Gefühle über ihm zusammen. Die Angst verschwand, die kreisenden Gedanken kamen zur Ruhe, sein Körper vibrierte, als wäre die Luft mit Elektrizität aufgeladen.

Er packte sie bei den Schultern und zog sie mit einer einzigen energischen Bewegung an sich. So gut passte ihr schmaler

Körper in seine Arme, als wäre sie für ihn geschaffen. Das hatte er schon in jener verzauberten Nacht gefühlt und spürte es jetzt wieder. Die weichen Brüste, die sich an die festen Muskeln seines Oberkörpers schmiegten, ihr Atem an seinem Hals, ihr flacher Bauch, der sich an seinem Unterleib rieb …

Wie aus weiter Ferne hörte er sich stöhnen, während er den Kopf senkte und die Lippen auf ihren Mund presste. Heiß strömten ihre Atemzüge in seine Mundhöhle, als sie willig die Lippen öffnete. Fast schon vertraut begegneten sich ihre Zungen, spielten miteinander, tanzten leidenschaftlich und sehnsüchtig. Die Flammen schienen Oliver wie flüssiges Feuer zu überspülen, zu versengen.

Sekundenlang unterbrach er den Kuss, atmete tief durch und legte so sanft und zärtlich, wie er es trotz aller Leidenschaft auch empfinden konnte, seinen Mund wieder auf ihren. Streichelte mit der Zungenspitze unendlich sanft ihre Unterlippe und trank gierig ihren unterdrückten Seufzer.

Fast ohne sein Zutun glitten seine Hände an ihren Schultern entlang, streiften die zarte Vertiefung über ihrem Schlüsselbein und legten sich vorsichtig über ihre Brüste, deren harte Spitzen er durch den dünnen Stoff ihres Tops deutlich spürte. Schnell wie ein galoppierendes Pferd spürte er ihren Herzschlag. Auch in jener rauschhaften Nacht hatte er ihr Herz gefühlt. Während sie nackt in seinen Armen gelegen hatte. Wieder stieg ein Gefühl der Vertrautheit in ihm auf, die Empfindung, sie schon lange zu kennen …

Ihre Bewegung kam so plötzlich, dass er keine Möglichkeit mehr hatte auszuweichen. Ruckartig warf sie den Kopf in den Nacken, hob beide Arme und schlug seine Hände weg. Dann holte sie mit der Rechten aus und klatschte sie mit aller Kraft gegen seine Wange.

»Was fällt dir ein? Du … du … Wie kannst du nur?«, schrie sie mit schriller Stimme.

Stumm trat er einen Schritt zurück. Sein Gesicht brannte. Aber er würde sich nicht die Blöße geben, die schmerzende Wange zu betasten.

Sie wandte sich zur Tür um, und er dachte, sie würde gehen, doch mitten in der Bewegung hielt sie inne. »Wenn du es mir wenigstens am Morgen danach gesagt hättest«, flüsterte sie und berührte mit den Fingerspitzen ihre Unterlippe, als könnte sie seinen Kuss und vielleicht auch die Küsse jener Nacht dort noch fühlen.

»Alles wollte ich dir am Morgen sagen«, beteuerte er. »Wirklich.«

»Und warum hast du es nicht getan?« Der Nebel in ihren Augen verwandelte sich in Gewitterwolken, durch die Blitze zu zucken schienen.

Weil du nicht nur während unserer leidenschaftlichen Intimität, sondern auch hinterher im Schlaf Raouls Namen geflüstert hast.

Doch das würde er ihr nicht verraten. Es gab keinen Grund, sich noch mehr zu demütigen.

»Verstehst du nicht, dass …«, begann er.

»Verstehst *du* nicht, wie schlimm es sich für eine Frau anfühlt, wenn sie die Tatsachen einer solchen Situation begreift? Unter falschen Voraussetzungen wurde ich von einem Mann in einen dunklen Raum gelockt, wo er Sex mit mir hatte, um danach ohne ein Wort wieder zu verschwinden.«

Angesichts der Wut, hinter der sie ihre Verletztheit versteckte, spürte er, wie sich seine Kehle verengte. Mühsam schluckte er, ein eiskalter Schauer lief über seinen Rücken. »Du warst wegen der Romane in Raoul verliebt, nicht wahr?«, erkundigte er sich schließlich.

Zögernd nickte sie.

»Und war es mit ihm so wie in den Romanen?«, fuhr er fort und spürte eine neue Hoffnung in sich aufsteigen. Er hatte versucht, es ihr in einigen Szenen seines neuen Romans begreiflich zu machen. Hatte sie ihn nicht verstanden?

Wieder dauerte es eine Weile, bis sie antwortete. »Nein«, wisperte sie fast unhörbar. Mit trotzig geschürzten Lippen fügte sie hinzu: »Das habe ich auch gar nicht erwartet.«

Oliver ließ sich von ihrem Nachsatz nicht aus dem Konzept bringen. »Und unsere Nacht? Hat sie dich an das erinnert, was ich in meinen Romanen geschildert habe?«

»Nein, sie erinnert mich nur an meinen Sex mit jemandem, den ich nicht kannte.« Wieder schienen Blitze im Gewitterhimmel ihrer Augen zu glitzern.

»Du kennst Raoul wahrscheinlich viel weniger als mich«, stellte er traurig fest. Begriff sie nicht, dass er für sie einen Teil seines Innersten in die Romanszenen gelegt hatte, die sie in der roten Mappe finden sollte?

»Wen von euch beiden ich kenne – darum geht es nicht. Obwohl ich tatsächlich gedacht hätte, weil ich deine Romane kenne, würde ich auch ein bisschen von dir kennen. Aber so scheint es nicht zu sein.« Nun wandte sie sich endgültig zur Tür.

Bedrückt verschränkte er die Arme vor der Brust, direkt über dem Schmerz, der ihn schon so lange peinigte. Zum zweiten Mal verließ ihn eine Frau, von der er geglaubt hatte, sie könnte ihn vielleicht lieben. Joana war wütend auf ihn, zu Recht, denn er hatte einen unverzeihlichen Fehler begangen. Oder gab es noch eine Chance für sie und ihn? Der Kuss eben …

Wenn sie mich tatsächlich so sehr verabscheut, hätte sie ihn nicht so leidenschaftlich erwidert.

»Ich nehme an, es spielt auch keine Rolle, dass ich es dir heute sagen wollte und nicht mehr dazu gekommen bin, weil du es vorher begriffen hast?«, fragte er.

Statt zu antworten, ging sie entschlossen zur Tür.

Mit zusammengekniffenen Augen starrte er ihren Rücken an. »Reist du ab? Wir haben die Arbeit an meinem Roman noch nicht beendet.«

Im Türrahmen blieb sie stehen und drehte sich langsam wieder zu ihm um. »Darüber muss ich noch nachdenken.«

Dann verschwand sie endgültig.

* * *

Als sie in die Villa zurückkehrte, fiel aus der offenen Küchentür Licht in den Flur. Ob Tilda Westen noch hier war? Zögernd reckte Joana den Kopf um die Ecke. Doch es war Sina, die allein am Küchentisch saß, vor sich eine Tasse Tee, die nicht mehr dampfte.

Hastig wollte Joana sich zurückziehen, doch Sina hatte sie bemerkt und rief ihren Namen.

»Ja?« Joana stand gewiss nicht der Sinn danach, sich mit Sina zu unterhalten. Und falls es um einen Plan für einen neuen Dreier ging, kannte sie ihre Antwort schon jetzt.

Als sie an den Tisch trat und Sina den Kopf hob, sah Joana, dass die junge Frau geweint hatte. Das passte gar nicht zu ihr.

»Ist etwas passiert?«, fragte sie erschrocken.

»Eigentlich nicht«, flüsterte Sina. »Wenn man davon absieht, dass ich euch gehört habe.«

»Wen hast du gehört? Oliver und mich?« Welchen Grund hatte Sina, Oliver wegen zu weinen? Joana hatte niemals den Eindruck gewonnen, Raouls Geliebte wäre an Oliver interessiert.

Als die junge Frau nur stumm den Kopf schüttelte, ließ Joana sich ihr gegenüber auf einen Stuhl sinken.

»Kann ich dir irgendwie helfen?«, erkundigte sie sich hilflos.

Über Sinas blasse Wangen liefen schon wieder Tränen. Joana stand auf, holte ein Stück Küchenkrepp und drückte es ihr in die Hand.

»Du warst bei Raoul im Bad, als er unter der Dusche stand«, stieß Sina hervor, nachdem sie mit dem Papiertuch ihr Gesicht abgewischt hatte.

»Ja?« Wieso störte sich Sina plötzlich daran? Immerhin war sie es gewesen, die Joana vor wenigen Tagen noch zum Sex zu dritt mit Raoul aufgefordert hatte. »Ich habe an Raoul kein Interesse mehr, falls es das ist, was dir Sorge bereitet«, fügte sie hinzu, als Sina schweigend dasaß und das Papier zwischen ihren Fingern zerknüllte.

»Darum geht es nicht.« Aus rotgeränderten Augen schaute Sina sie an.

»Inzwischen weiß ich Bescheid über den Rollentausch zwischen Raoul und Oliver«, fuhr Joana fort. »Und nun verstehe ich auch, weshalb du die Romane nicht lesen musst, wenn du mit Raoul zusammen sein und ihn verstehen willst.« Es bereitete ihr eine gewisse Genugtuung, Sina zu erklären, auch sie sei endlich eingeweiht.

»Ich weiß gar nicht mehr, ob ich mit Raoul zusammen sein will.« Trotzig verzog Sina die Lippen, ihre Tränen waren versiegt. »Was er im Bad zu dir sagte, habe ich gehört. Und das war … Es war so, als würde mir jemand endlich die rosarote Brille abnehmen, mit der ich ihn die ganze Zeit gesehen habe.«

»Was meinst du denn? Was hat er gesagt?« Forschend sah Sina der traurigen jungen Frau ins Gesicht.

»Er hat gesagt: ›Dann schick mir eben Sina.‹ Weil du nicht zu ihm unter die Dusche kommen wolltest. Wie seine Stimme bei diesen Worten klang … So schrecklich war es, das zu hören. Ich dachte immer, ich wäre es, an der ihm etwas liegt, und mit anderen Frauen hätte er einfach nur Sex. Aber das stimmt nicht. Mit mir hat er auch nur Sex. An keiner liegt ihm etwas. Auch nicht an dir.«

»Natürlich liegt ihm nichts an mir«, stimmte Joana ihr hastig zu. »Aber mit dir ist er doch schon sehr viel länger zusammen. Er kauft dir teure Kleider und …«

»Diese Kleider kann er sich sonst wohin stecken«, fiel Sina ihr ins Wort. In ihren Augen funkelte helle Wut. »Ich will keine Kleider, ich will einen Mann, der mich achtet und liebt! Immer habe ich gedacht, wenn ich tolerant bin und Raouls Spiele mitmache, wenn ich ihm sogar andere Frauen besorge, bin ich die Einzige, die Besondere für ihn. Wie konnte ich nur so blöd sein!« Geräuschvoll schnaubte sie in das zerknüllte Küchenpapier.

»Am besten redest du mit ihm«, schlug Joana vor und berührte vorsichtig den Arm der jungen Frau. Plötzlich betrachtete sie Sina mit anderen Augen. Bisher hatte sie eine kühle, berechnende Person in ihr gesehen, doch nun erkannte sie Sinas Verletzlichkeit, ihre Sehnsucht nach Liebe.

»Was soll das ändern?« Verächtlich verzog Sina den Mund. »Für ihn ist es einfach nur praktisch, mich im Haus zu haben. Vor knapp zwei Jahren bin ich als Haushälterin hierhergekommen. Es hat keine vier Wochen gedauert, bis ich Raouls Geliebte wurde. Heute wundere ich mich, dass er so viel Zeit hat verstreichen lassen. All die Monate habe ich seitdem gehofft, die Sache zwischen uns könnte irgendwie verbindlicher werden. Ich habe mir eingeredet, dass wir eine feste Beziehung haben und ich so etwas wie seine Freundin bin. Trotz all der anderen Frauen. Aber das ist Quatsch. Totaler Quatsch! Ich bin nur eine von vielen. Genau das ist es, was ich bin, und nichts anderes, gar nichts anderes!«

Mit einem energischen Ruck schob Sina ihren Stuhl nach hinten und stand auf. Sie schüttete den kalten Tee ins Spülbecken und wandte sich dann wieder zu Joana. »Danke fürs Zuhören.«

Joana nickte. Verblüfft schaute sie der jungen Frau nach, die zur Tür eilte, plötzlich wieder so kühl und selbstbewusst wie eh und je.

Als Sina verschwunden war, machte Joana sich auf den Weg nach oben, um zu Bett zu gehen, obwohl sie wahrscheinlich keinen Schlaf finden würde. Denn sie musste einen Entschluss fassen. Bevor es wieder hell wurde, musste sie wissen, ob sie abreisen oder hierbleiben wollte, um gemeinsam mit Oliver die Arbeit an seinem neuen Roman zu beenden.

15. KAPITEL

Joana starrte auf den Ausdruck des überarbeiteten zweiten Kapitels und klopfte sich mit dem Ende des Kugelschreibers gegen die Unterlippe. Was für ein ausgezeichneter Schriftsteller Oliver war! Aus einem Text, in dem Zärtlichkeit und Leidenschaft mitschwangen, hatte er etwas gemacht, gegen das man wehrlos war. Zumindest *sie* konnte die Gefühle nicht bekämpfen, die bei der mitreißenden Lektüre ihr Herz erfüllten.

Nach einer fast schlaflosen Nacht war sie vorgestern Morgen mit der Absicht aufgestanden, sich professionell zu verhalten und die angefangene Arbeit zu beenden. Nach dem Frühstück hatte sie Oliver ihre Entscheidung mitgeteilt. Wortlos hatte er genickt und ihr wenig später persönlich eine rote Mappe mit einem neuen Ausdruck überreicht.

»Am besten arbeitest du unten am großen Esstisch«, hatte er ihr vorgeschlagen und sie ausdruckslos angeschaut. »Wenn ich eine Frage zu einer deiner Anmerkungen habe, kann ich zu dir kommen. Und dort haben wir auch beide Platz, wenn wir einen längeren Abschnitt gemeinsam durchgehen wollen.«

Tatsächlich verlief die Überarbeitung des Romans so, wie sie es sich von Anfang an vorgestellt hatte. Mehrmals täglich saßen sie nebeneinander, beugten die Köpfe über die auf dem Tisch verstreuten Blätter und diskutierten über die beste Formulierung, die Gefühle und Eigenarten der Figuren und die erotischen Szenen. Letzteres fiel ihr nicht leicht, aber es gehörte nun einmal zu ihrem Job.

Oliver wirkte ruhig und selbstsicher, und er verhielt sich, als wäre nie etwas zwischen ihnen vorgefallen. Jetzt schien es ihm nicht einmal mehr etwas auszumachen, wenn das Sonnenlicht durch die Fenster mitten in sein Gesicht fiel. Offenbar war es ihm inzwischen gleichgültig, was Joana über ihn dachte und ob sie die geröteten, rauen Stellen an seinen Wangen und seinem Hals hässlich oder gar ekelhaft fand. Allmählich gewann sie den Eindruck, er wäre nur mehr an seinem Roman interessiert, der so gut wie möglich werden sollte.

An diesem Vormittag saßen sie schon seit mehr als zwei Stunden dicht nebeneinander. Manchmal berührten sich ihre Schultern. Dann zuckte Joana zurück, während eine heiße Welle ihre Adern durchlief. So fest sie auch entschlossen war, sich fortan von diesem Mann fernzuhalten – ihr Körper erinnerte sich immer noch an die Lust, die Oliver ihr in einer samtschwarzen Nacht geschenkt hatte.

Plötzlich wurde ihr klar, dass er ihr eine Frage gestellt hatte und offenbar auf ihre Antwort wartete.

»Wie bitte?« Sie wandte den Kopf zur Seite, schaute ihm direkt in die türkisfarbenen Augen und musste sofort wieder wegsehen, weil sie das Gefühl hatte, er würde tief in ihre Seele eindringen. So wie er in ihren Körper getaucht war, sanft und heiß und leidenschaftlich.

Glücklicherweise blieb seine Miene unbewegt und die unsichtbare Mauer, die er zwischen sich und ihr errichtet hatte, unüberwindlich.

»Ich habe gefragt, ob ich in etwa richtig beschrieben habe,

was eine Frau bei ihrem Orgasmus empfindet?« Seine Stimme klang so gleichmütig, als würde er über das Wetter reden.

Joana schnappte nach Luft und spürte, wie ihre Wangen zu glühen anfingen. Gewaltsam verdrängte sie den Gedanken an das dunkle Hotelzimmer, wo er sie während mehrerer ekstatischer Höhepunkte in seinen Armen gehalten und sie in jenen Momenten gespürt und ihr Stöhnen gehört hatte. Sie räusperte sich und öffnete den Mund. Doch es gelang ihr erst im zweiten Anlauf, mit steifen Lippen zu antworten. Dabei starrte sie auf den Text hinab, der vor ihr lag. »Ich glaube, das ist bei jeder Frau ein bisschen anders«, murmelte sie.

»Trotzdem wäre es hilfreich zu erfahren, ob du dich in dieser Szene wiedererkennst.« Gelassen schaute er ihr in die Augen, und sie ertrug seinen Blick höchstens eine Sekunde lang, bevor sie sich abwandte.

»Ich empfinde es etwas anders«, gestand sie mit leiser Stimme. »In dieser Szene beschreibst du, wie Alexander durch – äh – eine Stimulation mit den Fingern Liliana einen Orgasmus verschafft. Mir erscheint es ein bisschen seltsam, dass sie dabei ebenso heftig reagiert wie später, als sie richtig miteinander – schlafen.« Wieder musste sie sich räuspern.

»Macht es so einen großen Unterschied für dich, ob du gestreichelt wirst oder der Mann in dich eindringt?« Ganz kühl und sachlich stellte er ihr diese Frage und griff dabei nach einem der herumliegenden Stifte.

»Beim richtigen Sex ist es tiefer, intensiver, näher.« Sie bemühte sich, ebenso kühl zu wirken wie Oliver. Geschäftsmäßig und rein informativ, obwohl die Innenseiten ihrer Schenkel kribbelten und ihre Wangen schon wieder brannten. »Da spürt man es im ganzen Körper. Wenn ich den Mann nicht in mir fühle, ist es so ähnlich wie ein sehnsüchtiges Ziehen. Dann wünsche ich mir beim Höhepunkt, ihn in mir zu spüren. Das solltest du versuchen, in dieser Szene auszudrücken.« Sie rang nach Luft, weil sie bei ihrer langen Rede unbewusst den Atem angehalten hatte.

»Danke«, murmelte er, beugte sich über den Tisch und machte sich Notizen.

Joana starrte auf seine Hände hinunter und glaubte seine zärtlichen Fingerspitzen wieder auf ihrem Körper zu spüren, auf ihren Brüsten, ihrem Bauch und ihren Schenkeln. Warm und sanft und unfassbar erregend. Ihre Kehle wurde eng, und sie musste krampfhaft schlucken.

»So, das war's dann erst einmal.« Oliver raffte seine Notizen und die auf dem Tisch verstreuten Manuskriptseiten zusammen und stand auf. »Jetzt machst du auch besser Schluss und packst deine Sachen.«

Erstaunt hob sie den Kopf. »Willst du damit sagen, dass wir fertig sind? Das war doch erst das zweite Kapitel, und ...« Der Gedanke, womöglich noch heute die Villa verlassen zu müssen, erzeugte Erleichterung und eine leise Traurigkeit in ihrer Brust. Auch wenn es ihr schwerfiel, sich das einzugestehen – zwischen Oliver und ihr hätte etwas Wundervolles entstehen können, doch sie hatten es zerstört. Es gab keine Chance mehr. Wenn sie fortging, würden sie sich nie wiedersehen.

»Nein, nein«, unterbrach er sie lächelnd. »Wir sind noch lange nicht fertig mit unserer gemeinsamen Arbeit. Aber wir müssen sie woanders beenden. Hier beginnen morgen Renovierungsarbeiten. Das ist schon lange geplant. Bei dem Lärm, den die Handwerker machen werden, können wir wahrscheinlich keinen klaren Gedanken fassen. Deshalb fahren wir zu unserem Ferienhaus in den Bergen.«

»Aha«, flüsterte sie erstaunt und fragte sich, warum er ihr das erst jetzt erklärte. Damit sie keine Zeit zum Überlegen fand? »Kommen Sina und Raoul auch mit?«, erkundigte sie sich misstrauisch.

»Nein. Die beiden müssen keinen Roman beenden. Und wenn sie nicht mitkommen, haben wir außerdem mehr Ruhe. In unserem Chalet in den Bergen ist nicht so viel Platz wie hier.« Oliver lächelte so harmlos, dass ihr Argwohn erwachte.

Dennoch schwieg Joana. Sie mochte nicht genug Vertrauen zu ihm haben, um eine Beziehung mit ihm zu führen, vertraute ihm aber genug, um zu wissen, dass er sich niemals mit Gewalt nehmen würde, was sie ihm nicht freiwillig gab.

»Volker wird gegen sechzehn Uhr vorfahren, und es wäre schön, wenn du dann fertig bist«, beendete Oliver die Unterhaltung und verschwand in die Richtung der Terrassentür.

Auf halber Treppe in den ersten Stock hinauf begegnete sie Sina, die einen großen Koffer die Stufen hinunterschleppte. »Fährst du doch mit in die Berge?«, erkundigte Joana sich erstaunt.

Aus verweinten Augen sah Sina sie an und stellte ihr Gepäck ab. »In welche Berge?«

»Oliver und ich fahren heute Nachmittag zum Ferienhaus in den Bergen. Wegen der Renovierungen und des Lärms. Weißt du nichts davon?«

»Wie? Nein, ich fahre nicht mit. Ich habe gekündigt und ziehe aus.«

Verblüfft starrte Joana die Frau an, die noch vor wenigen Tagen so kühl und selbstsicher auf sie gewirkt hatte. »Hast du mit Raoul gesprochen und ihm gesagt, was du empfindest?«

»Ja. Und er versteht offenbar gar nicht, was ich überhaupt will. Also gehe ich. Viel zu lange bin ich hiergeblieben und habe mir etwas vorgemacht!« Mit einem Ruck hob Sina ihren Koffer vom Treppenabsatz hoch und setzte ihren Weg nach unten fort.

»Alles Gute!«, rief Joana ihr nach, doch sie hörte keine Antwort.

* * *

Drei Stunden später saß Joana neben Oliver auf dem weich gepolsterten Rücksitz der großen schwarzen Limousine. Am Vortag war das Wetter unerwartet umgeschlagen, nun trommelte heftiger Regen aufs Autodach, und die Scheibenwischer kamen kaum gegen die Wassermassen an, die vom Himmel fielen.

Oliver tippte seit der Abfahrt unablässig auf seinem Notebook herum. Für Joana gab es momentan keine fertigen Texte zur Durchsicht, also schaute sie aus dem Fenster und hing ihren Gedanken nach. Sie hatten die Stadt hinter sich gelassen.

Jetzt glitten sie durch eine grüne Landschaft, über der sich ein perlgrauer Himmel spannte. Das Rauschen des Regens und das sanfte Licht wirkten so beruhigend auf Joana, dass ihre Lider immer schwerer wurden. Schließlich schlief sie ein.

* * *

»Wir sind da.«

Als Joana die Augen wieder aufschlug, schaute sie direkt in ein Meer aus Türkis, in dem kleine goldene Inseln funkelten.

»Fast vier Stunden lang hast du geschlafen.« Lächelnd reichte Oliver ihr die Hand, um ihr aus dem Wagen zu helfen. Volker trug bereits das Gepäck ins Haus.

Sofort war sie hellwach. Mit steifen Gliedern stieg sie aus der Limousine, dann blieb sie neben dem Auto stehen und sah sich neugierig um. Es hatte zu regnen aufgehört. Milchig und hellgelb wie ein Käselaib hing die Sonne zwischen zwei Berggipfeln.

Das Ferienhaus, zu dem eine schmale, holprige Straße führte, war aus hellem Holz gebaut. Mit seinen grünen Fensterläden, einem tief heruntergezogenen Satteldach und einem Balkon, der um den ganzen ersten Stock herumzuführen schien, thronte es auf einem Berg, umgeben von noch weitaus höheren Gipfeln.

Vermutlich hatte man durch sämtliche Fenster des geräumigen Hauses eine herrliche Aussicht ins Tal und konnte gleichzeitig den Anblick des majestätischen Gebirges genießen.

»Wie schön!«, rief Joana. »Wo ist denn der nächste Ort?«

»Ungefähr sechs, sieben Kilometer entfernt. Hier haben wir wirklich unsere Ruhe.« Oliver lächelte sie an und bückte sich dann, um die Tasche mit seinem Notebook aus dem Wagen zu nehmen.

Volker kam aus dem Haus und reichte seinem Chef einen Schlüsselbund.

»Wie kommen Sie denn jetzt wieder nach Hause, Volker?«, erkundigte Joana sich. »Oder bleiben Sie hier?«

»Volker nimmt das Auto mit, weil Raoul es in der Stadt braucht«, antwortete Oliver anstelle des Chauffeurs. »Nächste Woche hat er mehrere Lesungstermine.«

»Aber er hat doch einen eigenen Wagen«, wandte Joana ein. Plötzlich spürte sie ihren Herzschlag bis in die Kehle. »Wie sollen wir denn von hier wegkommen? Du hast doch gesagt, das nächste Dorf sei einige Kilometer entfernt, und dort gibt es wahrscheinlich nicht einmal einen Bahnhof. Außerdem müssen wir Lebensmittel besorgen, und …«

»Nun mache ich mich besser auf den Weg.« Volker tippte an seine Mütze und setzte sich hinters Steuer. Dann verschwand die schwarze Limousine hinter der nächsten Kurve, bevor Joana sich vorstellen konnte, was genau es bedeuten mochte, wenn man in dieser Einöde kein Auto zur Verfügung hatte.

»Für die nächsten zwei Wochen gibt es genug zu essen im Haus«, versicherte Oliver. »Und wenn ein Notfall eintritt, rufen wir die Bergwacht an. Außerdem können wir die paar Kilometer ins Dorf gut zu Fuß zurücklegen. Komm, ich zeige dir das Haus.« Ohne sich um Joanas Verblüffung zu kümmern, ging er zur Tür, und ihr blieb nichts anderes übrig, als ihm zu folgen.

Dicht hinter ihm betrat Joana das im typischen Schweizer Stil gebaute Haus. Die Eingangstür führte direkt in ein großes holzgetäfeltes Wohnzimmer mit mehreren Sitzecken und einem Esstisch. Ein offener Türbogen gab den Blick in eine geräumige Landhausküche frei.

»Wer sorgt denn hier fürs Essen?«, erkundigte sie sich. »Ich bin keine besonders gute Köchin, aber ein paar einfache Gerichte wie Spaghetti oder Bratkartoffeln mit Spiegelei würde ich hinkriegen.« In der Villa erledigten mehrere Frauen die Hausarbeiten. Vielleicht kam eine Einheimische aus dem Dorf zum Kochen und Putzen hierher. Das hätte Joana ein wenig erleichtert, denn es war ein seltsamer Gedanke, tage- oder möglicherweise wochenlang ganz allein mit Oliver in dieser einsamen Gegend zu leben.

»Kein Problem, ich kann kochen«, erklärte er so lässig, als wäre das selbstverständlich. »Wenn du Lust hast, kannst du mir ein bisschen helfen, zum Beispiel das Gemüse putzen und schneiden.«

»Prima. Da könnte ich vielleicht noch was lernen«, murmelte sie und folgte ihm zur Treppe. »Wie lange werden die Renovierungsarbeiten in der Villa voraussichtlich dauern?«, fragte sie hoffnungsvoll, während sie hinter ihm die Stufen hinaufstieg. »Meinst du, wir können uns in ein paar Tagen wieder abholen lassen? Oder bleiben wir hier, bis wir mit dem Roman fertig sind?«

»Ach, die Handwerker werden ein paar Wochen brauchen. Da gibt es einiges zu tun. Bis dahin haben wir unsere gemeinsame Arbeit sicher längst beendet.« Er sagte das so leichthin, als wäre es ihm völlig egal, wie lange er mit ihr hierbleiben musste. Nun, vielleicht war es ihm tatsächlich gleichgültig.

Nach einem unterdrückten Seufzer folgte sie ihm weiter die Treppe hinauf. Sein Hintern in den engen Jeans sah durchaus appetitlich aus. Da sie ihn so lange nur im Dämmerlicht gesehen hatte, entdeckte sie immer wieder etwas Neues an ihm.

Hastig senkte sie den Kopf und schaute auf die Stufen. *Das interessiert mich nicht! Ich will so bald wie möglich weg von hier. Und wenn ich das geschafft habe, will ich diesen Mann nie wiedersehen.*

»Da ist dein Gepäck.« Oben angekommen, deutete Oliver auf ihren Koffer und ihre kleine Reisetasche, die Volker mitten im breiten Flur abgestellt hatte. »Du kannst dir eines der freien Zimmer aussuchen. Sämtliche Räume sind immer bezugsfertig. Eine Frau aus dem Dorf macht hier regelmäßig sauber, wenn wir nicht da sind.«

»Und wo ist das Bad?«, erkundigte sie sich, weil sie inzwischen ein dringendes Bedürfnis verspürte.

»Jedes Zimmer hat sein eigenes Bad.«

»Klar hat jedes Zimmer ein Bad. Wie konnte ich vergessen, dass ich von Luxus umgeben bin!« Plötzlich war sie schlecht gelaunt. Sie wollte nicht tagelang allein mit Oliver in diesem Haus wohnen. Aber wahrscheinlich blieb ihr nichts anderes übrig.

Ohne auf ihre Zickerei einzugehen, öffnete er eine der vorderen Türen im Flur. »Hier schlafe ich.«

Sie erhaschte einen Blick in ein großes Zimmer mit Fenstern, die vom Boden bis zur Decke reichten und eine herrliche Aussicht auf die Berge boten. Das riesige Bett stand auf einem Podest, sodass man wahrscheinlich beim Aufwachen den Himmel sah.

Im Türrahmen blieb er stehen und musterte sie. »Vielleicht nimmst du das Zimmer nebenan?«

»Ich denke, ich kann mir eins aussuchen?« Sie wusste selber, dass sie sich wie ein verzogenes kleines Mädchen benahm, doch das war ihr in diesem Moment egal. Wieso musste er sein Haus ausgerechnet jetzt renovieren lassen? Natürlich wusste sie, dass solche Dinge üblicherweise lange Zeit im Voraus geplant wurden, aber sie *wollte* jetzt ungerecht sein.

Es war ja auch ungerecht, dass sie hier mutterseelenallein mit dem Mann festsaß, den sie einerseits immer noch begehrte, zu dem sie aber andererseits jeden näheren Kontakt vermeiden wollte.

Entschlossen ergriff sie ihren Koffer und die Reisetasche und marschierte zu einer Tür ganz am Ende des Flurs, möglichst weit von seinem Zimmer entfernt. »Ich nehme das hier!«

Schwungvoll riss sie die Tür auf und starrte verdutzt in eine Besenkammer, in der jede Menge Putzzeug, Eimer, Besen und ein Staubsauger standen.

Auch das noch! Wütend knallte sie die Tür wieder zu und drehte sich zu Oliver um, der seine Arme vor der Brust verschränkt hatte, am Türrahmen seines Zimmers lehnte und sie amüsiert beobachtete.

»Warum sagst du denn nichts?«, fauchte sie ihn an.

»Versuch es ruhig weiter. Das ist die einzige Besenkammer hier oben. Ich schlage vor, wir treffen uns in einer Stunde in der Küche und bereiten gemeinsam das Abendessen vor.« Er grinste sie an und verschwand in seinem Zimmer.

Tatsächlich fand Joana hinter der nächsten Tür ein großes, luxuriös eingerichtetes Schlafzimmer mit einem ebenso spektakulären Ausblick auf die Berge, wie Oliver ihn in seinem Raum genoss.

Zunächst benutzte sie die Toilette, dann packte sie den Koffer und die Reisetasche aus, verstaute ihre Sachen im Kleiderschrank und im Bad. Danach ließ sie sich seufzend auf das breite, weiche Doppelbett fallen, von dem aus sie wirklich und wahrhaftig beobachten konnte, wie die inzwischen rötlich angehauchte Sonne hinter einem Berggipfel versank.

***

Als sie die Augen wieder öffnete, war es fast finster im Zimmer, und der Himmel schimmerte in einem düsteren, nebligen Perlmutt, vor dem sich die zerklüfteten Berggipfel wie schwarze Riesen erhoben.

Neben ihrem Bett stand eine dunkle, hochgewachsene, breitschultrige Gestalt.

Schreiend richtete sie sich auf und presste eine Hand auf ihr heftig pochendes Herz.

»Pst, ich bin es nur. Ich wollte dich nicht erschrecken.«

Mit einem solchen »Pst« hatte Oliver sie im verdunkelten

Hotelzimmer zum Schweigen gebracht. Deshalb erkannte sie seine Stimme. Sofort schlug ihr Herz noch schneller.

»Was willst du hier?« Sie griff nach einem der Kissen und hielt es schützend vor ihre Brust.

»Du hast auf mein Klopfen nicht reagiert«, rechtfertigte er sein Eindringen in ihr Zimmer. »Inzwischen habe ich etwas gekocht, aber du bist nicht aufgetaucht – weder zum Gemüseputzen noch zum Essen. Jetzt ist alles schon fast kalt.«

»Tut mir leid, ich muss eingeschlafen sein.« Sie strich sich die zerzausten Haare aus der Stirn und ließ ihn dabei nicht aus den Augen. Im schwachen Dämmerlicht waren nur gerade eben seine Umrisse zu erkennen – diese Situation erschien ihr vertraut.

»Du hast unterwegs im Auto schon fast vier Stunden geschlafen. Ist alles in Ordnung mit dir?« Seine Stimme klang ernsthaft besorgt.

»Ja. Natürlich. Ich habe während der vergangenen Nächte nicht viel Schlaf bekommen. Wahrscheinlich lag es auch an der ruhigen Atmosphäre hier und an der Luftveränderung, dass ich plötzlich so müde war.«

»Möchtest du noch etwas essen? Wir können etwas in der Mikrowelle wärmen.«

»Nein. Vielen Dank. Ich glaube, ich schlafe einfach weiter. Bis zum Frühstück halte ich durch.« Der Gedanke, in dem leeren, stillen Haus allein mit ihm am Tisch zu sitzen, bereitete ihr ein seltsames Unbehagen.

»Wie du möchtest. Dann gute Nacht.« Geräuschlos glitt sein dunkler Schatten durchs Zimmer, dann hörte sie, wie er von draußen die Tür hinter sich schloss.

Erst jetzt knipste sie die Lampe neben ihrem Bett an und

fragte sich, warum sie kein Licht gemacht hatte, während Oliver hier gewesen war. Vielleicht aus alter Gewohnheit.

Sie zog sich aus, ging ins Bad, putzte ihre Zähne und kroch wieder ins Bett.

Nachdem sie das Licht erneut gelöscht hatte, fiel ihr ein, dass sie die Tür hätte versperren können. Doch sie wusste, er würde nicht wiederkommen, und deshalb ersparte sie sich die Mühe, noch einmal aufzustehen. Stattdessen drehte sie sich zur Seite und schlief innerhalb weniger Sekunden wieder ein.

16. KAPITEL

Die Nacht war schwül, als wäre nach zwei Regentagen mit dem Sonnenuntergang die Hitze des Sommers zurückgekehrt. In der Luft lag ein elektrisches Knistern, und irgendwo hinter den Bergen grollte leiser Donner. Oliver hob den Kopf von seinem Kissen und lauschte in die Stille des Hauses. Von Joana war nichts zu hören, sie schien trotz des Gewitters tief zu schlafen.

Während er noch überlegte, ob er nach unten gehen sollte, um ein Glas Wasser zu trinken, begann das Telefon neben seinem Bett zu läuten. Erstaunt knipste er das Licht an und schaute erst zur Uhr, bevor er einen Blick aufs Display des Telefons warf.

»Raoul? Ist etwas passiert? Es ist weit nach Mitternacht.«

Eine Weile blieb es still am anderen Ende der Leitung. »Ich brauche jemanden, mit dem ich reden kann«, erklärte sein Bruder dann mit merkwürdig gepresster Stimme.

Alarmiert richtete Oliver sich auf. Normalerweise machte Raoul sich niemals solche Sorgen, dass er jemandem sein Herz ausschütten musste. Im Gegensatz zu seinem Bruder neigte er nicht zum Grübeln. Er traf seine Entscheidungen spontan, lebte mit seinen Fehlern und hatte etwaige Rückschläge schon am nächsten Tag vergessen. Umso irritierender war es, mitten in der Nacht von ihm einen Anruf wie diesen zu erhalten.

»Was ist denn los, um Himmels willen?«, fragte Oliver.

»Sina hat mich verlassen.« Das klang sehr bedrückt und so traurig, wie Oliver seinen Bruder lange Zeit nicht erlebt hatte.

»Eigentlich dachte ich immer ... Ich hatte den Eindruck gewonnen, du hättest eine eher lockere Beziehung mit ihr. Zwischendurch gab es jede Menge andere Frauen, was sie offenbar nicht störte. Hat sie denn gesagt, warum sie gegangen ist?«

Abgesehen davon, dass Sina einen Arbeitsvertrag mit einer gewissen Kündigungszeit unterschrieben hatte ... Doch das wollte Oliver jetzt nicht erwähnen.

»Sie fühlte sich von mir nicht respektiert.«

Oliver spürte die Ratlosigkeit seines Bruders. Ihm selber fiel es nicht sonderlich schwer zu verstehen, was Sina fortgetrieben hatte. »Offenbar hast du ihre Gefühle verletzt.«

»Aber womit? Und warum ist sie gerade jetzt gegangen? Sie hat selber vorgeschlagen, eine zweite Frau dazu zu holen. Und sie hat Joana gefragt ...«

Bei dem Gedanken daran, dass sein Bruder Joana wie all die anderen Frauen benutzt hatte, stieg helle Wut in Oliver auf. Obwohl er nach der Geschichte mit dem verdunkelten Hotelzimmer wahrscheinlich kein Recht zu seiner Entrüstung hatte. Allerdings waren seine Beweggründe – und seine Gefühle – ganz andere gewesen.

»Du benutzt die Frauen«, warf er Raoul vor. »Du hast Sina benutzt. Und was hast du dir eigentlich dabei gedacht, auch Joana in deine Sexspiele einzubeziehen?« Plötzlich wurde ihm viel zu heiß unter der leichten Bettdecke, und er warf sie zur Seite.

»Dazu habe ich sie nicht gezwungen«, verteidigte sich Raoul.

»Aber du wusstest, dass ich an ihr interessiert bin.« Noch vor wenigen Tagen hätte Oliver das niemals offen eingestanden, nicht einmal sich selbst.

»Ja. Und du hast absolut nichts getan, um ihr das zu zeigen. Ich dachte, wenn du eifersüchtig auf mich bist, tust du endlich mal was.«

»Willst du etwa behaupten, du hattest meinetwegen Sex mit ihr? Sozusagen als gute Tat?« Oliver ballte die Hände. Wäre sein Bruder im selben Zimmer gewesen, hätte er sich wahrscheinlich sehr zusammennehmen müssen, um ihn nicht niederzuschlagen.

»Das hielt ich für einen durchaus wünschenswerten Nebeneffekt.« Normalerweise hätte Raoul an dieser Stelle gelacht, doch seine Stimme klang immer noch ernst. Die Trennung von Sina musste ihm wirklich zu schaffen machen.

»In Zukunft lässt du die Finger von Joana«, befahl Oliver und fuhr im selben strengen Ton fort: »Was gedenkst du zu tun, um Sina zurückzuholen?«

»Keine Ahnung. Deshalb telefoniere ich ja mit dir.« Dieses Geständnis hörte sich fast kläglich an. »Soll ich ihr versprechen, ich würde sie in Zukunft mehr respektieren?«

»So ungefähr. Ich denke, sie will die einzige Frau in deinem Leben sein. Und in gewisser Weise ist sie das jetzt schon, sonst wärst du wegen ihres Auszugs nicht so schmerzlich getroffen, sondern würdest dich einfach mit einer anderen trösten.«

»Ich will keine andere Frau, ich will Sina.«

»Dann sag ihr das. Lange genug hat sie darauf gewartet und deine Spiele mitgespielt, denke ich.« Es kam selten vor, dass Oliver den großen Bruder herauskehrte, aber dies war eine Gelegenheit, bei der es offenbar erforderlich und erwünscht war.

Jetzt lachte Raoul doch leise, und Oliver atmete erleichtert auf.

Als sein jüngerer Bruder fortfuhr, klang seine Stimme schon viel fröhlicher. »Dann sieh du zu, dass du die Sache mit Joana geregelt kriegst. Das kann doch nicht so schwierig sein, nachdem du sie in die Einöde verschleppt hast. Ich bin mir ziemlich sicher, dass sie ganz verrückt nach dir ist. Sie hat es ja sogar mit mir versucht, weil sie dachte, ich hätte all diese tiefsinnigen Erotikszenen geschrieben.«

»Tiefsinnige Erotikszenen!« Oliver verdrehte die Augen, obwohl Raoul ihn nicht sehen konnte. »Ich werde mir alle Mühe geben«, versprach er dann seinem Bruder und sich selbst.

Nachdem sie ihr Gespräch beendet hatten, stieg Oliver aus seinem Bett, ging barfuß über den kühlen Holzboden aus dem Schlafzimmer und stieg die Treppe zum Erdgeschoss hinunter. Er holte sich ein Glas Wasser aus der Küche. Dann sank er im dunklen Wohnraum in einen der tiefen Sessel.

Obwohl er nur dünne Baumwollshorts und ein T-Shirt trug, klebte ihm der Stoff auf der Haut. Die Luft war feucht und drückend, doch durch die geöffneten Fenster hörte er leise den Wind in den Blättern rascheln, und das Donnergrollen schien sich zu nähern.

Da er ohnehin nicht schlafen konnte, wollte er die Zeit zum Arbeiten nutzen. Er drückte auf den Schalter der Schreibtischlampe, doch nichts geschah. Offenbar hatte das Gewitter bereits die Elektrizitätsversorgung lahmgelegt, was hier in den Bergen nicht selten geschah. Im selben Moment zuckte grelles Licht durch den Raum, und gleich darauf rollte direkt über dem Haus ein gewaltiger Donnerschlag durch die Luft.

Trotz aller Sicherheitsvorkehrungen bedeuteten Blitze im

Haus und an den hölzernen Außenwänden die Gefahr eines Feuers. Oliver bemühte sich, tief und gleichmäßig zu atmen und seine Angst zu bekämpfen.

Als er im oberen Stockwerk ein Geräusch hörte, hob er den Kopf. Dann erkannte er schemenhaft eine weiß gekleidete Gestalt, die auf den Stufen herunterzuschweben schien.

Ganz still saß er da und blickte Joana entgegen. Und plötzlich fiel alles Schwere von ihm ab, all die bitteren Gefühle, die Wut, die Angst, selbst die Einsamkeit, die ihn so viele Jahre begleitet hatte.

Sein Herz pochte bis in die Kehle, seine Haut kribbelte, er fühlte sich so lebendig wie seit langer Zeit nicht mehr. Weil er hier war und sie auch. Gemeinsam in diesem großen, dunklen Haus. Selbst während der Nacht im Hotel hatte ihm das schwerelose Schweben gefehlt, das er in diesem Moment empfand.

Quer durchs Zimmer kam sie auf ihn zu, und als sie die halbe Strecke zurückgelegt hatte, war der Raum plötzlich von blendend hellem bläulichem Licht erfüllt. Er erkannte, dass sie ein kurzes Nachthemd trug, das nur die Hälfte ihrer Schenkel bedeckte. Im grellen Zucken des Blitzes sah er durch den hellen, transparenten Stoff die zarten, geschwungenen Linien ihres Körpers.

Er hielt die Luft an und spürte, wie sein Blut in die Richtung des Unterleibs strömte. Instinktiv faltete er die Hände im Schoß, obwohl sie in der tiefen Dämmerung des Zimmers sicher nichts Genaues erkennen konnte. Zumal sie ihn bisher offensichtlich noch gar nicht bemerkt hatte.

»Nicht erschrecken, Joana, ich bin hier«, sagte er leise.

Dennoch stieß sie einen leisen Schrei aus und blieb zwei Schritte von ihm entfernt wie angewurzelt stehen.

»Kannst du auch nicht schlafen?«, erkundigte er sich, als sie nach einer Weile immer noch schwieg. »Bei einem Gewitter werde ich immer etwas unruhig. Feuergefahr und so.«

Es tat ihm gut zu wissen, dass sie seine Geschichte kannte und er ihr gegenüber zu seinen Ängsten stehen konnte, auch wenn sie sich jetzt erstaunlicherweise weit entfernt hatten.

»Ehrlich gesagt, habe ich auch große Angst vor einem Feuer«, hörte er sie in der Finsternis flüstern. »Obwohl ich nie in die Gefahr geraten bin zu verbrennen, so wie du. Ich fürchte mich aber auch vor dem Ertrinken, und in Flugzeuge steige ich nur im Notfall. Leider bin ich ein ziemlicher Angsthase.«

Durch seinen Körper strömte eine prickelnde Welle, als hätte ihn jemand in dieser drückenden Nacht in eine Badewanne voll Champagner getaucht. Offenbar wollte Joana ihn trösten, indem sie ihm zeigte, dass auch sie Ängste hatte und er sich nicht schämen musste.

»Dieses Haus ist ziemlich sicher, was den Ausbruch eines Feuers betrifft«, erklärte er beschwichtigend. »In jedem Zimmer gibt es Rauchmelder und eine automatische Sprinkleranlage.«

»Oh, das ist gut.« Sie schwieg eine Weile, als müsste sie nachdenken, und fügte dann hinzu: »Eigentlich bin ich heruntergekommen, weil ich Hunger habe. Ist noch etwas vom Abendessen da?«

»Ja. Aber wir können es leider nicht warm machen. Der Strom ist ausgefallen. Das passiert hier bei jedem Gewitter.«

»Ich würde es auch kalt essen. Oder vielleicht eine Scheibe Brot.« Sie lachte verlegen.

»Natürlich bekommst du etwas zu essen.« Er stand auf und ging zum Fenster, hinter dem gerade wieder ein Blitz den dunkelgrauen Himmel teilte und grellblaues Licht ins Zimmer warf. Unter den gläsernen Windlichtern, die auf der niedrigen Anrichte standen, wählte er eines aus, stellte eine Kerze hinein und zündete sie mit dem bereitliegenden Stabfeuerzeug an.

Das brennende Lämpchen in der Hand, ging er in die Küche voraus. Der Teller, auf dem er für Joana gedünstetes Gemüse, ein Stück gegrillte Hähnchenbrust und Nudeln in Sahnesauce angerichtet hatte, stand abgedeckt im Kühlschrank. Er holte ihn heraus, legte Besteck für sie auf den Tisch und schenkte ihr ein Glas Weißwein ein.

»Setz dich doch.« Einladend zeigte er auf die Stühle am Tisch.

Zögernd ließ sie sich nieder, und er atmete heimlich auf, als er die Umrisse ihres Körpers, die sich im Kerzenlicht viel zu deutlich unter dem Stoff ihres Nachthemds abzeichneten, nicht mehr sehen konnte. Allerdings waren über der Tischplatte immer noch die Spitzen ihrer Brüste unter dem zarten Hemdchen zu erkennen – was schon ausreichte, um seinen ganzen Körper zu erhitzen.

Rasch wandte er sich zum Küchenschrank, nahm ein zweites Weinglas heraus und goss sich ebenfalls etwas ein.

»Wir können natürlich auch Tee trinken«, schlug er hastig vor, als er Joanas misstrauischen Blick bemerkte. Keinesfalls sollte sie glauben, er wollte die Situation ausnutzen und sie betrunken machen.

»Nein, ich probiere sehr gern diesen Riesling.« Sie deutete auf die Flasche und zuckte betont gleichgültig die Achseln.

»Als wir Kinder waren und unsere Eltern noch lebten, haben wir häufig die Ferien hier oben verbracht«, erzählte er im Plauderton, während er ihr gegenüber Platz nahm. »An so viele Sommernächte erinnere mich, in denen wir mit Raoul und den Eltern in der Küche saßen, während ein Gewitter über dem Tal kreiste. Sie tranken Wein und wir beide Apfelsaft.«

Er sah Joana versonnen lächeln. »In meiner Erinnerung sind alle Sommer meiner Kindheit heiß, ich sitze mit meinen Eltern und meiner Großmutter unter dem Pflaumenbaum im Garten, und wir essen aus den hübschen Glasschälchen meiner Mutter Vanilleeis mit Früchten und Sahne.«

»Leben deine Eltern noch?« Er stellte sein Glas beiseite. In ihren Augen las er die Antwort, bevor sie den Mund öffnete.

»Sie sind alle kurz hintereinander gestorben«, flüsterte sie mit rauer Stimme. »Erst meine Großmutter und kurz darauf meine Eltern. Innerhalb von etwas über zwei Jahren war ich ganz allein.«

»Wie alt warst du damals?« Spontan nahm er ihre Hand, die auf der Tischplatte neben ihrem noch unberührten Teller lag.

»Gerade mit der Schule fertig. Knapp zwanzig.« Sie ließ ihn gewähren, als er ihre Finger fest mit seinen umschloss und mit dem Daumen sanft ihren Handrücken streichelte.

»Und es gibt keine weiteren Verwandten? Keine Geschwister? Onkel und Tanten?«

»Eine Tante, aber ich habe kaum Kontakt zu ihr.« Sie gab vor, eine Haarsträhne aus dem Gesicht zu streichen, versuchte aber in Wirklichkeit, unauffällig eine Träne wegzuwischen.

»Wenigstens habe ich Raoul. Und meine Großmutter. Auch wenn es mit Raoul manchmal ein bisschen – schwierig ist.« Er lachte verlegen, denn er hatte nicht auf das anspielen wollen, was zwischen ihr und seinem Bruder geschehen war.

Sanft befreite Joana ihre Hand aus seiner und griff nach dem Besteck. Sie probierte von dem Brokkoli mit Mandeln und nahm gleich noch eine zweite Gabel davon, obwohl er befürchtete, dass das kalte Essen nicht sonderlich gut schmeckte.

»Selbst die – schwierigsten Verwandten sind besser als gar keine«, stimmte sie ihm zu, nachdem sie den Bissen gekaut und hinuntergeschluckt hatte. »Deine Großmutter ist wirklich nett. Und Raoul … Schließlich hilft er dir, indem er dir Lesungen, Interviews und dergleichen abnimmt.«

»Manche Leute behaupten, damit würde er mir eigentlich nur helfen, mich immer noch weiter in meinem Schneckenhaus zu verkriechen. Meine Großmutter ist zum Beispiel dieser Meinung. Und sie hat wohl recht. Im Grunde klammere ich mich mit seiner Hilfe an meine Angst, die Menschen würden mich ablehnen.« Er beobachtete, wie Joana von dem Hähnchen probierte.

»Wir haben alle unsere Ängste. Eigentlich habe ich mich nur bereit erklärt, in deine Villa zu ziehen und mit dir an deinem Roman zu arbeiten, weil ich Angst um meinen Job hatte«, gestand sie nach einer kleinen Pause mit leiser Stimme. »Wenn ich sicher gewesen wäre, dass ich sonst nicht entlassen werde, hätte ich vielleicht gar nicht zugestimmt.«

»Hat dir Hartmut Klein etwa mit einer Entlassung gedroht?«, erkundigte Oliver sich empört.

»Nun ja. Er hat jedenfalls gesagt, mein Job wäre sicher, wenn ich mit dir an deinem Roman arbeite. Im Verlag spricht man schon seit Wochen von bevorstehenden Entlassungen, und ich bin als Letzte eingestellt worden.« Sie stocherte in ihren Nudeln, aß aber nichts davon.

Er nahm sich vor, ein ernstes Wort mit seinem Verleger zu

sprechen. Allerdings hatte er angenommen, Joana würde begeistert die Chance ergreifen, bei der Fertigstellung seines neuen Romans mitzuwirken.

»Aber in dem Café … Du hast dich mit deiner Freundin über meine Romane unterhalten und ihr vorgeschwärmt, wie wunderbar du die Geschichten und die Erotik findest …«

Klirrend landete ihr Besteck auf dem Teller. »Du hast uns also tatsächlich belauscht?«

»Ihr habt so laut gesprochen, dass ich nicht anders konnte«, verteidigte er sich. »Und da dachte ich, es würde dir Freude machen, mit mir zusammenzuarbeiten. Deshalb habe ich deinen Chef gebeten, dass er dich mir sozusagen leiht …«

»Also stimmt es – du wolltest nicht *irgendeine* Frau, die zur Zielgruppe deiner Romane gehört, du wolltest *mich?«* Sie sprach so laut, dass ihre Stimme problemlos das Donnergrollen übertönte, das in diesem Moment durchs Tal hallte.

Ohne zu zögern, nickte er, denn es gab nichts abzustreiten und nicht viel zu erklären. »Das war eine spontane und gefühlsmäßige Entscheidung. Sehr ungewöhnlich für mich. Und ich habe sie nie bereut. Trotz allem, was geschehen ist.«

Eine Zeit lang dachte Joana über seine Worte nach. Dann hob sie ihr Glas und prostete ihm zu. »Auf Gewitternächte und Gefühle.«

Es war ein gutes Gefühl, ihr im Kerzenlicht in die Augen zu schauen und dem leisen Klingen der Gläser zu lauschen, das in einem weiteren heftigen Donnerschlag fast unterging.

Wie Seide glitt der Wein über seine Zunge, er schmeckte nach Trauben und den heißen Sommern seiner Kindheit. Manchmal hatte seine Mutter ihn an ihrem Glas nippen lassen. Und während er an seine Vergangenheit und seine Zukunft dachte, wurde ihm eines klar – er liebte Joana so sehr, dass er bereit war, für diese Frau seine Angst zu besiegen.

***

Der Wein fühlte sich in ihrem Mund an wie sanfter Sonnenschein. Welch ein seltsam unwirkliches Gefühl, mit Oliver bei Kerzenschein in der großen Küche zu sitzen, während draußen das Gewitter tobte … Vertraut und gleichzeitig fremd. Ruhig und gleichzeitig erregend.

In der Luft knisterte die Elektrizität des Gewitters. Sie waren ganz allein inmitten des Unwetters, wie auf einer Insel. Was hier geschah, würde im Alltag keine Bedeutung haben. Solange um sie herum Blitze zuckten, der Donner tobte und wahrscheinlich sehr bald ein Wolkenbruch niedergehen würde, mussten sie einander vertrauen, denn keiner von ihnen konnte fliehen und den anderen verlassen.

Sie nahm noch einen großen Schluck aus ihrem Glas und stand dann mit zitternden Knien auf.

Gleichzeitig hatte auch er sich erhoben. Nun standen sie nur zwei Meter voneinander entfernt da und starrten sich im flackernden Kerzenlicht in die Augen. Als hätten sie es vorher besprochen, traten sie zueinander, bis ihre Körper sich fast berührten. Sie spürte seine Wärme wie ein Kribbeln auf ihrer Haut.

Und während ein neuer Blitz sein grelles Licht ins Zimmer warf, sah Joana jede Linie und jedes Fältchen in Olivers Gesicht. Sie erkannte die Narben und die rötlichen Verfärbungen an seinen Wangen und seinem Kinn, folgte mit ihrem Blick den klaren Linien seiner Züge, las die Traurigkeit in seinen Augen, und seine Schönheit schnitt ihr tief ins Herz.

Sie sank nach vorn, und er fing sie in seinen Armen auf. Sein Atem strich durch ihr Haar und streichelte ihre Schläfen, seine Hände glitten über ihren Rücken, ihre Schultern und ihre Arme. Stumm verständigten sich ihre Körper. Sie spürte sein Verlangen und war sicher, er würde auch ihres bemerken.

Unter ihren heißen Schenkeln fühlte sich das Holz der Tischplatte kühl an. Denn sie verlor den Boden unter den Füßen, weil Oliver sie auf die Tischkante gehoben hatte. Der dünne Stoff ihres Nachthemds riss unter seinen Händen mit einem scharfen Geräusch, das in der Stille zwischen zwei Donnerschlägen unnatürlich laut klang. Ein warmer Luftzug streichelte ihre feuchte Haut.

Trotz der Hitze in der Küche richteten sich die Knospen ihrer Brüste auf, als er sein T-Shirt über den Kopf zog und sie im flackernden Kerzenlicht seinen nackten Oberkörper sah. Ihr Blick wanderte über seine Brust, an der sie eine ganze Nacht lang gelegen hatte – über die Muskeln, die sich deutlich unter seiner Haut abzeichneten und deren Druck sie auch in diesem Moment zu spüren meinte.

Und immer wieder schweifte ihr Blick neugierig um seine Brustwarzen, die sich unter ihren Fingerkuppen wie harte, kleine Kieselsteine angefühlt hatten.

Sie rang nach Luft, als Oliver mit einem Ruck die Boxershorts nach unten streifte. Groß und prall ragte sein Penis waagrecht in die Luft. Im Licht des nächsten Blitzes sah sie an seiner Spitze einen silbrigen Lusttropfen schimmern.

Instinktiv streckte sie die Hand aus und fing den Tropfen mit ihrem Zeigefinger auf, verrieb ihn zwischen den Fingern und verteilte die Flüssigkeit sanft auf seiner Eichel. Es fühlte sich an, als würde sie glatte, kühle Seide liebkosen.

Dann hob sie den Blick. Zögernd schaute sie in Olivers

türkisfarbene Augen. Darin erkannte sie die Weite und Einsamkeit des Meeres. Die Sehnsucht nach Nähe und die Angst vor Stürmen, die diese Nähe mit sich bringen mochte. Sie sah in seinen Augen ihre eigenen Ängste und wusste, in dieser Nacht, allein in diesem Haus, konnten sie gemeinsam die Furcht besiegen.

Was morgen sein würde, wenn das Unwetter vorbei war, lag hinter den Bergen verborgen, über deren Gipfeln die Blitze niedergingen.

Halb erstickt schrie sie auf, als Oliver sie nach hinten schob, sodass sie vom Kopf bis zu den Knien flach auf der Tischplatte lag, während ihre Füße in der Luft hingen. Unter ihr auf dem Fliesenboden zerschellte eines der Weingläser, über ihr neigte sich Olivers kraftvoller Körper herab, dessen Wärme ganz anders war als die der Sommernacht. Mit jedem Atemzug rieb sich ihr Busen an seiner muskulösen Brust, ihre Nippel wurden noch härter und empfindlicher, das Feuer in ihrem Blut loderte noch höher.

Er stützte sich rechts und links von ihrem Kopf ab und suchte ihren Mund. Sein Kuss war gleichzeitig fordernd und zärtlich, seine Zunge spielte mit ihrer. Behutsam grub er seine Zähne in ihre Unterlippe.

Tief in ihrer Brust löste sich ein Seufzer und stieg in ihre Kehle auf. Diesen sehnsüchtigen Ton trank Oliver zusammen mit ihrem Atem.

Ganz von selbst spreizten sich ihre Schenkel, zog sie die Knie an und verschränkte die Fußknöchel hinter seinem Rücken.

»Warte«, keuchte er. »Noch nicht. Wir haben Zeit. So viel Zeit.«

Sie wollte nicht warten, wollte ihn spüren, tief und heftig.

Endlich sollte er das drängende Pochen tief in ihr zum Schweigen bringen.

Doch er glitt an ihrem Körper abwärts, und sie meinte, jedes Härchen auf seiner Brust zu spüren, während es über ihre Haut strich. Plötzlich schienen Tausende von Luftbläschen in ihrem Blut zu prickeln.

Ihr nackter Rücken lag auf der harten Holzplatte des Tisches, und doch hatte sie das Gefühl zu schweben. Heiß strich sein Atem über ihren Bauch, feucht tasteten sich seine Lippen über ihre Hüfte. Dort machte er eine Pause, knabberte zart an ihrem Hüftknochen und ließ anschließend seine Zunge über die Innenseite ihres Schenkels bis zum Knie gleiten.

Da fingen die Luftbläschen in ihrem Blut Feuer, winzige Flämmchen schienen von den Zehen bis zu den Schenkeln an ihren Beinen aufwärts zu züngeln. In ihrem Schoß wurden sie zu einem hellen Feuer. Joana schnappte nach Luft, sie wollte sich aufrichten. Aber Oliver legte ihr seine Hand auf die Schulter und drückte sie erneut sanft hinab.

Sie holte tief Luft und schaute hinauf zur weiß getünchten Küchendecke, die das tiefblaue Licht eines Blitzes reflektierte. In ihrem Körper schrie jede Zelle nach Oliver. Bettelte um seine Nähe und um die Lust, die er ihr schenken konnte, was sie nur zu gut wusste.

Und als sie seine Lippen auf ihrer Spalte fühlte, schien ihr Körper, durch den eine heiße Woge strömte, schwerelos zu werden. Sein Atem strich über ihre pochende Perle, nass schob sich seine Zungenspitze in ihre hungrige Öffnung.

Mit einem unterdrückten Aufschrei hob sie die Hüften, krallte die Hände in seine Haare und schlang die Schenkel um seinen Hals. Seine Zunge tanzte in ihr, seine Lippen saugten sich fest, und rings um Joana schien sich die Welt aufzulösen. Jetzt gab es nur noch die Hitze seines Mundes, den Sog seiner Lippen, die unnachgiebige Zärtlichkeit seiner Zunge.

In rasender Geschwindigkeit näherte sie sich dem Gipfel jenes hohen Berges, auf den Oliver sie gnadenlos trieb. Wie aus weiter Ferne hörte sie sich stöhnen. Laut und schamlos, wie sie es nie zuvor getan hatte. Sie konnte nicht anders, die Töne stiegen in ihrer Kehle auf und drängten sich über ihre Lippen, während ihr immer heißer und heißer wurde.

Dann stockte ihr Atem, ihr ganzes Sein konzentrierte sich auf einen winzigen Punkt tief in ihrem Inneren, von dem aus sich Wellen aus Feuer in ihrem Körper ausbreiteten. Ihr Schrei war laut und lang und ging in dem lauten Donner unter, der in diesem Augenblick über den Himmel rollte.

Als sie die Welt um sich herum wieder wahrnahm, hielt Oliver sie in seinen Armen und trug sie durch das dunkle Haus die Treppe hinauf. In seinem Schlafzimmer, dessen Tür er mit der Schulter aufgestoßen hatte, ließ er sie sanft auf die Matratze des breiten Betts gleiten.

Im Licht eines neuerlichen Blitzes sah sie seinen hochgewachsenen, muskulösen Körper mit den breiten Schultern und den schmalen Hüften, der sich durchs Zimmer bewegte. Neben einer niedrigen Kommode blieb er stehen. Kurz darauf flammte ein Streichholz auf, dann brannte eine flackernde Kerze und warf Olivers Schatten über Boden und Wände, als er langsam wieder zum Bett zurückkehrte.

Reglos lag sie da und beobachtete ihn. Ihre Kehle verengte sich, ihr Herz flatterte wie ein gefangener Vogel, der aus ihrer Brust ausbrechen und zu Oliver fliegen wollte. Eine heiße Welle durchlief sie vom Scheitel bis zu den Zehen, und jedes

Härchen an ihrem Körper schien sich aufzurichten und sich ihm entgegenzurecken.

Gebadet in das Blau eines Blitzes beugte er sich über das Fußende des Bettes. Seine Brust glitt über ihre Schenkel, rieb sich an ihrem Venushügel, was sie zu einem Aufstöhnen veranlasste, strich fest über ihren Bauch und presste sich schließlich hart gegen ihre weichen Brüste. Sofort wurden ihre Nippel wieder hart, und die Lust schoss wie mit kleinen Pfeilen kreuz und quer durch ihren Körper.

»Joana«, flüsterte er dicht neben ihrem Ohr, und sein Atem streichelte ihre Schläfe.

Sie öffnete den Mund, um seinen Namen zu wispern, den sie noch ein bisschen fremd fand, weil bisher der Mann, dessen zärtliche Texte sie schon so lange liebte, Raoul geheißen hatte. Doch bevor ein Laut aus ihrer Kehle kam, spürte sie seinen Mund auf ihrem. Und ihre Lippen verschmolzen zu einem jener Küsse, die Joana alles um sich herum vergessen ließen.

Wie von selbst öffneten sich ihre Schenkel, und er glitt so leicht und mühelos in sie hinein, als würde ein in Seide gehüllter Eisenstab sie ausfüllen, der für sie allein geschaffen war.

»Oh!«, schrie sie auf, als er zurückglitt und sich beim zweiten Mal unendlich tief in sie hineinbohrte. »O Gott!«

Ihr Schrei ging in einem tosenden Donnerschlag unter, während gleichzeitig der Blitz den Kerzenschein verschluckte und das Zimmer in Blau und Silber tauchte. Oliver hatte sich bis zu jenem Punkt in ihrem Inneren vorgeschoben, wo ihr Verlangen wohnte.

Ganz langsam zog er sich immer weiter zurück. Sie stieß einen protestierenden Ton aus, schlang die Arme um seinen Hals und klammerte sich an ihn. Im selben Moment, in dem sie ihre Zähne in seine Schulter drückte, schob er mit einem Ruck die Hüften vor, sodass sie auf der Matratze ein Stück nach hinten rutschte.

Beim nächsten Stoß, der sehr rasch kam, streckte sie die Hände über den Kopf und hielt sich am hölzernen Kopfteil des Bettes fest. Sie bot ihm Widerstand, wölbte sich ihm entgegen und nahm ihn so tief in sich auf, wie sie es nie für möglich gehalten hätte.

Mit einem ohrenbetäubenden Krachen stürzte die Welt ringsum in sich zusammen, wurde Joana ins grelle Licht geschleudert, war sie eins mit dem All, mit sich selbst und mit Oliver. In einem Wirbel aus Farben und Feuer fühlte sie nur noch Wärme und Schwerelosigkeit und den Mann, der mit einem lauten Stöhnen über ihr zusammenbrach. Allein er war es, der sie mit seinem Gewicht umfing und daran hinderte, sich in ihre Einzelteile aufzulösen und in der Unendlichkeit zu verschwinden.

Als sie mit ihren Gefühlen langsam wieder in ihren Körper zurückkehrte, als ihr Atem und ihr Herzschlag allmählich ruhiger wurden, fand sie sich in Olivers Armen wieder. Ihr Kopf ruhte an seiner Schulter. Zärtlich streichelten seine Hände ihren Rücken. Er hatte die dünne Decke über sie beide gebreitet, und draußen war das Gewitter vorbeigezogen. Ganz ruhig brannte die Kerze vor dem Hintergrund des schwarzen Himmels, an dem ein paar ferne Sterne funkelten.

Es erschien ihr wunderschön, in diesem stillen, einsamen Haus eng umschlungen mit Oliver im Bett zu liegen. Obwohl sie noch nie hier gewesen war, fühlte es sich an, als sei sie nach einer langen Reise heimgekehrt.

»Das war – wunderbar«, flüsterte er. »So wie ich es mir immer erträumt habe.«

Sie hob den Kopf und betrachtete sein Profil vor dem schwachen Kerzenlicht. »Es war, wie ich es mir beim Lesen deiner Romane vorgestellt habe. Eigentlich war es schon im Hotel so …«

Plötzlich musste sie schlucken. Damals hatte sie ihn für Raoul gehalten. Weil er sie glauben gemacht hatte, sie würde mit seinem Bruder schlafen. Für ein oder zwei Sekunden erwachte ihr Fluchtinstinkt. Sie brauchte Zeit für sich, Zeit zum Nachdenken.

Doch bevor sie sich rühren konnte, pressten sich seine Lippen auf ihren Mund, und er küsste sie leidenschaftlich. Da beschloss sie, noch diese eine Nacht hierzubleiben. Morgen würde ein neuer Tag beginnen, dann konnte sie überlegen, wie es weitergehen sollte.

17. KAPITEL

Am nächsten Morgen schien die Sonne von einem klaren, wolkenlosen Himmel herab. Grenzenloses Blau war das Erste, was Joana sah, als sie die Augen aufschlug. Oliver schlief noch tief und fest neben ihr auf dem Kissen.

Vorsichtig richtete sie sich auf und stützte sich auf den Ellbogen, um ihn zu betrachten. Wie zwei geschwungene Halbkreise ruhten seine dunklen Wimpern auf der leicht gebräunten Haut seiner Wangen.

Sie wunderte sich über seine Bräune, da er die Villa immer nur mit einem tief in die Stirn gezogenen, breitkrempigen Hut verlassen hatte. Vielleicht sonnte er sich manchmal hinter dem Gartenhaus.

Spontan hob sie die Hand und berührte mit den Fingerspitzen die dunklen Bartstoppeln auf seiner Wange, die ein erregendes Prickeln auf ihrer Haut auslösten. Behutsam strich sie über die Linien seiner Narben und streichelte die rauen roten Stellen auf seinen Wangenknochen und den Schläfen.

Olivers Lider zuckten, und er murmelte etwas vor sich hin. Hastig zog sie die Hand zurück, doch er war von ihrer Berührung nicht erwacht, sondern verzog nur im Schlaf die Lippen zu einem Lächeln.

Ganz langsam schob sie erneut den Arm vor und legte die Kuppe ihres Zeigefingers auf sein Kinn, wo die Narben, die er in seiner Jugend davongetragen hatte, am deutlichsten zu erkennen waren. Wie zarte Äste zogen sie sich über seine Haut. So vorsichtig, dass sie die Rillen mehr erahnte als spürte, folgte sie den Spuren des Leids, das er all die Jahre mit sich herumgetragen hatte.

In ihrer Brust breitete sich ein warmes Gefühl aus, als würde ihr Herz überfließen. Ein Schreck durchzuckte sie.

War das Liebe? Liebte sie ihn?

Plötzlich bemerkte sie, dass Oliver die Augen aufgeschlagen hatte, und zog ihre Hand abrupt zurück, als hätte sie sich verbrannt.

»Tut mir leid, ich wollte dich nicht wecken«, entschuldigte sie sich verlegen.

»Ich liebe dich, Joana«, erwiderte er mit einem Lächeln, das ihr in einer anderen Situation den Boden unter den Füßen weggezogen hätte. Da sie aber im Bett saß, fing sie einfach nur zu zittern an.

»Das darfst du nicht sagen«, flüsterte sie mit heiserer Stimme.

»Warum nicht? Es ist die Wahrheit.« Auch Oliver setzte sich auf, schlang seine Arme um Joana und drückte sie an sich.

Für ein oder zwei Sekunden sank sie an seine Schulter, dann stemmte sie sich sanft gegen seine Brust. »Ich habe Hunger«, erklärte sie und musste lächeln, weil sie sich daran erinnerte, weshalb sie bei ihrer nächtlichen Mahlzeit kaum etwas gegessen hatte.

»Bleib, wo du bist! Ich bringe dir ein Frühstück ans Bett.« Schwungvoll sprang er auf und schlüpfte in seine Schlafshorts. Vorher erhaschte Joana jedoch einen Blick auf seinen Penis, der sich halb aufgerichtet hatte.

»Deck dich lieber zu, sonst komme ich auf der Stelle zurück, und dann wird es nichts mit dem Frühstück«, drohte er ihr grinsend und musterte ihren Busen, von dem die Decke gerutscht war.

»Dieses Risiko gehe ich ein«, neckte sie ihn. »Es ist schon wieder ziemlich warm.«

»Ich beeile mich. Und nach dem Frühstück muss ich dir etwas sagen.«

Forschend blickte sie in sein Gesicht. Und da krampfte sich irgendwas in ihrem Inneren zusammen. Plötzlich sah er besorgt und ernst aus, und die Leichtigkeit des Moments war verschwunden. Sie nickte und zog sich die Decke über die nackte Brust.

Hatte er noch etwas vor ihr verborgen? Nahm das denn nie ein Ende? Sie versuchte sich mit dem Gedanken zu beruhigen, dass es wahrscheinlich um etwas ganz Harmloses ging, das er ihr sagen wollte. Oder sogar um etwas Schönes.

Nachdem Oliver in die Richtung der Treppe verschwunden war, blieb Joana im Bett liegen und bewunderte die Aussicht auf die Berge. In der klaren Luft erschienen ihr die Gipfel so nah, als könnte man sie mit Händen greifen.

Als das Telefon auf dem Nachttisch läutete, zuckte sie zusammen. Das Display verriet ihr, wer der Anrufer war – Raoul.

Sie zögerte. Eigentlich hatte sie keine Lust, mit Olivers Bruder zu sprechen. Beim Gedanken an das, was zwischen Raoul und ihr vorgefallen war, breitete sich ein unbehagliches Gefühl in ihrer Magengrube aus. Andererseits waren sie einfach nur zwei erwachsene Menschen, die eine kurze Affäre miteinander genossen hatten. Kein Grund, nie mehr miteinander zu reden.

Entschlossen griff sie nach dem Hörer und meldete sich.

»Hallo, Joana.« Zu ihrer Verblüffung klang Raouls Stimme verlegen. Stand er doch nicht so ungerührt über den Dingen, wie es den Anschein hatte?

»Hallo, Raoul«, erwiderte sie und fügte einer Eingebung folgend hinzu: »Wie geht es dir – und Sina?«

»Ich dachte, du weißt, dass Sina abgereist ist. Kannst du mir erklären, warum sie meint, ich würde sie nicht respektieren?«

So einfach war das. Verstand er es wirklich nicht? »Sina liebt dich, und sie fühlt sich von dir nicht geliebt, sondern benutzt.«

»Noch heute werde ich sie fragen, ob sie mich heiraten möchte«, kündigte Raoul in entschiedenem Ton an. »Glaubst du, das wird sie von meinen Gefühlen überzeugen?«

»Das ist gut möglich.« Nur mit Mühe unterdrückte Joana ihren Lachreiz. Manchmal geschahen tatsächlich Zeichen und Wunder. Raoul wollte heiraten! »Aber das kann nur sie dir sagen.«

»Ja.« Raoul machte eine kleine Pause und schien nachzudenken. »Ist Oliver in der Nähe?«

»Nein, er ist unten in der Küche und bereitet das Frühstück vor. Ich kann ihm aber ausrichten, er soll dich anrufen, wenn er wieder nach oben kommt.«

War es ihr egal, was Raoul davon hielt, dass sie offenbar im oberen Stockwerk, wo die Schlafzimmer lagen, auf Oliver und das Frühstück wartete? Ja, wahrscheinlich wollte sie ihn sogar auf ihr intimes Verhältnis zu seinem Bruder hinweisen.

»Vielleicht ist es gar nicht mehr nötig, dass Oliver mich anruft«, entgegnete Raoul. »Ich werde mich irgendwann später noch mal melden.«

»Geht es um die Renovierung? Wie kommen die Handwerker denn voran?«, erkundigte sie sich. Erstaunlicherweise war sie sich gar nicht mehr so sicher, ob sie tatsächlich so schnell wie möglich in die Villa zurückkehren wollte.

»Welche Renovierung? Hier sind keine Handwerker.«

»Aber ich dachte …«

Die Erkenntnis traf sie wie ein Schlag. Schon wieder hatte Oliver sie belogen! Weil er sie hier in diesem einsamen Haus verführen wollte, hatte er ihr erzählt, die Villa werde renoviert, und er könne bei dem zu erwartenden Handwerkerlärm nicht arbeiten.

»Schon gut. Da habe ich wohl etwas durcheinandergebracht«, beruhigte sie Raoul. Ohne eine Antwort abzuwarten, beendete sie das Gespräch.

Nachdem sie den Hörer weggelegt hatte, sprang sie mit beiden Füßen gleichzeitig aus dem Bett und eilte hinüber in ihr Zimmer. Dort zog sie sich mit fliegenden Händen an und begann ihre Sachen in den Koffer und die Reisetasche zu stopfen.

Während sie im Zimmer hin und her lief, war ihr Kopf vollkommen leer. Sie konnte und wollte jetzt nicht nachdenken. Nur eines wusste sie – dies war das Ende. Unwiderruflich. Und es war ein Riesenfehler gewesen zu glauben, die Geschichte zwischen Oliver und ihr könnte doch irgendwie weitergehen.

Sie bemerkte ihn erst, als das Geschirr auf dem Frühstückstablett, das er in den Händen hielt, leise klirrte. Mit einem Ruck fuhr sie zur Tür herum.

»Was machst du da?«, erkundigte Oliver sich mit gepresster Stimme.

»Wonach sieht es denn aus?«, fauchte sie und schwenkte wütend ihre Arme durch die Luft. Erst als sie seinen seltsamen Blick sah, fiel ihr auf, dass sie in beiden Händen BHs hielt. Hastig ließ sie die Dessous in ihrer Reisetasche verschwinden.

»Du willst fort. Warum?« Er stellte sein Tablett auf das Schränkchen neben der Tür und ging langsam zu ihr.

»Soeben habe ich mit Raoul telefoniert, und er hat mir gesagt, dass in der Villa keine Handwerker arbeiten.« Sie wandte ihm den Rücken zu und schloss den Reißverschluss ihres Koffers.

»Nun – ich wusste, es würde uns helfen, einander wieder nahezukommen, wenn wir allein wären. Wenn wir uns … Wenn du mir nicht ausweichen kannst. Und ich hatte recht.« Der Blick, mit dem er sie ansah, wirkte wieder einmal, als würde er sie durch eine dicke Glasscheibe mustern. Als wollte er sich vor ihrer Reaktion schützen und hätte sich tief in sein Inneres zurückgezogen.

»Und deshalb musstest du mich schon wieder belügen!« Sie erschrak selber, weil ihre Stimme so schrill und schneidend klang. »Wer sagt denn überhaupt, dass ich auch nur das geringste Interesse daran habe oder jemals hatte, dir wieder nahezukommen? Ich *will* dir ausweichen und mich von dir entfernen! Und zwar möglichst weit!«

»So einfach wollte ich dich nicht gehen lassen«, gestand er leise und trat beiseite, während sie erbost an ihm vorbeistapfte, um ihren Bademantel aus dem Badezimmer zu holen.

»Und da hast du es für eine gute Idee gehalten, mein Vertrauen in dich endgültig zu zerstören?«

* * *

Mit funkelnden Augen und geröteten Wangen stand sie ihm gegenüber, nachdem sie ihr Gepäck vom Bett gezerrt und zur

Tür geschleppt hatte. Er rührte keinen Finger, um ihr zu helfen. Denn er war viel zu sehr damit beschäftigt, sich gegen das zu wappnen, was jetzt kommen würde – der Augenblick, in dem sie sich abwenden und gehen würde.

Er hatte der Versuchung, sie hierher in die Einsamkeit und Schönheit der Berge zu entführen, um sie zurückzugewinnen, nicht widerstehen können. Wenn er ganz ehrlich war, hatte auch der Gedanke eine Rolle gespielt, wenigstens noch einige unvergessliche Momente mit ihr zu erleben, selbst wenn sie darauf beharrte, sie könnte ihm nicht mehr vertrauen.

Jetzt sind endgültig alle Brücken zerstört, die vielleicht doch noch zwischen uns existierten. Ich habe sie niedergerissen. Weil ich Joana wenigstens noch einmal spüren wollte.

Verzweifelt suchte er nach einer Lösung des schrecklichen Problems und wusste doch längst, dass es keine mehr gab. Er hatte sie erneut verloren. Aber eigentlich hatte er etwas gewonnen, nämlich ein paar weitere kostbare Erinnerungen.

»Lässt du mich bitte vorbei!« Joanas scharfe Stimme klang nicht wie eine Bitte, sondern wie ein Befehl. Ihren Kopf in den Nacken geworfen, starrte sie ihn drohend an.

Wortlos nahm er ihr den Koffer aus der Hand und wandte sich zur Treppe. Sie folgte ihm mit ihrer Reisetasche aus dem Zimmer.

»Deinen Roman kannst du allein zu Ende bearbeiten. Ich schätze, darum ging es dir sowieso nie«, hörte er sie dicht hinter sich sagen. »Und es ist mir völlig egal, wenn du dafür sorgst, dass ich meinen Job beim Verlag verliere. Ich war bereit, eine Menge dafür zu tun, aber *das* ist er mir nicht wert.«

Oliver drehte sich um und beobachtete Joanas weit ausholende Armbewegung, die ihn und das ganze Haus umfasste.

»Was denkst du denn von mir?« Auf dem Treppenabsatz blieb er stehen und starrte sie entsetzt an. »Selbstverständlich werde ich dafür sorgen, dass du beim Raute-Verlag einen unbefristeten Vertrag bekommst. Das Mindeste, was ich tun kann.«

»Spar dir die Mühe!« Ohne ihn anzusehen, drängelte sie sich an ihm vorbei. Ob sie ihm dabei absichtlich oder aus Versehen ihre Reisetasche gegen die Schienbeine knallte, wusste er nicht. »Tu nie wieder irgendetwas für mich! Das will ich wirklich nicht. Was du bisher getan hast, reicht mir!«

Die letzten Worte stieß sie so verächtlich hervor, dass es sich wie ein Fausthieb in seinen Magen anfühlte.

Langsam folgte er ihr mit dem Koffer die Stufen hinunter. Als er unten ankam, war sie schon auf dem Weg zur Haustür. Die Klinke in der Hand, hielt sie plötzlich inne und drehte sich um.

»Wie komme ich von hier weg, verdammt noch mal?« Die zornige Ratlosigkeit ließ ihr Gesicht noch schöner erscheinen. Wollte das Schicksal ihm noch einmal vor Augen führen, was er verlor?

»Ich rufe Volker an, er soll dich abholen«, sagte er rasch, um ihr klarzumachen, er würde sich ihr nicht in den Weg stellen.

»Das dauert einige Stunden, so lange kann ich hier nicht mehr bleiben.« In ihrer Stimme schwang ein unterdrücktes Schluchzen mit, während sie sich in dem großen Wohnzimmer umsah.

Also hielt sie es nicht einmal mehr ein paar Stunden mit ihm unter einem Dach aus! Krampfhaft schluckte er, doch den bitteren Geschmack auf seiner Zunge konnte er nicht verscheuchen.

»Gibt es im Dorf ein Gasthaus oder so etwas?«

Als er verdutzt nickte, stellte sie mit einer entschlossenen Geste ihre Reisetasche neben der Tür ab und bedeutete ihm, den Koffer daneben zu deponieren. »Ich gehe ins Dorf und warte im Gasthaus. Inzwischen rufst du Volker an, lässt ihn mein Gepäck hier abholen und schickst ihn danach zum Dorfgasthof. Dort steige ich in den Wagen. Ich nehme an, du bleibst vorerst noch hier!« Das war eine Feststellung, keine Frage.

Obwohl er sie in diesem Moment des schmerzlichen Verlustes mehr liebte als je zuvor, hätte auch er es nicht verkraftet, mit ihr in einem Auto zurück in die Stadt zu fahren. Dicht neben ihr zu sitzen und sie nicht berühren zu dürfen wäre unerträglich gewesen. »Ja, ich bleibe hier, bis der Roman fertig ist.«

»Gut!« Ohne ihn noch einmal anzuschauen, öffnete sie die Tür und trat hinaus in die Sonne. Mit ihr schien alles Licht das Haus zu verlassen.

Reglos stand Oliver im Türrahmen und sah ihr nach, während sie auf der schmalen, holprigen Straße das Dorf ansteuerte. Erst nachdem sie um die Kurve verschwunden war, schloss er die Tür.

Dann telefonierte er mit Volker, anschließend setzte er sich sofort an den Schreibtisch und öffnete auf seinem Laptop die Datei mit seinem Manuskript.

Der Gedanke an die Arbeit, die noch vor ihm lag, tröstete ihn ein wenig. Solange er sich mit seinem Roman beschäftigte, war er abgelenkt und würde nicht an Joana denken müssen.

An das, was auf ihn zukommen würde, wenn die endgültige Fassung fertig war, wagte er jetzt noch nicht zu denken.

18. KAPITEL

In dem kleinen Café hatte sich während der vergangenen sechs Monate einiges verändert. Statt der Sommerblumensträußchen schmückten nun kleine Tannenzweige mit Schleifchen die Tische, und die Kissen auf den Holzstühlen waren neu. Es duftete jedoch immer noch herrlich nach Kaffee, und Joana liebte dieses Aroma, obwohl sie viel lieber Tee trank.

Jetzt arbeitete sie nicht mehr beim Raute-Verlag, dessen hohes Gebäude durch ein Fenster des Cafés zu sehen war. Trotzdem trafen Katja und Joana sich immer noch einmal in der Woche hier zum Frühstück. Die Freundinnen liebten den kleinen, gemütlichen Raum, die köstlichen Fruchtjoghurts und die verlockenden Eierspeisen.

An diesem Mittwochmorgen hatte Joana schon vor dem Eintreffen ihrer Freundin zwei Gläser Sekt bestellt. Als Katja mit roten Wangen aus der Dezemberkälte hereinstürmte und sich ein paar verirrte Schneeflocken aus den Haaren schüttelte, riss sie erstaunt die Augen auf. »Gibt es was zu feiern?«

Joana nickte und lächelte voller Stolz. »Gestern war meine Probezeit bei Folkners zu Ende. Ab Januar betreue ich die Sparte Jugendbuch.«

»Gratuliere!« Katja fiel ihr um den Hals und drückte ihr einen herzhaften Kuss auf die Wange. Dann setzte sie sich auf den zweiten Stuhl an dem kleinen Tisch. »Herzlichen Glückwunsch und viel Erfolg!« Sie hob ihr Glas und stieß mit Joana an.

»Beim Raute-Verlag wäre ich sicher nie so schnell vorangekommen«, erklärte Joana nachdenklich, nachdem sie an ihrem Sekt genippt hatte. »Im Grunde habe ich es Oliver zu verdanken, dass ich den Job gewechselt habe. Jetzt macht mir die Arbeit bei Folkners noch viel mehr Spaß. Und ich bin erfolgreicher.«

»Quatsch!« Heftig schüttelte Katja den Kopf, und ihre goldblonde Mähne flog umher. »Das verdankst du dir selber und niemandem sonst! Du ganz allein hast beschlossen, dass du nicht bei einem Verlag arbeiten willst, der dich als Leihlektorin verschachert, nur weil der Herr Starautor es wünscht. Und du ganz allein hast den neuen, viel besseren Job gefunden und bist dort wegen deiner Qualifikation genommen worden. Also wirklich!« Als müsste sie sich angesichts eines derart unvernünftigen Denkens stärken, nahm Katja noch einen großen Schluck von ihrem Sekt. »Außerdem wolltest du den Namen nicht mehr nennen und an den Mann nicht mehr denken!«

»Genau, das war nur ein Ausrutscher«, stimmte Joana ihr zu, obwohl in ihrer Brust immer noch ein unvernünftiges Vögelchen mit den Flügeln schlug, sobald sie an Oliver dachte.

»Zwei Mal das große Festfrühstück.« Die Serviererin trat mit ihrem Tablett neben den Tisch.

»Heute lässt du es ja richtig krachen!«, neckte Katja die Freundin, während die Kellnerin die üppige Mahlzeit zu servieren begann. Es war gar nicht so einfach, die vielen Platten und Schälchen mit Leckereien auf dem Tischchen unterzubringen.

»Und das ist soeben für Sie abgegeben worden.« Zuletzt legte die junge Frau mit dem kessen Pferdeschwanz ein Geschenkpäckchen neben Joanas Teller.

»Für mich?« Erstaunt betrachtete sie das edle goldene Papier mit der roten Schleife.

»Er hat gesagt, es sei für die hübsche junge Dame mit den braunen Haaren.« Lächelnd zwinkerte die Kellnerin Joana zu und wollte sich entfernen.

Aber Katja hielt sie zurück. »Und wer ist *er*?« Suchend blickte sie sich um.

»Ein großer, gut aussehender Mann, dunkelhaarig, ungefähr dreißig. Er hatte ganz auffällige Augen. Irgendwas zwischen grün und blau.«

Joana war einer Ohnmacht nahe, während sie sich vorsichtig umdrehte. Außer ihrem Tisch waren nur drei andere besetzt, und an allen saßen Frauen.

»Wo ist er?«, schrie sie die Serviererin fast an. Am liebsten hätte sie die erschrockene Frau bei den Schultern gepackt und geschüttelt.

»Er ist sofort wieder gegangen, nachdem er mir das Päckchen gegeben hat«, erklärte die Bedienung und wich instinktiv einen Schritt zurück.

»Aber er muss doch schon öfter hier gewesen sein. Wie konnte er sonst wissen, dass wir immer noch jeden Mittwoch hier frühstücken? Und dann müssten wir ihn auch schon gesehen haben.« Die Stirn angestrengt gerunzelt, dachte Katja nach.

»Diesen Mann kenne ich«, erwiderte die Serviererin. »Er war letzte Woche schon einmal da und hat sich erkundigt, ob zwei junge Frauen, eine blond, die andere dunkel, regelmäßig hierher zum Frühstück kämen. Er erklärte mir, er wolle eine von diesen Damen mit einem Geschenk überraschen. Wen er meinte, wusste ich sofort, und das habe ich ihm gesagt. Immerhin ist ein Geschenk etwas Nettes. Er wirkte sehr freundlich. Jedenfalls sah er nicht so aus, als wollte er eine Bombe deponieren oder so etwas.« Sie lachte nervös und zupfte an ihrem Pferdeschwanz. »Und dann …«

»Hat er irgendwelche besonderen Kennzeichen?«, unterbrach Katja sie. »Etwas Auffälliges an seinem Gesicht oder so?«

Als wäre nicht schon längst klar, wer das Päckchen ins Café gebracht hatte! Dennoch hielt Joana die Luft an, während sie auf die Antwort der Serviererin wartete.

»Er hatte irgendwas mit der Haut«, antwortete die Frau nachdenklich. »Ein paar rote Flecke im Gesicht. Nicht besonders schlimm. Und Narben. Besonders am Kinn.«

»Das war er, nicht wahr?« Mit blitzenden Augen wandte Katja sich an Joana.

»Natürlich war er das.« Nur flüsternd kam der Satz über Joanas Lippen.

»Dann mach endlich das Geschenk auf! Oder willst du es ihm vielleicht ungeöffnet zurückschicken? Das wäre natürlich auch eine Möglichkeit.« Wieder runzelte Katja die Stirn.

Wortlos fing Joana an, die Klebestreifen von dem Päckchen zu lösen. Wenn sie nicht erfuhr, was er ihr geschickt hatte, würde sie vor Neugierde sterben.

»Ein Buch!«, stellte die Serviererin, die immer noch interessiert neben dem Tisch stand, enttäuscht fest. So viel Aufhebens wegen eines Buches, schien sie kopfschüttelnd zu denken, während sie sich wieder hinter den Tresen zurückzog.

»›Liebe ist keine Insel‹«, las Katja den Titel vor und legte den Kopf schief. »Aber der Autor heißt Oliver Westen, nicht Raoul Westen.«

»Er hat es unter seinem eigenen Namen veröffentlicht«, flüsterte Joana und spürte ihren Herzschlag bis in die Kehle. Mit zitternden Händen drehte sie das Buch um und starrte das Foto auf der Rückseite des Schutzumschlags an. Es zeigte nicht Raoul, sondern Oliver.

Als sie den Blick hob und ihre Freundin anschaute, sah sie Katja durch die Tränen, die ihr in die Augen gestiegen waren, ganz verschwommen.

»Endlich steht er zu seinem eigenen Ich. Endlich ist er aus seinem Schneckenhaus gekrochen und zeigt sich der Welt.« Ihre Stimme klang rau und leise, und sie sprach mehr zu sich selbst als zu ihrer Freundin.

Katja beugte sich vor und starrte ihr ins Gesicht. »Hast du vergessen, was der Mann dir angetan hat? Du wolltest doch nichts mehr mit ihm zu tun haben!«

Ratlos zuckte Joana die Achseln. »Das weiß ich. Aber alles, was er tat, hing mit seinen Verletzungen zusammen. Er hat sich versteckt, auch vor mir. Und als er bemerkte, dass er einen großen Fehler gemacht hatte, versuchte er, mich auf dem Ausflug in die Berge zurückzugewinnen. Das war eigentlich mutig von ihm, obwohl er mich belog, damit wir diese Chance hatten.« Zärtlich strich sie mit den Fingerspitzen über den Schutzumschlag des Romans, auf dem ein Paar in leidenschaftlicher Umarmung zu sehen war.

»Zeig mal!« Katja zog ihr das Buch weg, und erst jetzt bemerkte Joana das weiße Kuvert, das unten in dem Päckchen gelegen hatte. Hastig ließ sie es in ihrer Handtasche verschwinden. Egal, was es enthielt, sie wollte Olivers Nachricht erst lesen, wenn sie allein war.

»Du meine Güte!« Verblüfft starrte Katja in das Buch.

»Was ist denn los?« Joanas Herzschläge beschleunigten sich.

Wortlos hielt Katja ihr das aufgeschlagene Buch hin.

Für Joana, stand auf der ersten Seite als Widmung zu lesen. *Du bist der Traum meines Lebens.*

»Was will er denn damit sagen?« Verständnislos schnitt Katja eine Grimasse. »Dass du seine Traumfrau bist?«

»Vielleicht, ich weiß es nicht.« Joana klappte den Roman zu und steckte ihn ebenfalls in ihre Tasche. *Vielleicht will er auch damit sagen, dass er von mir träumt, notfalls sein Leben lang.*

»Und nun?«, fragte Katja.

»Was soll schon sein?« Während ihr Herz einen Purzelbaum schlug und das Blut in ihren Ohren rauschte, gab Joana sich die größte Mühe, gelassen zu erscheinen. »Wenn ich Zeit habe, lese ich das Buch«, sagte sie mit einer Stimme, die fast gleichgültig klang. Jedenfalls hoffte sie das. »Und jetzt lass uns endlich frühstücken.« Sie nahm sich etwas von dem Rührei und begann zu essen. Zum ersten Mal seit langer Zeit hatte sie wieder Appetit.

* * *

Joana stand vor der großen Buchhandlung in der Innenstadt und sah zu, wie zahlreiche Menschen, vor allem Frauen, durch die Glastüren ins Innere des Ladens strömten. An diesem Januarabend war die Stadt in frisch gefallenen Schnee gehüllt, und die Straßenlaternen ließen die Eiskristalle auf den Gehwegen funkeln.

Das Schaufenster neben ihr war mit zahlreichen Exemplaren von »Liebe ist keine Insel« dekoriert. Dazwischen stand ein großes Porträt von Oliver Westen. Neben dem Foto kündigte ein Schild seine Lesung für den heutigen Abend an, und darunter klebte ein Zettel mit der Aufschrift »Ausverkauft«.

Nervös tastete Joana in ihrer Tasche nach der Eintrittskarte, die Oliver ihr vor vier Wochen zusammen mit dem Buch geschickt hatte, atmete noch einmal tief durch und betrat als eine der letzten Besucherinnen kurz vor Beginn der Lesung die Buchhandlung. Seit einem Monat hatte sie diesem Abend entgegengefiebert, doch jetzt wäre sie am liebsten davongelaufen.

Die junge Frau am Eingang warf erst einen kurzen Blick in ihr Gesicht und dann auf ihre Karte, die Joana ihr hinstreckte. »Frau Liebermann?«, erkundigte sie sich mit einem freundlichen Lächeln.

Joana nickte verblüfft. Offenbar hatte die Karte ein geheimes Kennzeichen, und die Buchhändlerin war auf ihren Besuch vorbereitet worden.

»Folgen Sie mir bitte. Wir haben auf Herrn Westens Wunsch einen Platz in der ersten Reihe für Sie freigehalten.«

Zögernd ließ Joana sich auf dem Stuhl direkt vor dem kleinen Tisch nieder, auf dem bereits ein Glas Wasser für den Vortragenden bereitstand. Eigentlich hatte sie gehofft, sich in einer der hinteren Reihen verstecken zu können, doch dort waren längst alle Plätze besetzt.

Neben dem kleinen Tisch flammte eine Stehlampe auf, und eine ältere Frau mit kurz geschnittenen Haaren und Brille trat vor das Publikum, um den Autor Oliver Westen anzukündigen, der aus seinem neuen Roman lesen werde. Schon nach drei Wochen sei die erste Auflage vergriffen gewesen, betonte sie.

»Begrüßen Sie mit mir – Oliver Westen!« Mit einer theatralischen Geste streckte sie den Arm zur Seite, und unter dem Applaus der Zuschauerinnen trat Oliver zwischen den Bücherregalen hervor.

Sein Blick glitt suchend über die erste Reihe. Als er Joana entdeckte, stockten seine Schritte fast unmerklich, und ein verhaltenes Lächeln umspielte seine Lippen.

Sie verkrampfte ihre Hände im Schoß, während eine heiße Welle durch ihren Körper strömte. Fast ein halbes Jahr lang hatte sie sich eingeredet, dass sie nichts mehr mit Oliver zu tun haben wollte. Denn er hatte ihr Vertrauen für immer verloren.

Aber stimmte das wirklich? Wieso war sie dann hier? Wieso hatte sie nächtelang in dem Buch gelesen, an dem sie für viel zu kurze Zeit mit ihm gearbeitet hatte? Und warum konnte sie sich an seiner Widmung mit ihrem Namen nicht sattsehen?

Freundlich nickte er dem Publikum zu. Dann setzte er sich hinter den Tisch und schlug seinen Roman auf. Das Licht der Lampe fiel direkt in sein Gesicht. Doch es schien ihn nicht zu kümmern, dass jeder im Raum seine Narben sehen konnte. Noch vor wenigen Monaten hätte er sich im Schatten versteckt.

Bevor er zu lesen anfing, hob er noch einmal den Kopf und schaute Joana in die Augen. Sie wollte ihre Lider senken. Aber sie konnte es nicht. Sein türkisfarbener Blick hielt sie ein paar atemberaubende Sekunden lang fest. In diesen Momenten war plötzlich alles wieder da. Die beiden gemeinsamen Nächte, seine leidenschaftlichen Umarmungen, die zärtlichen Küsse, die überwältigenden Gefühle, in denen sie untergegangen war wie in einem Meer aus lauter Lust.

Endlich neigte er den Kopf und las den ersten Satz. Im Raum herrschte atemlose Stille, die Blicke sämtlicher Frauen hingen an seinen Lippen. Joana kannte den Text seines Romans mittlerweile fast auswendig. Ohne die Worte wahrzunehmen, lauschte sie dem Klang seiner Stimme und versank in ihren Träumen.

Als er das Buch zuklappte und die Buchhändlerin neben ihn trat, um die anschließende Diskussion zu leiten, stand Joana auf. Ihre Knie zitterten, aber es gelang ihr, an den Stuhlreihen vorbei zum Ausgang zu flüchten. Ruckartig stieß sie die Glastür auf und trat hinaus in die klare Kälte. Ihre Angst hatte gesiegt.

Und das war gut so. Sie würde sich nicht wieder auf ihn einlassen, auch wenn er sich vielleicht geändert hatte, auch wenn er sich nicht mehr versteckte, sondern der Welt mutig sein Gesicht zeigte. Das hieß keineswegs, dass er sie nicht verletzen würde, und das war immer noch ihr schlimmster Albtraum. Ihr Job, ihr ruhiges Leben, ihre Freunde – sie war auch ohne Oliver glücklich.

Auf klappernden Absätzen eilte sie die Straße entlang zur Bushaltestelle. Als sie Schritte hinter sich hörte, wusste sie sofort, wer es war, und sie drehte sich nicht um.

»Joana! Bitte, bleib stehen!«

Mit starr nach vorn gerichtetem Blick ging sie weiter die Straße hinunter. Längst war er an ihrer Seite, passte sich ihren Schritten an und begleitete sie schweigend durch die dunkle Stadt, deren Lichter den Schnee zu ihren Füßen glitzern ließen.

»Ich hätte nicht kommen sollen«, sagte sie schließlich, ohne ihn anzusehen.

»Über deinen Besuch war ich sehr glücklich.« Seine Hand streifte ihren Mantelärmel, doch er hielt sie nicht fest.

Sie blieb stehen und hob den Kopf, blickte aber haarscharf an ihm vorbei und betrachtete einen Laternenpfahl in der Nähe. »Offenbar geht es dir besser. Du verkriechst dich nicht mehr und schreibst unter deinem eigenen Namen.«

Während er lächelte, taumelte eine einzelne kleine Schneeflocke vom Himmel herab und sank auf sein Haar. »Raoul hätte ohnehin keine Zeit mehr, für mich den Autor zu spielen. Im Dezember hat er Sina geheiratet, und sie sind nach Mallorca gezogen, wo sie ein Restaurant eröffnen wollen.«

»Du meine Güte, das ging aber schnell!«, entfuhr es ihr.

Er nickte. »So glücklich sind sie, und das freut mich für die beiden. Allerdings war Raouls Umzug nicht der Grund, weshalb ich mich jetzt selbst ins Scheinwerferlicht stelle. Ich hätte es auch getan, wenn er nicht fortgegangen wäre. Das habe ich dir zu verdanken.«

»Nein, das hast du dir selbst zu verdanken.« Sie erinnerte sich, wie sie Katja gegenüber behauptet hatte, Oliver sei der Grund für ihre neue Karriere gewesen. »Allerdings haben wir uns gegenseitig einen Schubs in die richtige Richtung gegeben.«

»Nun, ich glaube, wir könnten uns gegenseitig noch viele Schubse geben«, murmelte er und nahm nun doch ihre Hand.

Sie trugen keine Handschuhe, und ihre eisigen Finger umklammerten sich, als wollten sie einander nie wieder loslassen.

»Unmöglich, Oliver, denn ich fürchte, du würdest mich wieder verletzen.« Sie wich seinem Blick aus, schaffte es aber nicht, ihm ihre Hand zu entziehen.

»Nie wieder werde ich dich belügen. Das verspreche ich dir. Und ich werde auch nie wieder vorgeben, ein anderer zu sein, wenn du mit mir schläfst.« Verlegen lachte er auf.

»Wenn du das tust, bringe ich dich um.« Mit ihrer freien Hand schlug sie gegen seine Brust, bevor sie ihren Kopf an seine Schulter lehnte, die Augen schloss und seinen Duft nach Leder und Zitrone einatmete.

»Würdest du mit mir schlafen, Joana? Mit mir, Oliver Westen? Ich habe Narben in meinem Gesicht und an meinem

Körper, aber ich will nicht, dass wir das Licht löschen, denn ich möchte dir dabei in die Augen schauen, und ich wünsche mir, dass du mich siehst. Genau so, wie ich bin.«

Sie musste heftig schlucken, und offenbar war ihre Stimme eingefroren, denn sie konnte ihm nicht antworten.

»Und wenn wir Angst haben, halten wir uns aneinander fest«, fügte er hinzu und umarmte sie.

»Ja, Oliver«, flüsterte sie schließlich. »Ich will mit dir schlafen. Heute und morgen und noch sehr oft. Lass uns zu meiner Wohnung fahren.« Sie zeigte auf den Bus, der sich gerade der Haltestelle näherte.

Hand in Hand stiegen sie ein, Hand in Hand stiegen sie wenige Minuten später wieder aus und gingen zu Joanas Wohnung. Sie schloss die Tür auf und führte Oliver wortlos durch den Flur in ihr Schlafzimmer. Dort knipste sie die Lampe neben dem Bett an, deren warmer gelber Schein auf die Kissen fiel.

Stumm zogen sie sich aus und glitten unter die warme Decke, umschlangen einander und sahen sich in die Augen.

Allein seine Nähe ließ Joana zittern. Plötzlich wurde ihr klar, dass sie sechs Monate lang auf diesen Moment gewartet hatte. Sie hob ihr Bein, zog es an und legte es über seine Hüfte.

»Komm zu mir«, flüsterte sie. »Jetzt.« Sie war bereit für ihn.

Und während ihre Blicke ineinander versanken, fanden sich auch ihre Körper. Sie nahm ihn auf und spürte ihn so hart und tief und zärtlich und entschlossen, dass sie die Fingernägel in seine Schultern krallte.

»Ja«, hauchte sie. »Ja, Oliver.«

»Ich liebe dich, Joana«, flüsterte er.

Sie schrie auf, als wie aus dem Nichts ein gewaltiger Orgasmus sie überfiel, als hätte sie diese Lust schon viel zu lange unterdrückt. Gleichzeitig stöhnte Oliver langgezogen, und sie spürte, wie er sich zuckend in ihr verströmte.

Und die ganze Zeit schaute er sie an, blickte tief in ihr Inneres, zärtlich und liebevoll und leidenschaftlich. Und er ließ zu, dass sie ihn betrachtete. Dass sie ihn mit all seinen Narben auf der Haut und auf der Seele sah, genauso, wie er war.

»Ich liebe dich, Oliver«, wisperte sie, noch immer atemlos von der Ekstase, die er in ihr entzündet hatte.

Mehr gab es nicht zu sagen, denn in dieser Nacht hatten sie endlich beides gefunden – Liebe und Lust.